D1666813

Copyright: Claudia Martini (2013)
Kontakt: www.claudia-martini.de
Lektorat und Korrektorat: Eva Wendel, Stephanie Werner
Layout und Satz: Alexandra Bronner
Titelbild: H.D. Volz; www.pixelio.de
Druck und Verlag: epubli GmbH, Berlin; www.epubli.de
ISBN: 978-3-8442-5379-5
(Auch erhältlich als eBook)

Für Rita. Du fehlst.

»Morgen wirst Du frei sein«

Ein Thriller von Claudia Martini

Für Meg – deren
Stimme mich zu
berühren vermag...

Gina

(aka Claudia Martini
aka @ morbus_laetitia)

Ich habe gelernt aus dem, was geschehen ist.
Heute bin ich frei. Doch der Preis war zu hoch.

1. Prolog

Während der Fernsehwerbung begann sie, unser Haus in eine Festung zu verwandeln.

Zuerst versperrte sie die Tür, legte den Riegel vor. Dann arbeitete sie sich über mein Zimmer, ihr Schlafzimmer, das Bad und die Küche ins Wohnzimmer vor. Dort ließ sie die Gurte der Jalousien beider Fenster und der Terrassentür durch ihre Hände rutschen. Es krachte und ratterte, die graue Wand senkte sich hinter den Scheiben, die Schlitze schlossen sich.

Ich konzentrierte mich auf den Sekundenzeiger, lauschte der Melodie, die die Tagesschau ankündigte.

Als der Sprecher den Kopf hob und in die Kamera blickte, ließ meine Mutter sich seufzend in den Sessel mit der hohen Lehne fallen.

Eine Stunde später war sie tot.

Ich war 24 Jahre alt, studierte an der Universität in München Germanistik und half hin und wieder nachmittags in der Fachbuchhandlung in der Schellingstraße aus.

Ich hatte keine Freundin und keine Freunde. Ich kannte keine Diskotheken und war noch nie in einer Bar gewesen. Ich las viel, darüber hinaus hatte ich keine Hobbys. Ich lebte mit meiner Mutter in dem verwinkelten Häuschen, das deren Eltern kurz nach dem Zweiten Weltkrieg gebaut hatten.

Ich war angepasst und konfliktscheu, hasste Gewalt. Ich wollte meine Ruhe, schätzte das Alleinsein.

Ich war ein Mörder.

2. Kapitel

Als ich zu mir kam, lag ich auf dem Küchenboden. Vor mir, nicht einen Meter entfernt, meine Mutter. Ihr rechtes Auge war halb geschlossen, das linke glotzte mich an. Das Gesicht wirkte so verrutscht wie der Bademantel, der den Blick auf ein geblümtes Nachthemd und das faltige Dekolletee freigab. Die Haut zerknülltes Wachspapier, die Haare wie vom Sturm zerwühlt.

Ich schaute weg.

Ein Messer lag unter dem Tisch. Ich erkannte es, es steckte für gewöhnlich in dem hölzernen Messerblock an der Spüle. Es war jenes, das mein Vater verwendet hatte, um Gulasch zu schneiden.

Es hatte braune Flecken.

Ich hatte niemals eine Leiche gesehen. Jetzt hatte ich zweifellos eine vor mir.

Ich drehte den Kopf und sah das Blut. Nicht viel, aber deutlich erkennbar auf dem weißen Frottee.

Ich hatte keine Ahnung, was passiert war.

Ich erinnerte mich nicht an einen Streit zwischen uns, nur an die Nachrichten. Es ging um den Euro, um die Krise in Griechenland, um eskalierende Demonstrationen in Spanien. Die Kanzlerin rief zu Besonnenheit und Sparsamkeit auf. Die Versuche Irans, ein Atomkraftwerk zu bauen, waren ebenfalls ein Thema. Der Wetterbericht fehlte bereits in meiner Erinnerung.

Meine Mutter brühte sich an kühlen Abenden Kräutertee. Aber was wollte ich in der Küche?

Ich schauderte, konnte mich aber nicht abwenden. So blieb ich unbeweglich dort auf dem Fliesenboden, fror, begann zu zittern, dann zu weinen.

Ich fühlte zu viel, um mit diesem Aufruhr in meinem Inneren umgehen zu können. Einsamkeit. Verzweiflung. Schuld. Angst. Doch als ich meine Mutter da liegen sah, still und stumm, stellte sich ein weiteres Gefühl ein.

Erleichterung.

Und das löste Panik aus.

Ich sprang auf, rutschte aus, knallte mit dem Knie auf die Türschwelle, rappelte mich wieder auf, rannte ins Bad und übergab mich.

Als ich nur noch würgte, wischte ich mir mit Toilettenpapier den Mund ab und putzte mir die Nase. Erst jetzt bemerkte ich, dass ich stechende Kopfschmerzen hatte. Ich griff an meinen Hinterkopf, zuckte zusammen. Es brannte. Meine Finger waren blutig. Offenbar hatte ich mir den Kopf angeschlagen. Aber wann? Und wo?

Ich hatte mich vollgekotzt.

Ich riss mir den Trainingsanzug vom Körper, die Unterhose, die Socken und stellte mich unter die Dusche. Der Strahl prasselte eiskalt auf meinen Kopf, auf meine Schultern, den Rücken. Es war schmerzhaft und angenehm zugleich.

Als nach einer Weile das Wasser heiß wurde, drehte ich den Hahn zu, blieb mit gesenktem Kopf und hängenden Armen stehen, schaute hellroten Topfen in der Duschwanne beim Zerplatzen zu. Überdeutlich nahm ich die Kratzer in der Keramik wahr, sah das Wasser im angerosteten Abfluss kreiseln und schließlich verschwinden.

In mir war nichts als Leere.

Ich hätte die Polizei rufen sollen.

Ich tat es nicht.

Was hätte ich sagen sollen, am Telefon und auch später während der Verhöre? Ich hatte meine Mutter erstochen. Aber wie war es dazu gekommen? Warum hatte ich das getan?

Ich presste die Augen zusammen, hämmerte mit den Fäusten auf meine Stirn ein. Was, zum Teufel, war geschehen?

Ich hatte schon immer panische Angst vor dem Eingesperrtsein. Den Grund hatte ich entweder verdrängt oder es gab keinen. Den Tag, an dem mich Nachbarskinder im Keller eingeschlossen hatten, werde ich niemals vergessen. Mein Vater hatte mich gefunden, ein siebenjähriges Häufchen Elend, zitternd, heulend, vollgepisst.

Während ich davon überzeugt war, dass ich Stunden in der Dunkelheit verbracht hatte, lachte er mich aus und meinte, es seien lediglich wenige Minuten gewesen. Er hatte die Kinder johlen und weglaufen hören. Misstrauisch war er auf die Suche gegangen nach dem, was sie wieder einmal angestellt haben mochten.

Seitdem hasste ich meinen Vater und nutzte
Treppenhäuser statt Aufzüge. War ich in Begleitung, schob
ich verlegen lachend Fitnessgründe vor. Keller hatte ich
seitdem vermieden.

Die Manie meiner Mutter, bei Einbruch der Dunkelheit
alle Jalousien zu schließen, quälte mich, den Gedanken an die
verriegelte Haustüre versuchte ich zu vermeiden, denn er
löste irrationale Fluchtgedanken in mir aus.

Eine Antwort auf die Frage, warum sie tagsüber keine
Bedenken hatte, Fenster und Türen unverschlossen zu lassen,
nachts aber offenbar Angst hatte vor Einbrechern, bekam ich
nie. Ich befreite mich auf meine Weise, indem ich heimlich
das Rollo in meinem Zimmer öffnete, sobald meine Mutter
im Bett war.

Nein, der Anruf bei der Polizei war keine Alternative zu
dem, was ich stattdessen tat.

Meine Mutter hatte den weinroten Audi 80 nach Vaters
Tod behalten. Ich durfte den Führerschein machen und
Fahrpraxis sammeln, indem ich sie zum Arzt, zum Einkaufen,
zur Bücherei fuhr. Ohne Kritik ging es niemals ab, doch ich
stellte mich taub, genoss das Fahren.

Ich war selten allein unterwegs; es bedurfte
überzeugender Argumente oder extremer Wetterverhältnisse,
um den Autoschüssel ausgehändigt zu bekommen. Selbst
dann fuhr ich nicht die fünfzehn Minuten zum Bahnhof, von
dem aus mich der Zug nach München zur Uni brachte,

sondern parkte den Wagen an der Haltestelle am Ortsende und stieg in den Bus, der für die Strecke mehr als doppelt so lang brauchte.

Wir wohnten am Rand eines Dorfes, in dem die Landwirtschaft aufgegeben, die vor Jahren geplante Ansiedelung von das Landleben schätzenden Kleinfamilien aber noch nicht umgesetzt worden war. Während man im Gemeinderat über Grundstückspreise und Baugebiete stritt, zogen die Kinder der Bauern in die Städte, Brachen und Ruinen hinterlassend.

Gelegentlich bewegte sich hinter einer der kleinen schmutzstarrenden Scheiben eine Gardine. Man sah sie kaum, die Alten, die hier ihr Dasein fristeten.

In diesem Ort namens Kleinspornach, einst das Landgut eines Barons, waren Armut und Verfall an löchrigen Straßen und bröckelndem Putz deutlich sichtbar. Es lag abgelegen, der Zufall brachte keine Besucher in diese Gegend.

Hin und wieder hörte man eine Kuh, einen Traktor, seltener ein Auto. Niemals sah ich plaudernde Menschen, die über die Straße hinweg oder an Gartenzäunen Neuigkeiten austauschten. Niemand zog Erkundigungen nach dem Befinden der wenigen Familien des Ortes ein. Es gab keine Fragen nach den Kindern und deren schulischen Erfolgen. Man fachsimpelte nicht über Mähdrescher, besprach sich nicht zu geeignetem Saatgut oder stimmte Erntetermine ab. Eine Kirche, in der man sich hätte treffen können, fehlte.

Jeder hatte seine eigenen Probleme, die die Nachbarn nichts angingen. Man ging sich aus dem Weg, beäugte sich misstrauisch, pflegte alte Feindschaften.

Dieser Ort war perfekt für mich, den Eigenbrötler, der sich stundenlang in der Hängematte liegend in die Welt hinaus träumte, las, mit dem Fahrrad die Gegend erkundete, durch Wälder streunte.

Und dieser Ort war perfekt, um einen Menschen verschwinden zu lassen.

Ich hatte eine Weile nachgedacht.

Ich wollte meine Mutter in einen Teppich rollen, mir über die Schulter werfen, das Paket in den Kofferraum laden, irgendwohin fahren, meine Fracht abladen und entsorgen.

Das war der Plan.

Er scheiterte bereits am Teppich, wie ich erkannte, als ich auf ihm stand. So groß hatte ich ihn nicht in Erinnerung.

Also nahm ich aus dem Wohnzimmer eine Decke, ging in die Küche und warf sie von der Tür aus über die auf dem Boden Liegende.

Ich hatte gehofft, dass sie ausreichen würde, meine Mutter zu bedecken, diesen Körper, das Blut, vor allem aber dieses Auge, das mich zu verfolgen schien, zu verbergen, doch ich wurde enttäuscht.

Ich ging ins Schlafzimmer, um die gesteppte Bettdecke zu holen. Ich zerrte sie vom Bett, erkannte aber rasch, dass auch sie den Zweck nicht erfüllte. Sie war zu voluminös, zu weich und ebenfalls nicht breit genug.

Meine Verzweiflung wuchs.

Hektisch sperrte ich die Haustüre auf, spähte in die mondlose, klare Nacht hinaus. Niemand war zu sehen.

Den Autoschlüssel hatte ich bereits in der Hosentasche. Ich lief über den Hof, sprang in den Wagen und fuhr ihn mit dem Heck vor die Haustüre. Dann öffnete ich den Kofferraumdeckel und starrte ins Innere.

Zu wenig Platz.

Meine Mutter war nicht groß, aber beleibt. Ehrlich gesagt war sie korpulent. Fett. Sie würde niemals in den Kofferraum passen.

Resigniert ließ mich auf die Stufen am Eingang sinken, legte den Kopf in die Hände und seufzte.

Was ich brauchte, war eine Eingebung. Und zwar sofort.

Mein Vater war Jäger gewesen. Jede freie Minute verschwand er im Wald, blieb oft die Nacht über weg. Die verbrachte er im Hochstand, eingehüllt in einen Schlafsack, das Fernglas vor sich, dampfenden Kaffee neben sich.

Von September bis Januar gab es zu Vaters Lebzeiten bei uns täglich Fleisch. Rehe und Wildschweine landeten in allen erdenklichen Variationen auf unseren Tellern; mein Vater war ein hervorragender Schütze.

Ich war fasziniert von der Jagd, auch wenn diese Faszination eine war, die in mir niemals die Vorfreude auf das Töten weckte, wie ich sie bei anderen beobachtete. Im Gegenteil. Die Pirsch, das Ansitzen und Beobachten, die Hege während des Winters liebte ich. Die Gewissheit aber, dass der Schuss fallen, das Reh zusammenbrechen und ein Leben beendet sein würde, machte mich traurig.

Sobald das Lebewesen zu Fleisch wurde, waren meine Skrupel verflogen. Eifrig half ich beim Häuten, Ausweiden, Zerteilen. Ich hatte mir eine eigene Technik angeeignet, für die mir die Jäger der Nachbarreviere Respekt zollten. Saßen sie nach einer Treibjagd in der Hütte und stießen mit dem obligatorischen Schnaps an, nahm ich mich ihrer Beute an.

Heute lagerten die Flinten und Messer meines Vaters auf dem Dachboden. Ich hatte nach seinem Tod an keiner Jagd mehr teilgenommen, obwohl ich oft eingeladen worden war.

Ich stand auf und ging ins Haus.

Im Flur blieb ich unter der Dachluke stehen. Die Stange, mit der man sie öffnen konnte, lag auf dem Schrank. Ich fädelte den Haken in die Öse, zog kräftig an. Die Klappe öffnete sich. Ich klappte die Leiter aus, schaltete das Licht an und stieg hinauf.

Oben angekommen, orientierte ich mich. Ich war Jahre nicht mehr hier gewesen. Staub und Spinnweben hatten Kisten und Schachteln zugedeckt. Es war düster, warm und stickig. Ich hustete. Eine große Spinne rannte über einen Holzbalken.

Da war er, Vaters metallener Flintenschrank, daneben die Holzkiste, in der er seine Jagdutensilien aufbewahrt hatte. Ich öffnete sie. Obenauf lag das abgegriffene Lederfutteral mit den Messern. Ich nahm es, warf den Deckel zu und kletterte rasch die Leiter hinab.

Im Flur holte ich tief Luft und wandte mich zur Küche.

Minutenlang stand ich da.

Sie lag vor mir, nicht anders als früher die Rehe und Wildschweine, die mein Vater geschossen hatte. Noch immer war wenig Blut zu sehen, lediglich vor dem Herd ein verschmierter Streifen, dort, wo ich ausgerutscht war. Die Flecken auf dem weißen Bademantel waren nicht rot, sondern braun, fast wie die Decke, die halb über der Leiche lag.

Ich öffnete das Mäppchen mit den Jagdmessern und prüfte den Inhalt. Alles war an seinem Platz. Sauber und scharf. Einsatzbereit.

Ich zog die vom häufigen Schleifen schmal gewordene Klinge heraus, die ich früher zum Ausbeinen von Wildschweinen verwendet hatte. Wog sie in der Hand. Ging in die Knie, zog die Decke von den blassen Schenkeln meiner Mutter, schob den Bademantel zur Seite.

Es würde genügen, die Beine an den Hüften abzutrennen. Der Körper könnte Platz finden im Kofferraum. Es würde einiges an Kraftaufwand beim Verladen bedeuten, doch das traute ich mir körperlich durchaus zu.

Ich schob das Nachthemd höher.

Noch ein Stück.

Meine Mutter war gewalttätig gewesen. Ich, der Germanist, fand keinen passenderen Ausdruck dafür; kein Attribut beschrieb sie treffender.

Sie schlug mich niemals. Sie redete. Viel und, meinem Gefühl nach, ständig. Sie brachte meine Ohren zum Summen und meinen Kopf an die Grenze seiner Kapazität. Ich konnte körperlich schon als 15-Jähriger auf meine Mutter hinunterschauen, doch das änderte nichts daran, dass ich mir neben ihr wie ein Zwerg vorkam. Und ich wurde kleiner und kleiner. Eines Tages, so stellte ich es mir vor, verschwände ich in einer Ritze im Dielenboden.

Sie fällte Urteile und ließ sie krachend auf mich herunterfallen wie eine Guillotine ihr Messer. Sie pflegte sich in meinem Zimmer vor mir aufzubauen und schier endlose Monologe zu führen. Ich war zum Zuhören verurteilt. Für Widerworte fand ich keinen Raum. Bekam ich eine der seltenen Gelegenheiten, mich zu rechtfertigen, erzielten meine Argumente kaum mehr als den Effekt, dass sich ihr Erregungszustand steigerte. Die nächsten Minuten spielten sich dann um eine Oktave höher und um einige Dezibel lauter ab.

So lauschte ich ergeben dem, was sie mir zu verkünden hatte. Oder ich schaltete ab und ließ meine Gedanken wandern.

Mein Vater verließ wortlos das Haus, wenn sich meine Mutter in Rage redete. Ich hatte diese Möglichkeit nicht, niemals. Ich hasste meinen Vater dafür, dass er mich ihr auslieferte, diesem Wortschwall, der auch ihn anging.

Ich schwieg und ertrug.

Nun hockte ich vor ihr, das Messer in der rechten, den Stoff ihres Nachthemds in der linken Hand. Tränen und Rotz liefen mir übers Gesicht.

Es ging nicht. Ich konnte das nicht. Sie würde mich umbringen. Dass sie tot war, änderte kein bisschen an meiner Angst vor ihr.

Ich ließ Nachthemd und Messer fallen, erhob mich und rannte aus der Küche.

Ich war ein Feigling, ein Versager, eine Niete.

Meine Mutter hatte es gesagt. Immer wieder. Und Recht behalten.

Irgendwann war ich am Esstisch im Wohnzimmer sitzend eingeschlafen. Als ich erwachte, schmerzte mein Nacken, die Hände, auf die ich den Kopf gelegt hatte, kribbelten. Ich schüttelte sie, stand auf und zog die Jalousien hoch.

Es dämmerte.

Ich blickte aus dem Fenster, schaute über die im Dunst des Morgens liegenden Felder. Ich war jetzt ruhiger, gefasster. Suchte nach einer Lösung. Grübelte, wog ab, verwarf. Kurz überlegte ich erneut, ob ich mich der Polizei stellen sollte, schob den Gedanken allerdings sofort von mir.

Plötzlich war alles klar. Ich schüttelte den Kopf über meine peinliche Dummheit. Ich spürte, wie ich rot wurde. Fast musste ich lachen. Als ob ich in der Lage wäre, meine Mutter mit einem Messer zu zerlegen! Schon körperlich, das war mir jetzt bewusst, wäre dieser Kraftakt kaum zu schaffen. Mit dieser kurzen Klinge hätte ich nicht mehr als die zentimeterdicke Fettschicht durchdrungen. Meine Güte, was war ich nur für ein Idiot!

Ich würde ein anderes Fahrzeug besorgen. Einen Kombi oder einen Lieferwagen. Freunde, die ich um ihr Auto hätte bitten können, besaß ich nicht. Also blieb nur eine Autovermietung.

Ich griff nach den Gelben Seiten.

Nachmittags war ich zurück. Ich war in die Stadt gefahren, hatte einen Mercedes Sprinter gemietet und im Baumarkt verschiedene Abdeckplanen gekauft, wie sie auf Baustellen Verwendung finden.

Ich parkte den Lieferwagen vor der Haustüre. Dann ging ich in den Garten, um eine der Holzlatten zu holen, mit denen wir im Frühsommer das Netz über den Kirschbaum spannten. In einem Eimer entdeckte ich ein Paar Arbeitshandschuhe, die ich mitnahm. Ich warf die Latte in den Laderaum und wählte eine der Plastikplanen aus.

Ich schloss die Haustüre auf, blieb auf der Schwelle stehen, lauschte. Kein Ton war zu hören.

Im Flur zog ich die Handschuhe an, breitete die Plane aus und schleppte sie in die Küche. Es war mühsam, das störrische Plastik neben die mitten im Raum liegende Person zu ziehen. Als ich es endlich geschafft hatte, den Boden damit zu bedecken, versuchte ich, die Leiche auf die Folie zu wälzen und darin einzuwickeln.

Es war kaum Platz in der Küche. Ich rückte den Tisch zur Wand, stellte die Stühle darauf, doch das verschaffte mir nur wenig Freiraum. Zudem stellte es sich als sehr schwierig heraus, einen Körper zu bewegen, der keinerlei Körperspannung mehr enthält.

Ich zerrte und stemmte, drückte und schob.

Als ich die Leiche endlich verpackt hatte, stand ich auf, betrachtete mein Werk. Zufrieden war ich nicht. Die Plane würde sich lösen, wenn ich sie packen und durch den Flur ziehen würde..

Ich überlegte kurz und öffnete dann die Schublade, in der Kleinzeug vom Bindfaden über Kugelschreiber bis hin zur Paketkarte einen Platz hatte. Da lag sie, die Rolle mit braunem Klebeband, wie man es für Pakete verwendete.

Es war bereits dunkel, als ich die Plane so gefaltet und verklebt hatte, dass die Leiche nicht mehr herausrutschen konnte.

Ich war fix und fertig, doch eine Pause einzulegen war unmöglich. Der Transporter stand mir lediglich für 24 Stunden zur Verfügung, darauf hatte mich der Vermieter extra hingewiesen.

Ich begann, an der Plane zu zerren. Sie bewegte sich nicht. Ich zog stärker, mit aller Kraft, stemmte mich gegen den Türrahmen. Mehr als ein paar Zentimeter schaffte ich nicht. Ich fand keinen Griffpunkt, rutschte immer wieder ab.

Verzweifelt starrte ich zu Boden, stieß einen Fluch aus.

Ein nicht zu fassender Gedanke, das Gefühl, etwas vergessen zu haben, arbeitete schon eine Weile hinter meinen bohrenden Kopfschmerzen. Dann brach er unvermittelt durch, und er war simpel: Im Schuppen neben dem Haus befanden sich Seile und Gurte.

Kurz vor Mitternacht lag meine Fracht im Wagen. Ich drückte die Heckklappe zu.

Ich zitterte vor Erschöpfung und Hunger, doch der Gedanke an Essen ließ saure Übelkeit in meiner Brust aufsteigen. Hastig leerte ich eine Flasche Mineralwasser.

Dann ging ich in mein Zimmer, holte mein Schweizer Taschenmesser sowie eine Taschenlampe und zog im Flur Regenjacke und Gummistiefel an.

Sorgfältig verriegelte ich schließlich die Haustüre, setzte mich ans Steuer des Sprinters und fuhr Richtung Norden.

Rund 20 Kilometer musste ich zurücklegen, dabei zwei Ortschaften durchqueren, um mein Ziel zu erreichen. Dort begann ein ausgedehntes Naturschutzgebiet. Als mein Großvater ein Kind gewesen war, stach man hier Torf, der getrocknet als Brennstoff diente.

Seit Jahren schon gehörte das Moor Tieren und Vogelkundlern, die hofften, seltene Exemplare beim Brüten beobachten zu können. Sie verlegten Planken, um die sumpfige Landschaft zu erschließen, um imstande zu sein, tiefer einzudringen in diese fremde, gefährliche, reizvolle Welt. Zuletzt aber siegte immer das Sumpfland, verschlang unerbittlich alles, was ihm angeboten wurde.

An diesem Ort würde meine Mutter ihr Grab finden.

Ich kannte eine Stelle, an der man bei Trockenheit ein Fahrzeug sicher parken kann. Mein Vater hatte sie mir gezeigt. Dort hielt ich an, kurbelte das Fenster herunter und machte den Motor aus. Eine Weile blieb ich angespannt sitzen, spähte in die Finsternis, lauschte meinem Herzschlag und den Geräuschen der Nacht. Heute wirkten sie bedrohlich, lauter und intensiver als sonst.

Ich atmete tief durch und verließ das Auto.

Die Ornithologen verwendeten ein Boot mit flachem Boden, um ihre Instrumente, Zelte und Schlafsäcke durch die Kanäle zu ziehen. Es wurde nicht oft genutzt, meist lag es leck geschlagen halb versenkt im Schilf.

Ich schaltete meine Taschenlampe ein und machte mich auf die Suche.

Nach einigen Minuten hatte ich es gefunden. Erleichtert erkannte ich, dass der Kahn erst vor Kurzem mit Hanf und Teer geflickt worden war. Er wirkte einsatzbereit. Ich löste den Strick, mit dem er an einem Baum befestigt war, und zog ihn hinter mir her, bis der Kanal endete.

Bis hierher würde ich die Leiche meiner Mutter bringen müssen.

Zurück beim Auto öffnete ich die Schiebetüre, zog meine Handschuhe an, steckte das Messer in die Hosentasche, die Lampe schob ich in den Bund. Ich griff nach dem Seil, das ich um die Plane geschlungen und verknotet hatte. Zweimal kräftig daran gezogen, landete meine unförmige Fracht fast ohne ein Geräusch auf dem schwarzen Moorboden.

Jetzt, wo ich meine Mutter als grünes Paket vor mir hatte, waren meine Skrupel verschwunden. Ich war vollkommen fokussiert auf meine Aufgabe.

Ich hoffte, die als extra reißfest beschriebene Folie würde bis zum Boot halten. Weder Steine noch Wurzeln erschwerten mir die Arbeit zusätzlich; der Boden war mit feuchtem Moos, Farn und Gras bedeckt.

Ich packte das Seil, schlang es zweimal um meine Handgelenke und stemmte die Stiefelabsätze in den leise schmatzenden Untergrund.

An meinem Ziel angekommen, war ich schweißgebadet. Dennoch war es leichter und schneller gegangen, als ich angenommen hatte.

Nun musste ich das Boot beladen. Ratlos stand ich davor. Es würde zweifellos kentern, wenn ich versuchte, mein Paket hineinzuzerren. Ich überlegte eine Weile, zog dann den Kahn längsseits, zerrte ihn in den Schlick und kippte ihn. Vorsichtig, Millimeter für Millimeter rollte ich die Plane mit dem Körper ins Innere. Das Holzboot richtete sich langsam auf.

Es schwamm.

Ich vertäute es sorgfältig und marschierte zum Transporter zurück, um die Holzlatte zu holen. Ich benötigte sie als Stake, aber auch, um die Wassertiefe auszuloten. Und um meine Mutter, sobald ich sie aus der Folie geschält hatte, unter Wasser zu drücken, bis das Moor sich ihrer bemächtigte. Ohne nachzuhelfen, das wusste ich aus Fernsehberichten, versinken Leichen nicht.

Als der Morgen dämmerte, war ich wieder im Auto. Dreckig, nass, todmüde, erleichtert. Mein Plan hatte funktioniert. Der Schlick hatte meine Mutter bereitwillig aufgenommen und würde sie nicht mehr hergeben.

Ich legte den Kopf auf das Lenkrad und schloss meine brennenden Augen. Minutenlang blieb ich so sitzen, nichts denkend, nichts fühlend. Dann startete ich den Motor.

3. Kapitel

Nachdem ich den Wagen zurückgebracht hatte und nach Hause gefahren war, warf ich mich auf mein Bett und schlief tief und traumlos. Als ich erwachte, blinzelte ich in die Sonne, schaute mich verwirrt um.

Ich lag, die Arme ausgebreitet, auf dem Bauch, die Bettdecke unter mir war zerwühlt. Jeans und Jacke trug ich noch. Einen Gummistiefel hatte ich an, der zweite fehlte.

Die Erinnerung kam mit einem Adrenalinstoß. Meine Kopfhaut zog sich zusammen, die Haare im Nacken und an den Unterarmen richteten sich auf, mein Magen schien nach vorn zu kippen. Das Licht schmerzte in meinen Augen, blieb unangenehm selbst dann, als ich sie schloss und die Helligkeit einem gedämpften Rot wich. Ich lauschte dem Kopfschmerz, der in meinem Schädel bohrte und dröhnte.

Ich hatte meine Mutter getötet. Und sie im Moor begraben. Nein, versenkt. Entsorgt. Ich, der ewige Versager, der Feigling, der Rückgratlose, derjenige, der immer kuschte.

Stolz breitete sich in mir wie warme Suppe aus. Das erste Mal hatte ich etwas getan, das Spuren hinterlassen würde. Bis zu diesem Zeitpunkt war ich die Wege der anderen gegangen, vorgezeichnete Pfade ohne Gabelung. Ich war hinterhergetrottet. Jetzt aber war ein neuer Weg aufgetaucht. Ich selbst hatte ihn geschaffen.

Ich drehte mich auf den Rücken und spürte ungekannte Energie durch meinen Körper fließen.

Ich grinste.

Daran, dass die Leiche im Moor gefunden werden könnte, dachte ich nicht. Ebenso wenig daran, wie ich das Verschwinden meiner Mutter erklären würde, käme jemand auf die Idee, mich nach ihr zu fragen.

Ich stand auf, zog das Bett ab und stopfte meine Kleidung zusammen mit dem vom nassen Dreck meiner Hose verkrustete Bettzeug in die Waschmaschine. Kippte Waschmittel in die Trommel und drückte mehrere Knöpfe, bis ich Wasser einlaufen hörte. Ich duschte ausgiebig, rasierte mich, putzte sorgfältig meine Zähne. Nackt ging ich zurück in mein Zimmer, zog mich an. Dann betrat ich die Küche.

Gestern war nicht viel Blut zu sehen gewesen, einige Tropfen nur, eine handtellergroße Pfütze, ein verschmierter Streifen. Heute war es überall: auf dem Boden, an den Küchenfronten, an der Tür, am Türrahmen befanden sich Spritzer, Fußspuren, Fingerabdrücke. Das Messer war unter den Tisch gerutscht, ein Stuhl war umgekippt, der andere stand auf dem Tisch.

Ich schüttelte mich vor Ekel.

Eimer und Putzlappen fand ich im Schrank. Während Wasser in den Eimer lief, studierte ich die Etiketten der verschiedenen Putzmittel und mischte dann doch alles zusammen.

Erst als keine Spur meines Verbrechens mehr zu sehen war und sich auch das Messer gesäubert wieder an seinem Platz befand, ließ ich mich auf einen Stuhl fallen und atmete tief durch.

Später hängte ich die Wäsche zum Trocknen in den Garten, spritzte die Plane, in der ich meine Mutter transportiert hatte, mit dem Wasserschlauch ab, schmierte mir ein Brot, kochte Kaffee und leerte den überquellenden Briefkasten, der am Gartentor hing.

Erschöpft setzte ich mich mit meiner Tasse auf die Stufe vor der Haustüre und sortierte die Post. Zeitungen legte ich zu meiner Rechten ab, Briefe kamen nach links, Werbung warf ich auf den Boden. Ein Stück Papier erregte meine Aufmerksamkeit. Er war mit rotem, dickem Filzstift beschrieben.

»Morgen wirst du frei sein« stand da in ordentlichen, leicht geschwungenen Lettern.

Ratlos legte ich den Zettel auf den Stapel mit den Briefen und wandte mich den Zeitungen zu. Die älteste war vom 3. September, die heutige vom 5. September. Mittwoch.

Ich hatte Mühe, die Chronologie der Ereignisse zu rekapitulieren. Es musste Sonntag gewesen sein, als meine Mutter und ich es uns vor dem Fernseher bequem gemacht und auf eine weitere Folge des »Tatort« gefreut hatten. Waren tatsächlich bereits drei Tage vergangen? Hatte ich den Dienstag völlig verschlafen?

Ich blätterte in den Zeitungen, ohne eine Zeile zu erfassen. Dann stand ich auf und ging in das Haus, in dem ich nun alleine lebte.

Ich schlenderte durch die Räume, nahm sie erstmals bewusst wahr. Braun und Beige waren die Farben, die dominierten. Jahrzehntelang hatten meine Eltern kaum Veränderungen vorgenommen. Ich konnte mich weder an eine andere Couch erinnern noch an andere als die wuchtigen, eichenen Vitrinen. Die Blumentapete aus den Siebzigern war weißer Raufaser gewichen. Mittlerweile aber hatte diese eine undefinierbare Patina angenommen, in der Nähe des Holzofens und an den Fenstern und Ecken dunkler, zwischen Sofa und Schrank heller.

Den Holzboden bedeckte ein mehrere Quadratmeter einnehmender Perserteppich, ein Erbstück, das bereits einige Vorbesitzer hatte. Meine Mutter erwähnte häufig seinen Wert, was ihn in meinen Augen nicht attraktiver machte.

Die Küche war kurz vor dem Tod meines Vaters renoviert worden. Weiße Fronten, eine Arbeitsplatte aus Buche und helle Fliesen an den Wänden und am Boden ließen den Raum größer erscheinen, als er war. An der Wand hingen gerahmte Kritzeleien eines Kindes. Es waren meine Zeichnungen, an deren Erstellung ich mich allerdings nicht erinnern kann.

Das Bad bot einen erschreckenden Anblick. Risse in der grauen Decke, angeschlagene Keramikbecken, verkalkte und verrostete Armaturen, zerbrochene Kacheln. Niemand hatte es je für nötig befunden, tropfende Wasserhähne zu reparieren oder auszutauschen, zum Farbeimer zu greifen oder gar zum Vorschlaghammer. Dieser wäre die beste Wahl gewesen.

Ich wandte mich ab und warf einen Blick in mein Zimmer. Mein Jugendbett, Regale randvoll mit Büchern und Ordnern, ein Kleiderschrank, ein knarrender Stuhl ohne Armlehnen, der Schreibtisch mit meinem Laptop darauf und Bücherstapeln darunter. Mehr fand nicht Platz, und mehr brauchte ich auch nicht.

Das Schlafzimmer meiner Eltern betrat ich nicht. Ich wusste, wie es dort aussah. Ein bis zur Decke reichender Schiebetürenschrank mit Spiegeln, ein Doppelbett, zwei Nachtkästchen mit Schirmlampen und auf Mutters Seite einem Wecker. Geblümte, ausgebleichte Bettwäsche.

In dem düsteren Flur mit Holzboden und Flickenteppich blieb ich stehen, lehnte mich an die Wand, schaute durch die offene Haustür nach draußen.

Ich hatte keine Ahnung, was ich anfangen sollte mit meinem Leben, diesem neuen Leben, das mir so unvermittelt geschenkt worden war.

Denn so, das gestand ich mir ein, empfand ich es.

So verging der Tag. Mein erster ... Ich stutzte. Mein erster Tag in Freiheit.

»Morgen wirst du frei sein.«

Hitze schoss mir ins Gesicht. Ich rannte ins Haus. Wo hatte ich nur die Post hingelegt? Da war er, der Stapel. Auf dem Esstisch. Ich fand den Zettel, nahm ihn, starrte ihn an. Meine Hand zitterte, die Schrift vor meinen Augen verschwamm.

Ich ließ mich auf einen Stuhl fallen.

Was, verdammt noch mal, bedeutete das? War ich paranoid? Oder ...

In dieser Nacht ging ich nicht ins Bett.

Ich hatte kein Geräusch gehört. Und doch war jemand im Haus gewesen.

Ein Blatt Papier lag auf der Schwelle zum Wohnzimmer, dem Raum, in dem ich die Nacht verbracht hatte. Einen Moment hoffte ich, dass die Nachricht, die ich unzählige Male gedreht, gewendet und gefaltet hatte und über der ich, den Kopf auf dem Tisch, eingeschlafen war, zu Boden gefallen und zur Tür gerutscht war.

Doch sie lag vor mir.

»Freiheit gibt es nicht umsonst«, las ich, als ich mich so weit beruhigt hatte, um aufzustehen, den Zettel aufzuheben und umzudrehen.

Die Schrift, diese gewissenhaft gemalten Buchstaben, kannte ich. Den Stift, mit dem diese Worte geschrieben worden waren und der auf dem Papier lag, ebenfalls. Es war mein eigener. Ich steckte ihn in die Hosentasche.

Die Haustüre war unversperrt. Natürlich war sie das, denn Mutter, die bisher dafür Sorge getragen hatte, dass das Haus abends einbruchsicher verrammelt wurde, lag im Moor. Vor der Tür war nichts Ungewöhnliches zu sehen. Was hätte da auch sein sollen? Die Person, der mir Nachrichten zukommen ließ? Sie würde wohl kaum auf mich warten und mir Rede und Antwort stehen, schalt ich mich selbst.

Aber was bedeuteten diese Sätze? Ich wagte nur zögernd, ihren Sinn zu verstehen.

Es ging um Freiheit. Um meine Freiheit, wie es schien. Und damit um den Tod meiner Mutter, zwangsläufig.

Hatte es einen Zeugen gegeben? Der mich mit seinem Wissen erpresste? Es sah so aus.

Doch was war bei mir zu holen? Vermögen hatte ich nicht. Ich erhielt Bafög, ein paar hundert Euro im Monat, und eine bescheidene Waisenrente. Dazu das Geld, das ich in der Buchhandlung verdiente. Genug, um die Fahrkarten nach München zu kaufen, hin und wieder Klamotten, Essensmarken für die Mensa und morgens am Hauptbahnhof Kaffee. Und Bücher natürlich.

Brauchte ich Fachliteratur, Zubehör für meinen Computer, Geld für Seminare oder den Eintritt zu Lesungen, musste ich an mein Sparbuch. Ein paar hundert Euro, mehr hatte ich nie zur Verfügung.

Was konnte ich einem Erpresser also anbieten? Ein Auto, Baujahr 1992, ein altes Haus, abgewohnte Möbel. Die Flinten meines Vaters. Würde das reichen?

Ich sollte es bald erfahren.

4. Kapitel

Um mich abzulenken, fuhr ich in die Stadt. Der Kühlschrank war leer, und ich hatte seit Tagen nichts anderes als Brot gegessen. In der Dose auf dem Küchenschrank hatte ich neben Briefmarken und Rabattgutscheinen Geld gefunden, das ich einsteckte.

Eier, Wurst und Käse lagen bereits in meinem Einkaufswagen. Ich schob ihn an der Fleischtheke vorbei zum Kühlregal, wo ich bei verschiedenen Pizzas zugriff. Auch bei den Nudeln und Saucengläsern bediente ich mich.

Kochen hatte ich nie richtig gelernt, obwohl ich als Jugendlicher intensives Interesse an der Zubereitung des von Vater Erlegten gezeigt hatte. Meine Mutter hatte sich jedoch jede Einmischung in ihrer Küche verbeten. Damit blieben mir Hilfstätigkeiten unter Aufsicht vorbehalten: Zwiebeln schneiden, Äpfel für Kuchen oder Kompott schälen, Kartoffeln raspeln, Geschirr spülen.

An der Kasse sprach mich eine Frau an: »Hallo Christian. Wie geht´s denn deiner Mutter?«

Ich zuckte zusammen.

»Ich hab sie ja ewig nicht gesehen«, plauderte sie, ohne auf eine Antwort zu warten. Dabei räumte sie den Inhalt ihres Einkaufswagens auf das Band. »Und du bist ja sicher bald mit dem Studium fertig, oder?«

»Äh ...«, stammelte ich. »Es ist schon noch ein Weilchen hin. Also, ein Jahr oder so.«

Die Frau schaute mir direkt ins Gesicht. Sie hatte hellgrüne Augen mit dunklem Rand. Ihr Blick war offen und intelligent. »Ach was.«

Ich war froh, mit dem Bezahlen an der Reihe zu sein und mich abwenden zu können. Diese Person machte mich nervös. Ich hielt der Kassiererin einen Fünfziger hin. Sie starrte mich fragend, fast wütend an.

»Ob du eine Tüte möchtest«, assistierte die Stimme in meinem Rücken.

»Ach so. Ja. Bitte. Äh ... Danke.«

Kopfschüttelnd warf die Kassiererin einen Plastikbeutel auf meinen Einkauf, riss den Schein aus meiner Faust. Sie hieb auf eine für mich nicht sichtbare Tastatur ein. Die Hand erschien wieder, warf Geld auf das Fließband.

»Fuffzehneinundzwanzig zurück. Wiedersehen.«

Ich stopfte die Banknote und die Münzen achtlos in die Hosentasche, räumte Beutel, Packungen, Gläser in die Tüte und ergriff die Flucht.

Als ich im Auto saß, beruhigten sich mein Puls und meine Atmung allmählich.

Zufall. Ein ganz normales Gespräch an einem ganz normalen Tag in einem ganz normalen Laden.

Ich glaubte mir nicht.

Wo ich gewesen war, wusste ich nicht. Ich war gedankenversunken herumgefahren, bis die Tankanzeige zu leuchten begann. Dieses Gelb, das durch die zunehmende Dämmerung stach, schien mich aufzuwecken. Ich orientierte mich, schaltete das Licht an und bog ab, um auf einer schmalen Straße, nicht mehr als ein Feldweg, nach Hause zu fahren.

Jemand saß auf den Stufen vor dem Eingang, neben sich eine Einkaufstasche. An der Wand lehnte ein Damenfahrrad.

Langsam fuhr ich in den Hof, bremste, stellte den Motor ab, starrte durch die Windschutzscheibe.

Die Frau aus dem Supermarkt. Sie lächelte mich an.

Schweißtropfen rannen mir den Rücken hinab, als ich betont lässig ausstieg, meine Tüte von der Rückbank holte, die Wagentüren zuwarf und zum Haus ging.

»Na, wo bist du denn so lang gewesen?«

Ich blieb stehen. Meine Lockerheit fiel von mir ab. »Ei ... Einfach rumgefahren.«

Ich spürte, wie ich rot wurde, wollte die Augen senken, wegschauen, konnte ihrem Blick aber nicht ausweichen. Sie saß noch immer, den Rücken an die Tür gelehnt, hatte den Kopf gehoben, lächelte mich aufmunternd an.

»Na, dann wollen wir doch mal reingehen, oder?«

Sie stand auf, griff nach der Klinke, drückte sie. Öffnete die Tür. Ich hatte erneut vergessen, abzusperren.

Sie ging direkt in die Küche und begann, den Inhalt ihrer Tüte in den Kühlschrank zu räumen. Den Kopf hinter der Kühlschranktür, fuchtelte sie auffordernd in meine Richtung.

»Was ist? Wo sind deine Sachen? Her damit!«

Ich bewegte mich nicht. Sie schaute, seufzte, tat einen schnellen Schritt auf mich zu, packte die Henkel der Tasche in meiner Hand.

Ich zuckte zusammen. Sie lachte.

»Jetzt gib schon her. Und wasch dir die Hände. Ich mach uns was Schnelles zum Essen. du musst ja völlig ausgehungert sein.«

Sie warf einen Blick in meine Tüte. »Meine Güte! Fraß. Alles nur Fraß. Naja, das werden wir ...« Ihr Gemurmel verlor sich im Geräusch des anspringenden Kühlschrankmotors.

Ich sperrte mich im Bad ein, setzte mich auf die Toilettenschüssel und versuchte, meiner Verwirrung, mehr noch, meiner Betäubung Herr zu werden. Nebenan hörte ich die Unbekannte mit Töpfen und Pfannen hantieren, Schranktüren öffnen und wieder schließen.

Wer war sie? Was wollte sie hier?

Als ich das Badezimmer verließ, roch ich Rührei mit Speck. Das Wasser lief mir im Mund zusammen, wie auf Kommando knurrte mein Magen.

Sie trug zwei reichlich gefüllte Teller an mir vorbei, rief mir über die Schulter zu, ich solle Besteck mitnehmen und Gläser. Ich holte das Gewünschte, nahm noch eine Flasche Mineralwasser mit und folgte ihr.

Mein Teller stand an seinem gewohnten Platz, ihrer an dem meiner Mutter. Zögernd setzte ich mich.

Sie nickte mir zu und begann zu essen. Ich tat es ihr nach und sah erst wieder auf, als Eier und Butterbrot in meinem Magen verschwunden waren.

Sie betrachtete mich zufrieden. »Satt?«

»Ja. Danke.« Ich sah verlegen auf die Gabel in meiner Hand. »War sehr gut.«

Sie stapelte Teller, Gläser, Besteck aufeinander und verschwand. »Was kommt im Fernsehen?«, rief sie aus der Küche.

Ich stand auf, um das Programmheft aus dem Fach unter dem Videorekorder zu holen. Dann stutzte ich. Was im Fernsehen kam? Wollte sich diese Frau hier etwa häuslich einrichten? Im Moment wusch sie die Pfanne, räumte die Spülmaschine ein, summte eine Melodie.

Mit der Zeitschrift in der Hand ging ich in die Küche. »Wer sind Sie? Was tun Sie hier?«

Sie schaute mich an, fragend, als würde sie an meinem Verstand zweifeln. »Ich vertrete deine Mutter.«

Ich schluckte. »Ich ... Ich ver ... Ich verstehe nicht«, stotterte ich.

Sie lachte. »Natürlich verstehst du, mein Junge! Wir werden uns gut vertragen, glaub mir. Und jetzt sag mir endlich, was wir uns heute anschauen. Was haben wir eigentlich für einen Tag? Donnerstag?« Sie schüttelte das Geschirrtuch und hängte es über die Stuhllehne.

Ich schlug den 6. September auf. »Was, äh, interessiert Sie denn?«

»Hör mal, du wirst mich doch nicht siezen?!« Sie stemmte die Fäuste in ihre Flanken, schaute mich gespielt böse an. »Wenn du mich nicht Mutter nennen willst, ist das Okay. Dann eben Resi. Oder Thea? Ich meine, deine Mutter hieß doch Theresa, nicht wahr? Such dir aus, was dir gefällt. Dein Vater hat sie meines Wissens Reserl genannt. Aber das ist wohl eher unpassend für einen Sohn, oder?«

In meinem Kopf summte es. Das konnte doch alles nicht wahr sein? Ich schloss die Augen. Als ich sie wieder öffnete, hatte sich an der Szenerie nichts geändert. Die fremde Frau stand genau an der Stelle, an der meine Mutter gelegen hatte.

Getötet mit einem Messer. Einem Fleischmesser. Von mir.

Ich drehte mich um, lief ins Bad, hielt den Kopf unter den Wasserhahn. Die Wunde schmerzte, als eiskaltes Wasser über sie rann. Sie hätte genäht werden müssen. Ich nahm ein Handtuch, trocknete mich ab und schaute in den Spiegel.

»du bist am Arsch«, flüsterte ich dem bleichen Gesicht mit den roten, weit aufgerissenen Augen zu.

Ich hatte beschlossen abzuwarten, was passieren würde. Passiv sein, das konnte ich, das hatte ich gelernt. Also, überlegte ich, wäre es als Stärke zu bezeichnen. Und die sollte ich einsetzen.

Als ich ins Wohnzimmer zurückkehrte, saß die Frau auf dem Sofa, die Fernbedienung in der Hand.

Sie zappte.

Meine Mutter hatte niemals durch die Programme geschaltet. Sie war der Überzeugung gewesen, dass jemand, der nicht wisse, was er sehen wolle, etwas Sinnvolleres mit seiner Zeit anfangen müsse.

Ich setzte mich auf einen Stuhl am Esstisch.

»Und? Weißt du schon, was wir anschauen sollen?« Sie nickte Richtung Bildschirm. »Da kommt was über junge Ärzte, ganz frisch von der Uni. Die ersten Schritte im Krankenhaus, begleitet von einer Kamera. Hört sich interessant an. Lebensnah. Aber stell dir vor, du liegst im Bett mit Schmerzen, und so ein Jüngling kommt und erzählt dir, was dir fehlt. Also, was dir vielleicht fehlt. Immerhin ist er ja nur ein Lehrling. Er kann recht haben oder auch nicht. Wie findest du das? Irgendwie keine so gute Vorstellung, oder?«

Ich schwieg.

»Aha, da ist ja noch der Oberarzt, der kontrolliert das«, kommentierte sie das Geschehen. »Schau mal, die mit den langen Haaren, die hat noch nie ein Ultraschall gemacht.« Sie lachte laut auf. »Der Patient schaut ziemlich kariert aus der Wäsche. Gleich springt er aus dem Fenster.«

Sie griff nach einer Wolldecke und einem Kissen und machte es sich bequem. »Jetzt komm schon! Oder willst du auf dem harten Stuhl sitzen bleiben und dir das Genick verrenken, um was zu sehen?«

Ich ging hinüber, setzte mich in den Lehnstuhl. Mutters Fernsehsessel. Ich hatte noch nie darin gesessen. Er war tief und breit, durchgesessen bis auf die Gurte.

Die Frau auf dem Sofa lächelte mir zu und schaute dann wieder auf den Bildschirm, wo Menschen in weißen Kitteln über lange Gänge hasteten.

Ich betrachtete sie aus den Augenwinkeln. Wie alt mochte sie sein? So alt wie meine Mutter, knapp 60, schätzte ich. Sie reichte mir gerade bis zur Schulter, war vollbusig, mit rundem Hinterteil und kräftigen Beinen. Nicht dick, aber gut genährt, etwas mehr als vollschlank. Sie schien nicht unsportlich, auf alle Fälle aber körperlich aktiv zu sein, immerhin war sie vom Supermarkt bis hierher mit dem Rad gefahren. dunkles, lockiges, kurz geschnittenes Haar mit vereinzelten grauen Strähnen. Sie hatte kaum Falten, nur an den Augen sah man Krähenfüße. Ihr Blick, offen und freundlich, war von einer Intensität, die mich verwirrte. Sie trug Jeans und eine blauweiß gestreifte Bluse, dazu blaue Sneakers.

Ich ertappte mich dabei, gespannt darauf zu sein, wie der Abend weiter verlaufen würde. Handelte es sich um ein Spiel? Welche Regeln galten? Wann endete es? Heute? Morgen? Diese Frau, wer immer sie war und woher sie auch kam, konnte doch nicht einfach bleiben?

Als ich mit steifen Gliedern und kribbelnden Füßen aufwachte, hörte ich sie in der Küche werkeln. Ich war in Mutters Sessel eingeschlafen. Auf mir lag eine Wolldecke. Ich warf sie aufs Sofa und erhob mich ächzend. Es roch nach getoastetem Brot und frisch gebrühtem Kaffee. Aus dem Radio tönten Stimmen.

Die Fremde lugte um die Ecke. »Na? Wieder im Lande? Ich wollte dich nicht wecken, du hast so schön geschlafen. Hast du Hunger? Geh schnell ins Bad, ich bin sicher, du kannst eine Dusche vertragen. Bis du fertig bist, ist das Frühstück auch so weit.«

»Wie spät ist es?« Ich brachte kaum einen Ton heraus, räusperte mich.

»Kurz nach acht Uhr. Ein wunderschöner sonniger Tag. Es soll warm werden, 25 Grad. Wir sollten uns mal den Garten ansehen, was meinst du? Der Herbst kommt, und man sollte sich allmählich überlegen, was alles zu tun ist. Hast du Zeit?«

Ich antwortete nicht. Ich war sprachlos.

Während wir frühstückten, fragte sie mich über mein Studium aus. »Warum studiert man als Deutscher Deutsch? Ich meine, was hat man davon, später mal? Als was arbeitet man? Willst du Lehrer werden?«

Ich nahm einen Schluck Kaffee. Dieselbe Diskussion hatte ich nach dem Abitur mit meiner Mutter geführt, ebenfalls beim Frühstück. »Ich möchte als Lektor in einem Verlag tätig sein«, antwortete ich.

»Was tut ein Lektor?« Sie sah mich über den Tisch interessiert an. Meine Mutter war damals aufgestanden, hatte ihre Tasse und ihren Teller genommen und im Vorbeigehen auf mich hinuntergebellt, dass solche Hirngespinste überhaupt nicht infrage kämen. Ich hätte Lehrer zu werden, Beamter mit Pensionsanspruch und privater Krankenversicherung, Ende der Debatte.

»Er arbeitet ein Verlagsprogramm aus, sucht passende Schriftsteller, kauft ausländische Bücher ein und lässt sie übersetzen, liest Exposees und Manuskripte, verhandelt mit Autoren und Agenten und so weiter.«

»Klingt interessant. Ich meine, es geht ja für einen Verlag nicht nur um Literatur, stimmt´s? Es geht ja auch darum, Geld zu verdienen.«

Ich nickte. »Genau das. Meist wird Letzteres höher priorisiert, je nach Einfluss des Managements. Nur wenige Verlage können oder wollen es sich leisten, Kunst zu produzieren.«

»Hast du denn schon Erfahrung in einem Verlag gesammelt?«

»Ich habe zwei Praktika gemacht. Eines noch während der Schulzeit und eines unmittelbar nach dem Abitur. Ich würde gern ein weiteres machen, ein längeres, möglichst im Ausland, aber ...« Ich bremste mich.

»Aber deine Mutter hat gemeint, du sollst lieber fertig werden mit dem Studium und keine Zeit verschwenden.«

»Genau«, flüsterte ich.

»Blödsinn. Was bringt die ganze Theorie, wenn du keine Ahnung hast, wie es in einer Firma zugeht? Ausmalen kann man sich viel. Man muss es erleben!«

Ich nickte. Meine Mutter hatte meine Pläne Flausen genannt. Als Staatsdiener bräuchte ich kein Praktikum. Staatsdiener. Ich hatte höhnisch gelacht und für meine Unverschämtheit einen ermüdenden Monolog über Undankbarkeit über mich ergehen lassen müssen. Ich lernte daraus und verschwieg, dass ich nicht ‚auf Lehramt' studierte, nicht daran dachte, eine Beamtenlaufbahn einzuschlagen.

»Na, wir werden sehen.« Entschlossen erhob sie sich, räumte den Tisch ab und verschwand.

»Übrigens«, rief sie irgendwoher, »bin ich nachher weg. Und du solltest endlich die Wäsche von der Leine nehmen und diese Plastikplane aufräumen.«

Nachmittags war sie zurück, das Fahrrad beladen mit Taschen und Beuteln. Sie lud ab und stellte ihr Rad in den Schuppen. Dann sah sie mich am Fenster stehen.

»Magst du mir nicht helfen?«

Ich ging hinaus, warf mir eine Art Seesack über die Schulter, nahm eine Tasche und trug sie ins Haus.

»Wohin?«, wollte ich wissen.

»Ins Schlafzimmer.«

Während sie auspackte, stand ich in der Tür an den Rahmen gelehnt.

Sie hatte ihre Kleidung geholt. Unterwäsche, Strümpfe, Schlafanzüge, Hosen, Shirts, Blusen, Pullover. Keine Röcke oder Kleider. Sie sortierte alles auf dem Bett und öffnete die Schranktüren. Seufzte.

»Haben wir große Müllsäcke?«, fragte sie über die Schulter.

»Ich denke schon.«

Sie schaute mich an. »Und? Holst du mir welche? Sei so lieb.«

Ich gehorchte.

Als ich zurück war, die blauen Beutel in der Hand, war der Fußboden bedeckt mit Mutters Kleidern.

»Magst du das alles in die Säcke stopfen? Wir können sie bei Gelegenheit zur Rotkreuzstation bringen, da sind Altkleidercontainer. Weißt du, wo?«

Ich nickte, bewegte mich aber nicht.

Sie warf mir einen Seitenblick zu. »Ach, gib her, ich mach das«, winkte sie ab. »Warum hackst du nicht Holz für heute Abend? Es ist doch etwas kühl, wenn man auf dem Sofa sitzt. Und so ein knisterndes Feuer im Ofen ist urgemütlich, findest du nicht?«

Ich verließ das Haus, ging zum Schuppen und starrte auf den vor dessen Wand sauber geschlichteten Holzstapel, auf die Axt, auf den Holzklotz. Mutter hatte Angst vor der Axt gehabt, schon immer. Nach Vaters Tod hatte ich mich um Feuerholz gekümmert.

Ich nahm das Beil, wog es in der Hand. Dann legte ich ein Stück Holz zurecht und spaltete es mit einem Hieb. Wie es diese Frau angeordnet hatte, die in diesem Moment damit beschäftigt war, bei mir einzuziehen.

Die Tage vergingen. Ich gewöhnte mich an die neue Situation, an die Freundlichkeit, mit der ich behandelt wurde, an die Gelassenheit, mit der Thea, wie ich sie nach einigem Zögern nun nannte, das Leben anzugehen schien. Sie plauderte, diskutierte, hinterfragte, erkundigte sich nach meiner Meinung, nach meinen Wünschen und Plänen.

Ich entspannte mich zunehmend.

Sie war einfach da, so, als wäre es niemals anders gewesen. Und sie würde, das war mir rasch klar geworden, nicht mehr verschwinden. Ich wusste nicht einmal, ob ich überhaupt wollte, dass sie mich verließ.

Hin und wieder brach sie mit ihrem Fahrrad auf und blieb einige Stunden weg. Ich hatte mich nie getraut, sie zu fragen, wohin sie fuhr.

Zwei Wochen nachdem sie vor meiner Haustüre gesessen hatte und mit einer Selbstverständlichkeit geblieben war, die mich noch immer verblüffte, folgte ich ihr.

Sie radelte die Straße hinunter bis zur Dorfstraße, bog rechts ab und sofort links in einen Feldweg ein. Ich hielt Abstand. Als sie am Waldrand angekommen war, trat ich in die Pedale. Meine Augen brauchten einen Augenblick, bis sie sich an die Dämmerung im Wald anpassten, dann sah ich Thea wieder.

Sie war mehrere hundert Meter entfernt. Sie bog ab in einen Trampelpfad, den Jäger nutzten, um zu einer Fütterungsstelle für Wild zu gelangen. Ich beschleunigte, um sie nicht aus den Augen zu verlieren. Plötzlich erkannte ich meinen Fehler. Sie hatte angehalten, sich umgedreht, schaute mir entgegen.

Ich blieb stehen, verlegen.

»Und? Jetzt?«, fragte sie.

Ich wusste keine Antwort.

»Fahr nach Hause!«

Ich zögerte, öffnete den Mund, um etwas zu sagen.

»Sofort!«

Ich nickte, drehte mein Fahrrad um und kurbelte davon. Ich schämte mich.

Am Abend saß ich in der Küche, die Uhr im Blick, und wartete auf sie. Ich machte mir Sorgen. Ich hatte ein schlechtes Gewissen. Und Hunger.

Ich schmierte mir ein Brot, aß es im Stehen vor dem Fenster. Draußen wurde es allmählich dunkel. Blaue Stunde hatte meine Großmutter diese pastellfarbene Stimmung genannt.

Ein Geräusch an der Haustüre. Sie war wieder da. Ich seufzte erleichtert. Ich hatte sie nicht kommen sehen, sie musste sich über die Wiese hinter dem Haus genähert haben. Ich wandte mich um.

»Tu. Das. Nie. Wieder.«

Meine Nackenhaare richteten sich auf beim Klang ihrer Stimme und dem Ausdruck in ihren Augen.

»Geht klar«, flüsterte ich.

»Und jetzt schür doch mal den Ofen an, es ist etwas frisch hier drin. Hast du schon gegessen?«

Als wäre nichts gewesen. Als hätte ich mir die eiserne Kälte ihrer Worte nur eingebildet.

»Ja. Ein Brot.«

»Soll ich noch ein paar Reibekuchen machen?«

»Ich habe keinen Hunger. Ich ...«

»Ja?«

»Mir ist übel.«

»Oje. Ich mach dir einen Tee und eine Wärmflasche. Leg dich aufs Sofa und pack dich in die Decke ein! Ich bin gleich bei dir.«

5. Kapitel

Ende September ging ich wieder zur Arbeit. Kurz vor Semesterbeginn nahm der Andrang in der Buchhandlung für gewöhnlich zu. Man benötige meine Hilfe, hatte man mir mitgeteilt, und ich brauchte das Geld.

Ich parkte das Auto am Bahnhof und stieg in den Zug nach München. Thea hatte keinen Zweifel daran gelassen, dass es für sie indiskutabel war, dass ich Zeit im Bus verschwendete.

»Auf dem Rückweg kannst du beim Supermarkt anhalten. Ich hab dir eine Liste geschrieben. Es wäre doch ungeschickt, zwei Wege nicht zu einem zu verbinden, oder?« Sie zwinkerte mir zu. »Ich kümmere mich heute mal um den Garten. Die Beete sehen verheerend aus!«

Im Laden in der Schellingstraße herrschte Hochbetrieb. Während meine Kollegen Kunden berieten, saß ich am Computer, arbeitete mich durch Verlagsverzeichnisse und tippte Bestellungen. Mittags biss ich in das Wurstbrot, das Thea mir mitgegeben hatte, und aß einen Apfel.

Es dämmerte bereits, als ich wieder im Zug saß. Ich schaute auf die Uhr und berechnete, ob ich es noch vor Geschäftsschluss in den Supermarkt schaffen würde.

Als ich auf den Parkplatz einbog, sperrte der Marktleiter soeben die Türe ab. Verdammt.

Mit mulmigem Gefühl steuerte ich nach Hause.

Thea hatte mich kommen hören, trat aus der Tür, kam auf den Wagen zu, spähte durch die Heckscheibe ins Innere. »Wo hast du denn die Lebensmittel?«

Ich stieg aus, breitete hilflos die Arme aus, suchte nach einer Entschuldigung. »Ich ... Ich war spät dran. Es ...« Ich räusperte mich. »Sie hatten gerade geschlossen. Also, den Laden. Es war ... So viel los heute. Ich ...« Verzweifelt verstummte ich.

Sie stand vor mir, schaute mich mit diesem bohrenden Blick an, der mich total verunsicherte. Ich betrachtete meine Füße.

»Was hast du denn? Ist doch kein Problem! Dann kaufen wir eben morgen ein.«

Sie boxte mich leicht an den Oberarm, wandte sich ab, ging ins Haus.

Ich trottete hinter ihr her.

Die Vorwürfe, die Szenen, die ich so gut kannte, die ich erwartet hatte, blieben aus. Dankbarkeit und Erleichterung durchströmten mich.

Am nächsten Morgen, wir hatten gerade das Frühstück beendet, legte Thea die abgegriffene Geldbörse meiner Mutter auf den Tisch und öffnete sie. Sie schob das Geschirr zur Seite, schüttete einige Münzen auf den Tisch, zog die EC-Karte aus einem Fach. Quittungen und Belege ließ sie stecken, ebenso die zahlreichen Kundenkarten, die meine Mutter gesammelt hatte.

Sie legte die EC-Karte vor sich hin und betrachtete sie. »Kennst du die Nummer?«, fragte sie fast beiläufig.

Ich schaute erstaunt auf. »Nein.«

»Wo kann sie sie notiert haben?«

»Keine Ahnung.«

»Denk nach!«, bellte sie.

Ich erschrak. »Ich ... Ich weiß nicht. Vielleicht in der Dose?«

»Welche Dose?«

»Die auf dem Schrank. In dem sie das Haushaltsgeld ...«

»Hol sie!«

Ich gehorchte.

Thea griff nach der Kaffeedose, die schon meiner Großmutter gehört hatte und aus der ich als Kind Kleingeld für Kaugummi und Schokolade nehmen durfte, bevor sie wieder für mich unerreichbar im obersten Regal in Sicherheit gebracht wurde.

Sie schraubte sie auf und kippte sie, schüttelte einige Banknoten und Papiere heraus. Das Geld legte sie beiseite, sortierte die Notizzettel.

»Da ist sie ja.«

Sie stand auf. »Wir fahren in die Stadt.«

Wir schwiegen, bis Thea an der Hauptstraße auf eine Parklücke deutete. »Halt hier an!«

Sie stieg aus, lief zwischen zwei Autos über die Straße zur Sparkasse, verschwand hinter den Glastüren. Schemenhaft sah ich sie zum Geldautomaten gehen. Als die Türen sich wieder öffneten, stopfte sie achtlos ein Bündel Geldscheine in eine Geldbörse. Es war nicht die meiner Mutter, die lag noch auf dem Esstisch.

Sie warf einen Blick nach links, winkte mir zu und formte mit den Lippen ein Wort. Dann eilte sie die Straße entlang und betrat eine Bäckerei.

»Schau mal, ich hab dir Nusshörnchen geholt. Die magst du doch so gern«, strahlte sie mich an, als sie sich außer Atem auf den Beifahrersitz fallen ließ.

»So, was haben wir jetzt vor? Wir müssen zum Supermarkt, danach Getränke holen. Und ich möchte im Gartencenter ein paar Herbstpflanzen besorgen. Ist ja ziemlich trist, so ohne Farbe im Garten. Alles braun und grau. Was meinst du?«

Ich nickte ergeben, trat auf die Kupplung, startete den Motor. »In dieser Reihenfolge?«

»Du bist der Kapitän«, lachte sie.

Ich wurde nicht schlau aus dieser Frau. Weder verstand ich, was sie von mir wollte, noch konnte ich ihre extremen Stimmungsschwankungen nachvollziehen. Die waren selten, aber sie ängstigten mich.

Dennoch war Thea, deren Namen und Herkunft ich noch immer nicht kannte, ein netter Mensch; sie sorgte sich um mich, um den Haushalt, um den Garten. Sie kochte, backte, putzte, kümmerte sich um die Wäsche. Sie war wie ... Ja, wie eine Mutter. Eine Mutter, wie ich sie nie hatte, mir immer gewünscht hatte. Eine, die Emotionen und Empathie zeigte, Zuneigung vermittelte. Ich mochte diese Fremde, hatte mich an sie gewöhnt, fühlte mich wohl bei dem Gedanken, dass sie da war, wenn ich nach Hause kam.

Sie schien alles über mich, meine Eltern, über unser Leben zu wissen. Woher? Ich wollte mit ihr darüber reden, doch ich fand nie den Mut. Was mich abhielt, die naheliegenden Fragen zu stellen, war mir nicht klar. Sie hatte etwas an sich, das es mir unmöglich machte. Ich wäre gern der coole Typ gewesen, der sich, lässig an die Wand gelehnt, eine Zigarette zwischen den Zähnen, erkundigen würde, wie lange sie zu bleiben gedachte. Warum sie hier war. Und was sie wusste.

Ich war dieser Typ nicht, und das quälte mich.

Sie spürte, wenn das, was in mir arbeitete, kaum noch zu unterdrücken war, wenn der Druck zu groß wurde, ich mich straffte. Dann sah sie mich nur an. Sagte kein Wort. Wartete.

Der Moment kam, ich holte Luft, schaute auf, blickte in ihre Augen - und senkte die Lider. Atmete aus. Sank in mich zusammen.

Es war kein Spiel. Es war ein Kampf. Und ich hatte ihn von Beginn an verloren.

6. Kapitel

Das Wintersemester begann, und mit ihm kehrte die Regelmäßigkeit zurück, die das Leben ordnet und beruhigt.

Ich nahm ganz selbstverständlich das Auto, kaufte auf dem Rückweg von der Uni ein, jobbte mittwochs und donnerstags von Mittag bis Ladenschluss in der Buchhandlung. Kam ich abends nach Hause, warteten ein warmes Essen auf mich und der Fernsehsessel. Hatte ich nachmittags frei, lernte oder las ich, auf dem Sofa liegend, oder surfte im Internet, während ich Thea irgendwo werkeln hörte. Sie war ständig beschäftigt, nie sah ich sie tagsüber ein Buch oder die Zeitung lesen.

Jeden Tag beim Essen fragte sie mich, was ich erlebt und erfahren hatte, wie ich Sachverhalte beurteilte, zu politischen und gesellschaftlichen Ereignissen stand. Ich wurde lockerer, selbstsicherer, offener.

Mit ihrer Hilfe bereitete ich ein Referat vor, das mir großen Beifall meiner Kommilitonen einbrachte und ein anerkennendes Nicken des Doktoranden, der das Seminar leitete. Ich ergriff öfter als noch im vergangenen Semester und in allen davor das Wort, beteiligte mich an Gesprächen und Debatten. Ich nahm mich einiger Erstsemester an, erklärte ihnen Abläufe, gab Tipps und Ratschläge. Dankbar luden sie mich auf ein Bier in die Kneipe zwei Querstraßen von der Uni entfernt ein. Ich lehnte ab.

Meine Mutter hatte mich spätestens zur Tagesschau erwartet. Verspätete ich mich, weil ein Dozent ein Abendseminar überzog oder sich an eine Lesung eine Diskussion anschloss, die mich fesselte, bekam ich Ärger.

Thea musste meine Unsicherheit, meinen inneren Konflikt gespürt haben, denn sie sprach mich eines Abends an: »Warum gehst du nicht mal weg? Such dir Freunde, geh ins Kino oder was auch immer junge Leute so tun. Ich kann dir nun wirklich kein Ersatz sein für Unterhaltungen mit deinesgleichen und Gleichaltrigen.«

»Das wird dann aber ziemlich spät. Ich meine, bis ich hier bin ... Der Zug fährt nachts nur noch stündlich«, glaubte ich, mich verteidigen zu müssen.

»Na und? Du bist doch kein Teenager mehr! Freitags einen draufmachen, tut man das nicht als Student?« Sie nickte mir aufmunternd zu.

»Vermutlich«, murmelte ich.

»Gib einfach Bescheid, ruf kurz an, dann weiß ich, dass ich nicht auf dich warten muss.«

Damit war das Thema erledigt. Ein Dogma, das jahrelang Bestand gehabt hatte, war plötzlich keines mehr.

Ich schaute aus dem Fenster hinaus in die Abendröte und fühlte mich großartig. Ich war ... frei!

7. Kapitel

Mitte Dezember lernte ich ein Mädchen kennen.

Eigentlich kannte ich sie schon länger, sie war mir bereits vor mehr als einem Jahr aufgefallen. Sie saß in den Vorlesungen meistens am selben Platz in der dritten Sitzreihe am Fenster. Ihr halblanges, blondes Haar strich sie mit der Regelmäßigkeit eines Uhrwerks mit dem Daumen aus der Stirn.

Ich hatte mich nur ein einziges Mal mit ihr unterhalten, vor einigen Monaten. Es ging um ein Skript, das ich für sie kopieren sollte. Meine Notizen waren begehrt bei meinen Kommilitonen, denn ich schrieb nicht nur mit, sondern tippte meine Aufzeichnungen zu Hause ins Reine und versah sie mit Anmerkungen.

Sie hatte die gehefteten Blätter genommen, mir höflich gedankt, blendend weiße Zähne und ein Blitzen ihrer hellblauen Augen präsentiert. Dann war sie mit ihren Freundinnen in der Mensa untergetaucht.

Ich hatte ihr nachgeschaut.

Wie es sich ergab, dass ich beim Mittagessen neben ihr saß, weiß ich nicht mehr. Ich schaufelte Schnitzel mit Pommes in mich hinein, sie stocherte gedankenversunken in welkem Salat. Um uns herum Stimmengewirr.

Plötzlich sah sie mich an. »Was ist Dein Thema?«

Meine Gabel stoppte auf halber Höhe zum Mund. »Wie bitte?«

»Dein Thema. Für die Seminararbeit.«

»Ach so. Ich werde Stolzenberg analysieren.«

»Diesen Labersack. Blabla, mehr kann er nicht.«

»Wenn man ihn seine Texte vorlesen hört, beginnen sie zu leben«, verteidigte ich den Newcomer unter den Münchner Schriftstellern. Der Mittdreißiger hatte kurz hintereinander drei Bücher veröffentlicht, die polarisierten und in den Feuilletons ausführlich besprochen wurden. »Aber er hat einen sehr eigenen Stil, das gebe ich zu.«

»Laaangatmig. Schlimmer als Proust«, maulte sie.

Ich lachte. »Schlimmer als Proust geht nicht.«

Statt in die nächste Vorlesung gingen wir an diesem Tag in den Englischen Garten, spazierten am Eisbach entlang, tranken Kaffee. Wir redeten über dichter und deren Werke, analysierten, interpretierten und stellten wilde Thesen zu Schriftstellern und deren Protagonisten auf.

»Schreibst du?«, fragte sie plötzlich.

»Hm. Nein. Ich verstehe was von Literatur, aber ich kann nicht schreiben. Ist das schlimm?«

»Nein, natürlich nicht. Aber das Handwerk des Schreibens, das solltest du lernen. Es hilft dir, wenn du nachvollziehen können willst, wie Texte entstehen, oder zu beurteilen hast, ob und wie sie zu verbessern sein könnten. Schreibst du nicht hin und wieder selbst, kennst du das Gefühl nicht, wenn die Story zu leben beginnt. Und den Frust, dass sie es nicht tut, obwohl du engagiert daran feilst. Auch das Verwerfen und Neuanfangen gehört zum Schreiben, verstehst du?«

Ich nickte nachdenklich.

»Am Wochenende findet ein Schreibworkshop statt«, insistierte sie. »Ich werde hingehen. Was ist mir dir? Es sind recht gute Autoren eingeladen, dazu ein paar Verlagsmenschen. Könnte interessant werden.«

»Wäre eine Überlegung wert. Weißt du Näheres? Wo es ist, was es kostet?«

»Irgendwo am Starnberger See, in einem Seminarzentrum. Man kann dort auch übernachten. Organisiert wird das Ganze von einer kirchlichen Organisation. Frag mich bitte nicht, welcher. Katholisch, denke ich. Es ist kostenlos für Studenten, man muss nur das Essen bezahlen. Hey, da juckt doch nicht, wer es veranstaltet, oder? Ich meine, solange ich nicht bekehrt werden soll?«

Sie warf den Kopf zurück, schloss die Augen, lachte. Ihre Haare leuchteten golden in der Sonne. Sie war wunderschön.

Wir brachen auf, als die Glocken der nahegelegenen Kirche viermal schlugen. Vorlesungsende. Gemeinsam schlenderten wir zur U-Bahn, wo wir uns verabschiedeten.

»Äh ... Wie heißt du eigentlich?«

»Jessica.«

»Christian.«

»Ich weiß.«

»Äh, na dann ... Man sieht sich.«

»Ja. Morgen.«

Wir fuhren zusammen nach Tutzing. Ich holte sie am Freitagnachmittag mit dem Wagen bei ihr zu Hause ab.

Sie lebte mit einer Freundin in einer Altbauwohnung im Westen Münchens. Die knarrenden Holzböden und hohen Stuckdecken strahlten Gemütlichkeit aus, ebenso wie die bunten Sitzkissen, die im Wohnzimmer verteilt waren. An den Wänden hingen Aquarelle und ein riesiger Flachbildschirm, von irgendwoher klang Musik. Didgeridoo. Im Treppenhaus ächzten ausgetretene Stufen und ein geschnitztes Geländer, Buntglasfenster machten ein surreales Licht.

Alles fühlte sich warm an, stimmte, harmonierte.

Thea freute sich darüber, dass ich Anschluss gefunden hatte, und erklärte, dass es ihr recht sei, einige Tage nicht kochen zu müssen und die Füße hochlegen zu können.

Dass es sich bei meiner Bekanntschaft um eine Frau handelte, erzählte ich nicht.

In Starnberg hielten wir an, parkten am Bahnhof und schlenderten die Seepromenade entlang, die unmittelbar hinter den Gleisen begann. Wir aßen trotz der Kälte Schokoladeneis und machten uns über Pelz tragende Flaneure und streitende Paare lustig. Wir lachten viel, waren ausgelassen, genossen die winterliche Stimmung.

Pünktlich zum Abendessen kamen wir im Seminarzentrum an, wo sich die anderen Teilnehmer bereits eingefunden hatten. Ich bezog ein Zimmer mit einem schweigsamen Lehramtsstudenten aus Köln, Jessica teilte ihres mit einer älteren, sich sehr ernsthaft gebenden Hobbyautorin aus dem Saarland.

An diesem Wochenende verliebte ich mich.

Jessica und ich schlichen bis zu den Weihnachtsferien umeinander wie zwei Katzen. Ich, der Unerfahrene, Schüchterne hatte keine Idee, wie ich an sie herankommen könnte. Sie sendete zwar Signale aus, blieb aber auf Abstand. Ich glaubte, sie zu verstehen. Welche Frau lässt sich schon gern mit einem Anfänger ein? Ich hatte ihr erzählt, dass ich noch niemals eine Freundin gehabt hatte. Jessica hatte genickt und gemeint, dass sie sich das gedacht habe. Meine Unsicherheit blieb, dieses Kribbeln in meinem Nacken ebenfalls.

Wir telefonierten, schrieben uns Mails, verabredeten uns in der Mensa, warfen uns vertrauliche Blicke zu. Doch nichts weiter passierte.

Es war die glücklichste Zeit in meinem Leben.

Weihnachten.

Thea und ich schmückten einen selbst geschlagenen Baum, eine krumme Fichte, die wir an die Wand stellten, damit die fehlenden Äste nicht sichtbar waren. Wir kochten gemeinsam, schenkten uns Kleinigkeiten und sahen fern.

Die Feiertage vergingen ebenso unauffällig, wie sie gekommen waren.

Einen Tag vor Silvester rief Jessica an. Sie hatte eine Einladung zu einer Party und fragte, ob ich mitkommen wolle. Ich zögerte, bat um Bedenkzeit. Ich wollte zwar mit ihr zusammen sein, Trubel und Alkohol aber reizten mich nicht.

Auf Festen fühlte ich mich fehl am Platz und war es wohl auch. Ich stand eine halbe Stunde einsam herum, klammerte mich an ein Bierglas und nutzte die erste Gelegenheit, in der Küche unterzutauchen und von dort aus die Haustür anzusteuern. Vermisst wurde ich nie.

Thea nahm mir die Entscheidung ab. »Ich würde gern um Mitternacht mit dir im Wald spazieren gehen. Das wäre der perfekte Jahreswechsel, findest du nicht?«

Ich wog den Kopf. »Bei dieser Kälte? Im Dunkeln? Ich weiß nicht ...«

»Sei kein Weichei! Wir nehmen Taschenlampen mit und Glühwein. Das ist doch romantisch!«

Unter Romantik stellte ich mir derzeit anderes vor, als mit Thea durch den nächtlichen Wald zu stapfen. Ich schwieg.

Damit war die Sache geklärt. Wir zogen warme Stiefel, wattierte Anoraks und Handschuhe an, packten einen Rucksack mit Christstollen und einer Thermoskanne, setzten Mützen auf und marschierten los.

Es war neblig, feuchtkalt und sehr still. Ich fröstelte, fühlte mich unwohl.

»Schön, nicht wahr?«, flüsterte Thea. »So geheimnisvoll. Gespenstisch.«

Ich klapperte mit den Zähnen.

»Warst du eigentlich mal im Moor?«

Mich durchfuhr es erst kalt, dann heiß. »Äh ... Moor?«, stammelte ich.

Thea blieb stehen, drehte sich um. »Ja, das Moor. Nicht weit von hier. Das kennst du doch!«

»Ich ... Äh ... Ja.«

»Siehst du.« Sie ging weiter. »Ich frage mich, wie viele Leichen dort liegen. Ein passender Ort, um jemanden loszuwerden, findest du nicht?«

Mir wurde schwarz vor Augen, fast wäre ich umgefallen. Ich lehnte mich an einen Baum.

»Was ist denn?«, fragte sie mit besorgt klingender Stimme. Sie trat zu mir, griff mir an die Schulter, leuchtete mit der Lampe in mein Gesicht. Ich blinzelte.

»Du bist ja kreidebleich. Ist dir schlecht? Hast du das Essen nicht vertragen?«

Ich schüttelte den Kopf. »Geht schon.«

Wir setzten unseren Weg fort. Über uns zerplatzten kreischende Raketen zu bunten Sternen, Böller warfen Echos durch den Wald.

Ich hatte Bauchschmerzen.

Neujahr lag ich mit Fieber, Durchfall und Übelkeit im Bett. Ich zitterte, schwitzte, fror.

»Das muss der Magen-Darm-Virus sein, der umgeht«, erklärte Thea, als sie das Thermometer schüttelte. »Ich mach dir kalte Wadenwickel und eine Wärmflasche für den Bauch. Du musst viel trinken, am besten Tee. Zwieback haben wir leider keinen im Haus, aber Salzstangen stelle ich dir griffbereit. Später gibt´s Suppe, das bringt dich wieder auf die Beine. Und jetzt schlaf!«

Sie verließ mein Zimmer, schloss behutsam die Tür.

Ich drehte mich zur Wand. Tränen der Angst und Verzweiflung brannten in meinen Augen.

8. Kapitel

Jessica sah ich am ersten Vorlesungstag wieder. Sie stand vor dem schwarzen Brett, studierte Jobangebote. Ich stellte mich hinter sie.

»Hey.« Mehr fiel mir nicht ein.

»Ach? Lebst du auch noch?«, schnippte sie über ihre Schulter und las weiter.

»Ich war krank. Tut mir leid.«

»Ehrlich? Warum hast du nicht angerufen? Ich hätte dich doch besucht!« Sie drehte sich zu mir um, griff nach meiner Hand, sah mir besorgt ins Gesicht.

»Ja, das wäre schön gewesen. Aber ich wohne sehr weit draußen. Ziemlich abgelegen. Das kann ich dir nicht zumuten.«

»Wenn ich dich besuchen will, komme ich dich besuchen. Und wenn du auf dem Mond lebst«, blaffte sie, und ihre Augen strahlten mich dabei an. »Geht es dir denn jetzt wieder besser?«

»Ja, ich wurde gut versorgt.«

»Von deiner Mutter?«

»Äh ... Ja. Also, gewissermaßen.«

Sie schaute mich fragend an, zog mich aber anstelle einer Antwort die Treppe hinauf. »Komm, wir müssen los. Die erste Stunde gibt heute der Meier. Und wir sind spät dran. Du weißt doch, er hält nicht viel von der akademischen Viertelstunde. Und ich habe keine Lust auf seine zynischen Bemerkungen.«

Ich setzte mich neben sie. Ihre Freundin rückte wortlos einen Platz weiter.

Irgendwann im Februar fiel Thea meine Veränderung auf. Vielmehr erwähnte sie es zu diesem Zeitpunkt erstmals. Ihr Kommentar kam nicht von ungefähr, es war unmöglich, meine blendende Laune nicht wahrzunehmen. Und damit hatte sie wohl auch keine Möglichkeit mehr, mein Verhalten zu ignorieren: Ich pfiff unter der Dusche, sprang die Stufen an der Haustüre hinunter, wendete das Auto schwungvoll auf dem vereisten Hof, warf Türen zu, ließ mich aufs Sofa fallen, dass die Sprungfedern ächzten.

»Hast du das große Los gezogen?«, zog sie mich auf, als ich krachend in einen Apfel biss und dabei wie ein Raubtier knurrte.

»Mindestens«, mampfte ich.

»Wie heißt sie denn?«

»Jessica«.

»Ist sie ebenso fröhlich wie du?«

»Ich weiß nicht«, antwortete ich zweifelnd. »Obwohl ... Ich denke schon. Doch.«

Sie nickte und beließ es dabei.

Die Sonne blendete uns, als wir eng umschlungen durch das Hauptportal der Uni traten. Ich blinzelte und sog die frische Luft in meine Lungen. Jessica stöhnte vor Wohlbehagen und setzte ihre Sonnenbrille auf; ich zog den Schirm meiner Mütze tiefer ins Gesicht.

Dann sah ich sie. Sie stand an einem Pfeiler, schaute zu uns herüber. Ich erstarrte.

Jessica sah irritiert zu mir auf. »Was denn? Hast du was vergessen?«

»Was? Äh, nein.« Ich wusste nicht, was ich tun sollte, also blieb ich stehen.

Thea drehte sich langsam um und ließ sich von einem Strom Menschen zur U-Bahn-Station treiben.

Ich atmete wieder.

»War sie das? War das Jessica?«, fragte Thea beiläufig, als sie Pilzsauce über meine Knödel schöpfte.

»Ja.«

»Wann stellst du sie mir vor?«

»Ich weiß nicht. Muss ich? Ich meine ...« Ich verstummte. Stellte man seiner Mutter eine Freundin vor? Die im Moment und vielleicht auf Dauer nicht mehr als das war: eine Freundin? Wir hatten uns zwar geküsst, vielmehr, Jessica hatte mich geküsst und gelacht über meine Unerfahrenheit und Unsicherheit. Zu weitergehenden Intimitäten aber war es bis jetzt nicht gekommen. Wo auch? Ich spürte Trotz in mir aufsteigen. Davon abgesehen war Thea nicht meine Mutter.

»Warum sollte ich?«, provozierte ich Thea mit vorgerecktem Kinn.

»Bring sie am Wochenende mit! Ich koche was Leckeres.« Sie setzte sich, wünschte mir guten Appetit, begann ihren Knödel zu zerteilen.

»Und wenn sie nicht will?«

»Sie will.«

Sonntagmittag holte ich Jessica vom Zug ab.

Thea schien Jessica vom ersten Moment an ins Herz zu schließen. Sie fragte sie über ihre Familie aus, erkundigte sich nach ihren beruflichen Plänen, diskutierte mit ihr die

Vor- und Nachteile von Praktika und Auslandssemestern. Beim Kaffee lachten, scherzten, tuschelten die beiden wie gute Freundinnen.

Ich blieb schweigsam, fühlte mich ausgeschlossen. Mehr noch, ich war skeptisch angesichts Theas blendender Laune und doch erleichtert, dass sie sich so entspannt zeigte und Jessica zu akzeptieren schien.

Ich wusste nicht, warum ich misstrauisch war, wahrscheinlich tat ich Thea unrecht. Dennoch, ich traute ihr nicht.

Als ich Jessica zum Bahnhof fuhr und zum Bahnsteig brachte, trat sie auf mich zu, streckte sich, stellte sich auf die Zehenspitzen und legte die Arme um meinen Hals.

»Deine Mutter, die ist eine Nette, weißt du das?«

»Naja ...«

»Nix naja. Was verstehst du denn von Frauen?«, zog sie mich auf und rieb ihre Wange an meiner. »Iiih, stachelig!«

Ich küsste sie auf die Stirn. »Schade, dass du schon wegmusst.«

»Ich bin morgen mit meinem Referat dran. Offen gesagt habe ich heute Nacht noch eine Menge zu tun, wenn ich nicht ausgelacht und an den Pranger gestellt werden will.« Sie kicherte. »Nächstes Mal. Nächstes Wochenende«, flüsterte sie in mein Ohr. »Dann bleibe ich zum Frühstück.«

Sie drängte sich an mich, ließ mich ihren schlanken, biegsamen Körper spüren. Meinen spürte ich auch, überdeutlich. Mein Mund wurde trocken, in meinen Ohren rauschte es. Schweiß perlte auf meiner Stirn. Ich nickte.

Jessica lächelte.

Ich sah ihr zu, wie sie in den Zug stieg. Sie stand an der Tür, winkte mir zu. In meinem Bauch kribbelte es so stark, dass ich lachen musste und die Hand auf die Stelle legte. Der Zug setzte sich in Bewegung.

Die Vorfreude auf den nächsten Morgen, an die Begrüßung, bei der ich ihr mit den Fingern am Nacken nach oben durch die Haare gleiten und ihre nach Kaffee schmeckenden Lippen küssen würde, ließ mich zum Auto rennen. Die Energie, die ich in mir spürte, schien mich anzuheben, über meine Sorgen und Geheimnisse davonschweben zu lassen.

»Nettes Mädel. Sehr offen. Und extrem klug«, urteilte Thea, als ich zurück war. »Ich mag sie.«

»Mhm.« Ich warf mich in den Sessel, schaute auf den Fernseher, ohne wahrzunehmen, was ich da sah.

»Was ist los? Freut dich das nicht? Ich meine, es könnte ja auch anders sein.«

Ich hätte gern den Mut aufgebracht, offensiv zu fragen, welche Konsequenzen es für mich haben würde, wenn Jessica bei Thea durchfiele. Doch ich wollte keine Diskussion auslösen, die diese Saite in Thea zum Klingen brächte, die mir Angst machte.

»Wann kommt sie wieder?«, fragte sie.

»Weiß nicht. Am Wochenende.«

»Gut. Ich backe Kuchen.«

Am Montag trafen wir uns am Hauptbahnhof, tranken Latte macchiato, teilten uns eine Butterbreze am Stehimbiss und gingen Jessicas Vortrag durch. Wir stiegen in die U-Bahn, rannten Hand in Hand die Stufen zum Vorlesungssaal hinauf, schlüpften kurz nach dem Professor in den Raum. Kichernd wie zwei Teenager plumpsten wir auf die Klappsitze und suchten, kaum sitzend, schon wieder Körperkontakt.

Das Referat war ein Erfolg; der sonst so kritische Dozent zwar zufrieden und hatte nur wenig auszusetzen. Wie vereinbart, brachte ich mit einigen Fragen die Diskussion in Gang, die Jessica souverän moderierte.

Nach dem Mittagessen trennten wir uns. Ich hatte meinen Job anzutreten, Jessica ihr erstes Seminar für Erstsemester zu leiten.

Wir verabredeten uns für den folgenden Morgen, umarmten und küssten uns und versprachen uns, am Abend zu telefonieren, wenn wir beide im Bett lagen.

9. Kapitel

Jessica hatte nicht angerufen, war nicht erreichbar und erschien am Dienstagmorgen nicht wie vereinbart. Weder an unserem Treffpunkt noch in der Uni. Sie kam auch am Mittwoch und Donnerstag nicht.

Ich rief unzählige Male ihr Handy an. Es meldete sich nur die Mailbox. Ich telefonierte alle Krankenhäuser ab und die Polizeidienststellen.

Völlig aufgelöst fuhr ich mehrmals mit der S-Bahn ins Westend zu Jessicas Wohngemeinschaft, klingelte Sturm, donnerte mit der Faust an die Türe. Am Freitag öffnete endlich jemand.

Ich brüllte Jessicas verschlafene Mitbewohnerin an, die zurückzuckte, als hätte ich sie geschlagen. »Was heißt, woher soll ich wissen, wo sie ist? Wer soll es denn wissen, wenn nicht du? Sie ist seit Tagen verschwunden, und dir ist das total egal? Was bist du denn für eine Scheißfreundin?«

Ich zerrte sie in Jessicas Zimmer und zwang sie, sich alles genau anzusehen. »Fehlt was? Sophie! Schau dich um, glotz mich nicht so blöd an! Kann sie verreist sein? Bei ihren Eltern? Wo wohnen die? Ist sie abgehauen? Gibt es einen Typen? Oder irgendwas, was auch immer, was los sein könnte? Hat sie Probleme? Wollte jemand was von ihr? Hatte sie Angst, als du sie zuletzt gesehen hast? Verdammt, jede Kleinigkeit ist wichtig, also mach endlich den Mund auf!«

Ich schüttelte sie, begriff dann plötzlich, dass ich dabei war, die Kontrolle zu verlieren. »Tut mir leid, Sophie«, entschuldigte ich mich kleinlaut.

Sie riss sich los, schlug mir ins Gesicht. »Du Wichser, du Arschloch! Du hast sie doch nicht mehr alle!«, kreischte sie, rannte über den Flur und verschwand in ihrem Zimmer. Ich hörte den Schlüssel im Schloss. »Verpiss dich, sonst hole ich die Bullen!«

Im Treppenhaus sank ich auf die Stufen, legte das Gesicht in die Hände und weinte bitterlich. Jessica, die erste Liebe meines Lebens, war weg. Einfach so.

Ich stand jeden Tag im Polizeirevier, bat und bettelte darum, dass man nach Jessica suchen möge. Ich fluchte, tobte, bis eine Woche nach Jessicas Verschwinden ein dicker Beamter mit Schnauzbart und Haarkranz ein Einsehen hatte.

»Der gibt keine Ruhe. Ich mach das schon«, schickte er seinen jüngeren Kollegen weg, der nicht wenig Lust zu verspüren schien, mich mit Gewalt aus der Wache zu werfen.

Ich wurde in ein Zimmer gebeten, in dem außer einem alten Holztisch mit Computer und zwei wackeligen Drehstühlen keine Möbel standen. Die Wand zierte ein Fahndungsplakat aus den achtziger Jahren.

An seiner fleischigen Unterlippe saugend, tippte der Polizist konzentriert mit zwei Fingern auf einer abgegriffenen Tastatur meine Angaben in eine Bildschirmmaske. Dann ließ er sich meinen Ausweis zeigen und druckte eine Seite aus.

Jessica sei volljährig und geschäftsfähig. Es gebe keinen Grund und erst recht keine Pflicht für sie, sich abzumelden. Das war der Tenor des Vortrages, den mir der Beamte hielt. Ich nickte betäubt, obwohl ich nicht verstand, warum sich kein Mensch so sehr sorgte wie ich. Wieso hatte noch niemand nach Jessica gesucht? Warum gab es keine Vermisstenanzeige? War ich wirklich der Einzige, dem sie fehlte?

Ich unterschrieb das Protokoll und ging.

10. Kapitel

Ich arbeitete inzwischen jeden Tag in der Buchhandlung, pflegte die Datenbank, legte Suchbegriffe an, räumte Regale ein, notierte Fehlbestände. Trat trotz meines abweisenden Blicks ein Kunde mit einer Frage an mich heran, fingen Kollegen oder der Geschäftsführer ihn ab.

Ich war untauglich für Gespräche, welcher Art auch immer. Sprach mich jemand an, ignorierte ich ihn oder nahm ihn erst gar nicht wahr. Die Welt, in die ich mich zurückzog, hatte keine Türen, die von Menschen zu öffnen gewesen wären. Energischere Versuche, meine Isolation zu durchbrechen, quittierte ich mit Aggression.

Also ließ man mich in Ruhe. Selbst Thea ging mir aus dem Weg.

Besuchte ich eine Vorlesung, starrte ich aus dem Fenster. Der Platz neben mir blieb frei. Zu Hause verschwand ich ohne ein Wort in meinem Zimmer, wo ich im Internet nach Spuren suchte. Es gab keine. Jessicas Facebook-Profil zeigte keinerlei Aktivitäten, auf Twitter fehlten ihre täglichen amüsanten Bemerkungen, in den Foren, in denen sie sich regelmäßig hatte blicken lassen, war sie nicht mehr aufgetaucht.

Die Leere in mir wuchs. Der Schmerz, von dem ich geglaubt hatte, er könne nicht größer werden, verdrängte jede andere Empfindung. Meine Haut war taub, Geräusche kamen aus weiter Ferne, selbst intensive Farben verblassten zu Grau.

Ich versuchte, mich abzulenken. Ich arbeitete, wusch das Auto, hackte bergeweise Holz, schippte Schnee, wann immer ein paar Flocken vom Himmel rieselten, räumte den Schuppen auf, reparierte den Zaun. Gab es nichts mehr zu tun, verkroch ich mich im Bett, das Gesicht zur Wand gedreht.

Eines Abends stand ein Streifenwagen im Hof, als ich nach Hause kam. Panik ergriff mich. Ging es um Jessica? War ihr etwas zugestoßen? Hatte man sie gefunden?

An meine Mutter dachte ich nicht.

Ich rannte ins Haus und stieß heftig mit einem Polizeibeamten zusammen, der seine Mütze in der einen und ein Klemmbrett in der anderen Hand hielt.

»Dieser ungestüme junge Mann ist wohl der Herr des Hauses?«, zwinkerte er Thea zu.

»Das ist Christian«, nickte sie.

»Wissen Sie was von Jessica?«, unterbrach ich sie, schwer atmend. »Ich habe sie vermisst gemeldet. Sie ist meine Freundin.«

»Wir suchen nach ihr«, beruhigte er mich.

Dann sprach er an mir vorbei mit Thea: »Mittlerweile haben sich auch ihre Eltern an uns gewandt. Hohe Tiere, wie es scheint. Da wird kräftig Dampf gemacht, sämtliche Einheiten auf Los. Na ja, Geld und Macht, ich sag´s ja immer wieder.« Er schüttelte in schlecht gespielter Fassungslosigkeit den Kopf.

Thea nickte. »Unsereins kann kaltblütig ermordet und im Moor versenkt werden, das kümmert keinen. Hat einer Einfluss, am besten noch politischen, geht einfach alles. Und das schneller, als man glauben kann.« Sie warf mir einen Blick zu. »Stimmt doch, Christian?«

Ich ignorierte sie. »Darf ich endlich erfahren, was nun passieren soll? Gefunden haben Sie Jessica offenbar nicht. Und wie geht es jetzt weiter? Wie und wo wird sie gesucht?« Ich schrie fast.

»Immer mit der Ruhe, junger Mann«, wandte sich der Polizist an mich. »Ein paar Angaben noch und wir können loslegen. Das volle Programm. Ohne Kosten und Mühen zu scheuen.« Er verdrehte die Augen, sah Thea dabei an. Die nickte.

Ich wäre diesem Idioten am liebsten ins Gesicht gesprungen, versuchte aber, ruhig zu bleiben. »Welche Angaben?«

»Setzen Sie sich doch!«, lud Thea ihren Gast ein. »Kaffee? Tee? Wasser? Saft? Bier?«

Ich drängte mich an den beiden vorbei, bebend vor Zorn. »Wir sind doch hier nicht in einem Bistro!«, murmelte ich kaum hörbar. Und lauter: »Brauchen Sie meinen Personalausweis?«

Als der Polizist nach nur wenigen Fragen, aber mit einer ausgiebigen Brotzeit im Magen gegangen war, blieb ich am Tisch sitzen. Vor mir die Kopie meiner Aussage. Viel, das erkannte ich nun, wusste ich nicht über Jessica. Nicht einmal die Adresse ihrer Eltern. Ich hatte darum gebeten, wollte mich mit ihnen in Verbindung setzten, mich erkundigen, ob ich helfen könne. Doch der Beamte hatte nur den Kopf geschüttelt. Datenschutz, erklärte er mit wichtiger Miene, gelte über den Tod hinaus.

Es war gefallen, das Wort, vor dem ich so Angst hatte.

11. Kapitel

Die Krokusse, die Thea im Herbst gepflanzt hatte, blühten gelb und lila, der Schnee war zu Dreckhaufen geschmolzen. Die Sonne wärmte, der Himmel veränderte die Farbe von kaltem Pastell zu kräftigem Azur, Knospen an den Hasennussträuchern brachen auf, die ersten Vogelstimmen belebten den Morgen.

Jessica blieb unauffindbar.

Im Internet wurde eine Suchaktion gestartet, doch niemand hatte etwas gesehen oder gehört. Nicht einmal die üblichen Falschmeldungen von Wichtigtuern und Trittbrettfahrern gingen ein.

Der Polizist rief bei mir an, um sich nach den Einzelheiten zu erkundigen, die er bei seinem Besuch abzuklären vergessen hatte, den Weg nach Kleinspornach aber ersparte er sich. Jeden Tag, erklärt er mir, verschwänden Menschen. Eine ganze Menge sogar. Das sei »normal«.

Dann hörte ich nichts mehr.

Der Alltag um mich herum nahm seinen gewohnten Lauf. Ich dagegen schien auf der Stelle zu stehen, mit angehaltenem Atem lauschend zu verharren.

Ich fuhr zur Uni, verrichtete meine Tätigkeiten in der Buchhandlung, kümmerte mich zu Hause um Handwerkliches, schrieb Seminararbeiten, besuchte Podiumsdiskussionen und Lesungen. Ich las Bücher mechanisch, ohne dass die Fantasie in mir geweckt wurde, die mich gewöhnlich in eine Geschichte eintauchen ließ, so tief, dass ich oft nicht mehr wusste, wo und wer ich war.

Allem, was ich tat, fehlte jede Emotion. Ich tat Dinge, weil ich sie tun musste oder aber tun sollte. Pflichtbewusst. Nicht selten verließ ich eine Veranstaltung und hatte keine Ahnung, was das Thema gewesen war, wen ich getroffen, mit wem ich mich unterhalten hatte.

Ich existierte. Das Leben fand ohne mich statt.

Thea und ich lebten nebeneinander her. Wir fuhren gemeinsam in die Stadt zum Einkaufen, besprachen Dinge, die zu erledigen waren, und schwiegen uns beim Essen an. Sie hatte es aufgegeben, mich in ein Gespräch verwickeln zu wollen. Ich aß, nahm meinen Teller und mein Besteck, brachte beides in die Küche und ging in mein Zimmer. Unsere Fernsehabende reduzierten sich auf die Tagesschau, auf Filme hatte ich keine Lust, Krimis verursachten mir Übelkeit.

Sie verschwand hin und wieder mit ihrem Fahrrad, war abends zurück, ohne ein Wort der Erklärung. Ich fragte ein- oder zweimal nach, erhielt jedoch keine Antwort.

Es war mir egal.

12. Kapitel

»Geile Achterbahn, in der du da sitzt. Aber langsam sollte das Ding auch mal wieder auf Nordkurs gehen, oder?«

Ich fuhr zusammen. Wie fast jeden Tag saß ich in der Buchhandlung im Hinterzimmer am Computer. Ich war so vertieft in meine Gedanken, dass ich weder gehört hatte, dass jemand den Raum betreten, noch wahrgenommen, dass diese Person am Schreibtisch gegenüber Platz genommen hatte.

»Wie lange willst du diesem zugegebenermaßen süßen Schneckerl eigentlich noch nachtrauern? Auch andere Mütter haben hübsche Töchter!«

Ich starrte diesen sonderbaren Typen an. Irgendwoher kannte ich ihn. Bunt gefärbte, an den Schläfen rasierte Haare, Piercings über das ganze Gesicht verteilt, zerfetzte Jeans von undefinierbarer Farbe, ein labbriges T-Shirt mit offenem, ausgeblichenem Karohemd darüber.

»Sag bloß, du weißt nicht, wer ich bin?«, lachte er. »Übersehen konntest du mich wohl kaum. Eher hast du mich ignoriert. Weggeschaut, weil allein mein Anblick für den Geisteswissenschaftler mit Stil und Intellekt unerträglich ist. Stimmt´s?«

Ertappt. Ich traf ihn hin und wieder in Seminaren und Vorlesungen. Er fiel auf, natürlich. Und ich hatte ihn übersehen - weil ich ihn übersehen wollte.

»Klingelt´s?« Er grinste mich an. Der rechte Mundwinkel hob sich, die Augenbrauen formten sich zu perfekten Dreiecken. Ob er diesen süffisanten Ausdruck vor dem Spiegel geübt hatte?

»Es klingelt. Sorry, ich war ...«

»Weit weg, ich weiß. Du bist seit Wochen nicht mehr in unserem Universum unterwegs. Bis dahin warst du präsent, voll da. Und davor ...« Er lachte. »Na ja, davor gab es nicht.«

Germanist war dieser Typ auf keinen Fall, so drückte man sich nicht aus, wenn man Deutsch studierte. Ich kramte in meinem Gedächtnis. Soziologie?

»Psychologie. Neuntes Semester.«

Ich erinnerte mich. Ich hatte ihn immer dann getroffen, wenn ich ein Seminar besucht hatte, in dem es um Sprache als Ausdrucksform von Emotionen und Gefühlen ging.

»Dir geht´s scheiße«, stellte er fest. »Kann ich was für dich tun?«

Ich seufzte. Ein Psychologe, wenngleich ein ziemlich unkonventioneller, hatte mir gerade noch gefehlt.

»Psychogeschwätz. Das denkst du doch jetzt? Ist es nicht. Ich frage nicht, weil ich das im Studium lerne, sondern weil du mich interessierst. Als Mensch, nicht als Versuchskaninchen. Und ob du´s glaubst oder nicht, ich bin davon überzeugt, dass ich dich verstehe.«

»Soso«, murmelte ich.

Er lehnte sich zurück, legte den Kopf in den Nacken und begann, sich mit dem Stuhl zu drehen, immer schneller. Die Lehne protestierte laut. Plötzlich hielt er an, den Blick starr zur Wand gerichtet.

»Ich habe letztes Jahr meine Freundin verloren. Krebs. Es ging ruck zuck, sagten die Ärzte. Für mich vergingen diese drei Monate und fünf Tage alles andere als ruck zuck. Jeden Tag seitdem habe ich mir gewünscht, sie wäre einfach mit dem Motorrad an einen Brückenpfeiler gematscht.« Er schlug die rechte Faust in die offene Hand, sein Gesicht verzerrte sich. »Aus, vorbei. Amen. Aber dieses Kackleben ist kein Wunschkonzert. Es ist brutal und ungerecht. Mein Hass auf Gott und die Welt war grenzenlos, da war kein Platz mehr für Trauer.«

Er wandte sich mir zu. »Du trauerst. Das ist gut. Und bevor du widersprichst, lass dir sagen, dass sich der Tod und das spurlose Verschwinden eines geliebten Menschen nicht wirklich verschieden anfühlen. Verlust ist Verlust. Trauer ist Trauer. Einsamkeit ist Einsamkeit.«

Ich schwieg, malte mit dem Zeigefinger Kreise auf die Tischplatte.

»Vergiss das mit der Hoffnung«, las er erneut meine Gedanken. »Ich hoffe noch immer, dass alles nur ein Traum war, dass mein Schatz zurückkommt.«

»Scheiße«, flüsterte ich.

»Scheiße«, nickte er.

An diesem Abend war ich nicht mehr ganz nüchtern, stieg aber in meinen Wagen und lenkte ihn vorsichtig durch den Wald vom Bahnhof nach Hause. Wenigstens, dachte ich, habe ich ein schlechtes Gewissen, wenn ich schon mit einigen Bieren intus Auto fahre.

Wir hatten in einer bei Studenten beliebten Kneipe getrunken, geredet und gelacht. »Zecke« arbeitete hin und wieder ebenfalls in der Buchhandlung, kümmerte sich um den Fachbereich Psychologie.

Wir waren uns dort nie begegnet, weil er frühmorgens, ich dagegen nachmittags am Computer schier endlose Listen eintippte, Datenübernahmen kontrollierte und Bestellungen zusammenfasste. Nachts und an den Wochenenden übernahm

Zecke Wachdienste im Bezirkskrankenhaus kurz hinter der östlichen Grenze Münchens. Ob er denn niemals schlafen würde, fragte ich ihn. Er müsse Geld verdienen, winkte er ab. Außerdem läge ihm an den Patienten. Die Zeit verginge rasch, wenn man mit »Napoleon« und »Stalin« Mensch-ärgere-dich-nicht spiele. Er zwinkerte mir zu.

Thea schlief bereits, als ich das Haus betrat, beschwingt wie seit dem letzten Wochenende mit Jessica nicht. Ich ging ins Bad, putzte mir die Zähne und holte mir auf dem Weg in mein Zimmer ein Bier aus dem Kühlschrank. »Zahnpasta verdünnen«, kicherte ich albern vor mich hin, als ich den Bügelverschluss ploppen ließ.

Ich fuhr den Rechner noch, kontrollierte meinen Mail-Account und öffnete Facebook. Keine neuen Nachrichten, keine Antworten auf meine Suchanfrage. Wie jeden Abend klappte ich den Laptop zu, diesmal weniger enttäuscht als sonst. Ich nippte an meinem Bier, setzte mich auf mein Bett, nahm wahllos ein Buch zur Hand und begann zu lesen.

Meine Gedanken schweiften ab, kehrten zurück zu dem Gespräch mit Zecke. Sein Äußeres passte zu seiner Ausdrucksweise, nicht aber zu seinem Innenleben, auf welches er mir einen kurzen Blick gestattet hatte. Er gab sich ungehobelt, stammte jedoch aus einem gutsituierten Elternhaus, in dem hochrangige Manager, Politiker und Wissenschaftler sich die Klinke in die Hand gaben. Er spielte den Rohling, den Unangepassten und wollte damit doch nur verbergen, wie empfindsam und verletzlich er war. Das erkannte sogar ich, der Laie. Er nahm jeden Menschen ernst, sich selbst dagegen niemals. Ich mochte ihn.

Zecke hatte mir erklärt, dass sich meine Gefühle Jessicas Verschwinden betreffend aus verschiedenen Emotionen zusammensetzten, die es zu entschlüsseln und zu verstehen gelte. Ich sollte mir bewusst machen, was in mir vorgeht, dann erst könne ich sie verarbeiten und eines Tages mit dem Kummer abschließen. Und das müsse ich, mit allen Mitteln, betonte er. Ich hätte an mich zu denken, nur an mich. Jessica sei weg, ihr sei nicht mehr zu helfen. Ich sei noch da. Ich zählte. Nur ich.

»Wir selbst sind für uns die wichtigsten Menschen. Wer das leugnet oder nur an andere denkt, fühlt sich vielleicht toll, aber er wird damit kein besserer Mensch. Nur wenn es uns selbst gut geht, können wir für andere da sein. Stell dir vor, du hast einen gebrochenen Arm. Du kannst damit niemanden aus dem Graben ziehen, der ein verletztes Bein hat. Das gilt auch für Seelen. Versuch es gar nicht erst, es ist sinnlos und letztlich auch verantwortungslos.«

Über diese Worte dachte ich in dieser Nacht noch lange nach. Hatte ich denn nicht schon einmal gezeigt, dass ich an mich denken, mich befreien konnte, notfalls um jeden Preis? Ich hatte meine Mutter getötet.

Nein, das durfte Zecke niemals erfahren.

Zu Hause lief das Leben entspannter, seitdem sich meine Laune zunehmend besserte. Wir sprachen nur wenig miteinander; beim Essen beredeten wir Notwendiges, tauschten uns über Belangloses aus, waren freundlich und höflich zueinander. Jessica war kein Thema mehr, ihr Name wurde nie mehr erwähnt. Von Zecke hatte ich Thea nichts erzählt.

Wir folgten unseren eigenen Interessen, hingen Gedanken nach, die wir nicht teilten. Ich unterließ es, Fragen zu stellen, mir selbst und auch Thea. Hinzunehmen, was unabänderlich war, schien ein Weg zu sein, der gangbar für mich war. Und diese Unbekannte, die eines Tages einfach vor meiner Tür gestanden hatte und alles über mich wusste, war und blieb untrennbar mit meinem Schicksal verbunden. Ich akzeptierte es.

Thea kochte, buk, wusch die Wäsche und hielt das Haus sauber. Der Schnee war verschwunden, die Knospen platzten auf, Bäume und Büsche hüllten sich in Zartgrün. Sie grub Beete um und legte neue an, schnitt Sträucher, pflanzte und säte. Ihr genügte die Rolle, die sie angenommen hatte. Sie verlangte nicht mehr als das, was ich zu bieten hatte: ein Leben. Ein bescheidenes, zurückgezogenes zwar, doch es schien zu sein, was sie wollte.

Ich dagegen hatte zunehmend genug von der Einsamkeit des Dorfes, in dem kein Mensch mit dem anderen sprach, in dem kaum ein Geräusch die Stille störte. Ich hatte entdeckt, dass ich durchaus nicht verklemmt war, nur schüchtern. Ich war kein Langweiler, kein Stubenhocker, kein Mamasöhnchen.

Nicht mehr.

Ich besuchte Lesungen, ging zu Diskussionsabenden, lernte Schriftsteller kennen und freundete mich mehr und mehr mit Zecke an.

Wir trafen uns stets in derselben Kneipe, wo das Bier billig und die Atmosphäre entspannt war. Wir redeten über seine Arbeit in der Klinik, sein Studium, seine Praktika, seine Rucksackreisen durch Afrika und Asien, seine Aufenthalte in Entwicklungshilfecamps. Er erzählte von seinem Elternhaus, von wo er ausgezogen war, um in einer verlotterten Bude zu leben.

»Alles besser, als vom Hauspersonal die gebügelte Serviette gereicht zu bekommen, um sich den Mund abzutupfen, nachdem man Unaussprechliches gespeist hat«, knurrte er.

Ich lachte. »Bei uns gibt´s Kartoffelsuppe, Schnitzel und Bratkartoffeln. So Zeug.«

»Mmmh«, machte er. »Wann bin ich eingeladen?«

Ich zögerte.

»Okay, einer wie ich ist natürlich nicht vorzeigbar, schon klar«, winkte Zecke ab.

»Nein! Ich meine, doch. Das wäre wirklich kein Problem«, wehrte ich ab. »Es ist nur ...«

Er stellte sein Glas ab. »Ja?«

»Weißt du, ich wohne sehr weit draußen. Auf dem Land.«

»Und?«

»Na ja, ich ... Du bräuchtest eine Fahrkarte.«

»Hab ich. Netzkarte inklusive Außenbereiche.«

»Hm. Na dann.«

Ich wusste nicht weiter. Auf keinen Fall wollte ich Zecke mit Thea bekannt machen. Zecke war mein Freund und mein Geheimnis. Ich erinnerte mich daran, wie Thea darauf bestanden hatte, Jessica kennenzulernen. Ich sah sie vor mir, wie sie am Eingang des Unigebäudes hinter der Säule stand und uns beobachtete. Mich fröstelte.

Zecke schaute mich an. Er hatte etwas gesagt.

»Wie bitte? Ich ... äh ...«

»Du warst mal wieder irgendwo.«

Ich fühlte mich ertappt, was mich wütend machte.

»Und wenn?« Ich warf Geld auf den Tisch, zog meine Jacke von der Stuhllehne und ging ohne ein weiteres Wort nach draußen. Es nieselte. Nach ein paar Schritten blieb ich stehen, lehnte mich an eine Hauswand und starrte in den Himmel. Tränen liefen mir über die Wangen. »Verdammt, verdammt, verdammt«, flüsterte ich.

13. Kapitel

Ich hatte mich um ein Praktikum bei einem Verlag in München beworben. Nun saß ich im Personalbüro einer grauhaarigen Frau gegenüber, die abwechselnd auf meine Bewerbungsmappe und über ihre Brille mir direkt in die Augen schaute. Außer einer knappen Begrüßung und der Höflichkeitsfrage nach der Anfahrt hatte sie noch kein Wort gesprochen. Sie legte sie die Unterlagen auf den Tisch neben sich, schlug die Beine übereinander, nahm die Brille ab.

»Warum wollen Sie zu uns?«

Ich hatte mir die üblichen Floskeln zurechtgelegt und wollte gerade mit meinem Vortrag beginnen, da stoppte sie mich.

»Vergessen Sie alles, was Sie in Seminaren gehört und im Internet gelesen haben! Ich will wissen, was Ihre Intention ist, und nicht, was andere Ihnen vorgekaut haben.«

Ich spürte, wie ich rot wurde.

»Nun, Sie haben ein vielfältiges Programm. Renommierte Autoren. Einen hervorragenden Namen ...«

Sie unterbrach mich. »Wir verlegen keine Schundliteratur und keine mit heißer Nadel gestrickten Enthüllungsbücher sogenannter Prominenter. Wir achten auf unseren guten Ruf und werden ihn nicht mit drittklassigen Schreiberlingen ruinieren. Wir bezahlen gute Leute gut, ob sie für uns schreiben oder andere Tätigkeiten ausüben. Wir legen Wert darauf, nicht auf Wühltischen verramscht zu werden. Unsere Bücher sind von höchster Qualität und entsprechend teuer. Und das bleiben sie auch.« Sie ließ ihren Blick über mich wandern. »Wollten Sie das sagen?«

Ich nickte.

»Warum sagen Sie dann nicht, was Sie denken?«

»Weil es nicht opportun ist, zu sagen, was man denkt. Druckfertig formulierte Diplomatie wird mehr geschätzt als Offenheit und Ehrlichkeit«, platzte ich heraus.

Ihr Augen kehrten zu meinem Gesicht zurück. Sie legte den Kopf schief, musterte mich. Ich glaubte, Anerkennung zu spüren. »Sie gefallen mir. Wir werden eine Menge Arbeit mit Ihnen haben, aber die wird sich lohnen. Wann können Sie anfangen?«

Thea war begeistert. »Du hast gar nicht erzählt, dass du dich bewirbst! Wie lang soll das Praktikum denn dauern? Was wirst du tun als Praktikant? Bezahlen sie dich?«

Ich streckte die Hände aus, bremste ihren Wortschwall mit den Handflächen. »Ich hab´s einfach ins Blaue hinein probiert. Normalerweise dauert ein Praktikum sechs Monate, man kann aber auch andere Vereinbarungen treffen. Mittelfristig strebe ich einen Werkstudentenvertrag an. Wir haben es kurz angesprochen und gehen in einigen Wochen ins Detail. Erst müssen wir sehen, ob es passt, ob mir die Arbeit Spaß macht und ob der Verlag etwas mit mir anfangen kann. Ich würde mich zu einer festen Stundenzahl verpflichten, hätte ein festes Aufgabengebiet oder würde Projekte betreuen. Dafür bekäme ich ein ganz normales Gehalt wie jeder andere Angestellte auch und wäre versichert. Dazu kommt natürlich die Pole Position, wenn ich mit dem Studium fertig bin und auf Stellensuche gehen muss. Als Werkstudent hat man natürlich alle Vorteile auf seiner Seite.«

Thea lachte. »So viel auf einmal hast du noch nie geredet. Schön, dass du so Feuer und Flamme bist und mal aus dir herausgehst.«

Ich schaute verlegen auf meinen Schoß, in dem sich meine Finger wie von selbst zu kneten und in immer neue Knoten verschränken zu schienen.

»Wann legst du los?«

»In ein paar Tagen beginnen die Semesterferien. Sie dauern zwar nur wenige Wochen, die Zeit aber reicht, um mich mit dem Verlag und der Abteilung vertraut zu machen. Dann sehen wir weiter.«

»Und was bezahlen die so?«

»Als Praktikant bekomme ich 1.000 Euro. Werkstudenten werden je nach Stundenzahl vergütet.«

Thea staunte. »Das ist ja richtig Geld! Früher hat man Praktikanten nichts bezahlt, oder?«

»Da hat sich einiges geändert, glücklicherweise«, nickte ich. »Man wird nicht mehr nur zum Kopieren, an der Telefonzentrale und für andere Hilfsarbeiten eingesetzt, sondern bekommt in den meisten Firmen anspruchsvolle Aufgaben, bei denen man etwas lernen und sich nützlich machen kann. Außerdem kommt es auf das Unternehmen an und darauf, ob es ein Pflichtpraktikum oder ein freiwilliges ist. Viele schicken einen mit einem Taschengeld nach Hause und lassen einen schuften bis zum Umfallen.«

»Kaum zu glauben.« Thea überlegte. »Und sonst? Gibt es sonst was Neues? Du hast wenig erzählt in letzter Zeit.«

Ich dachte an Zecke und schüttelte den Kopf. »Nein. Nichts.«

Am nächsten Morgen traf ich ihn in der Vorlesung. Er lehnte lässig an der Wand und unterhielt sich mit einem Doktoranden. Ich nickte ihm zu und suchte mir einen Platz am Rand. Als der Dozent den Saal betrat, wurde das Licht gedimmt, die Gespräche verebbten.

Zecke glitt neben mich. »Rutsch mal!«

Ich klemmte meine Tasche zwischen die Füße und rückte einen Sitz weiter.

»Na? Alles klar?«, fragte er.

»Natürlich!«, raunte ich.

»Natürlich«, grinste Zecke zurück.

Ich schämte mich.

Am Abend holte er mich vor der Buchhandlung ab. Er stand einfach da, betrachtete das Treiben auf der Straße, wartete. Wir gingen in wortlosem Einverständnis zu unserer Kneipe, setzten uns an den Tresen und bestellten Bier und Clubsandwiches.

»Willst du erzählen? Oder soll ich?«, mampfte er zwischen zwei Bissen.

»Mach mal!«, erwiderte ich.

»Okay. Meine Schwester heiratet. So einen Banker, der mit Millionen und Milliarden rummacht und Rentner um ihre Kohle bescheißt. So ein Kapitalistenarschloch halt, weißt schon.«

Ich nickte. »Wenn sie ihn liebt?«

Zecke prustete. »Liebe? Vergiss es. In meiner Familie zählt nur, wer was hat und wer wem was bringt. Entsprechend wird sich verliebt.«

»Traurig.«

»Jepp. Aber sag mal, wie geht´s dir denn so?«

Ich erzählte von meinem neuen Job. Und dann, ohne es zu wollen, von einer Idee, über die ich selbst noch gar nicht nachgedacht hatte. Eine Idee, die zu verfolgen ich mir verboten hatte.

»Ich würde mir gern eine Bude in München suchen.«

»Okay. Wo ist das Problem? Außer dass du vermutlich keine bezahlbare finden wirst.«

»Na ja, ich weiß nicht, ob das bei Thea so positiv ankommt ...«

»Wer ist Thea? Deine Mutter?«

Ich zögerte einen Augenblick zu lange, bevor ich nickte.

»Was jetzt?«

»Ach Zecke, das ist alles nicht ganz so einfach.« Ich schob den halbvollen Teller von mir.

Er lachte. »Wenn du nicht sicher wärst, wer Dein Vater ist, könnte ich es verstehen. Aber seine Mutter kennt man normalerweise.« Er zwinkerte. »Oder ist das in deinen Kreisen anders?«

»Na ja, sie ist nicht wirklich meine Mutter. Sie ...« Ich rang um die passenden Worte. Worte, die nichts verrieten, aber manches erklärten.

»Deine Stiefmutter?«

Ich seufzte erleichtert. »So was, ja.«

Zecke schwieg, runzelte die Stirn.

Im Zug nach Hause starrte ich auf die Fensterscheibe, in der sich mein Gesicht vor der vorbeifliegenden Finsternis spiegelte. Ich war bleich, sah krank aus. Oberhalb der Nasenwurzel hatte ich zwei senkrechte Falten. Die Augenbrauen gerunzelt, die Augen matt, der Blick leer.

Ich schaute weg.

Mein Leben begann im Chaos zu versinken. Ich hatte keine Kontrolle mehr über meine Geheimnisse. Zum Lügen war ich nicht gemacht.

Ich streckte den Rücken, dehnte meine verspannten Schultern. Auf ihnen lastete der Druck, wie es schien. Mir war klar, ich musste etwas unternehmen. Aber was? Wenn ich ehrlich war, hieß mein Problem Thea. Aber ich konnte doch nicht schon wieder einen Menschen töten?

Nachdenklich stieg ich aus, schloss mein Auto auf und ließ mich auf den Fahrersitz fallen. Welche Möglichkeiten boten sich mir? Reden. Ich würde mit Thea reden.

Ich hatte Angst davor. Und doch keine andere Wahl.

14. Kapitel

Die Gelegenheit für ein Gespräch mit Thea ergab sich am folgenden Samstag. Wir hatten im Garten gearbeitet und saßen nun mit einer Tasse Kaffee auf der Bank, die ich gebaut hatte. Schauten über die frischen Beete, in denen Salate und Gemüse wachsen sollten, und waren zufrieden.

»Wann wirst du denn nach Hause kommen, wenn du nächste Woche Dein Praktikum beginnst?«

Ich wurde aufmerksam. Da war sie, die Vorlage, die ich benötigte. Jetzt galt es, klug zu argumentieren.

»Das muss ich mir noch überlegen. Wenn ich den Zug um zwanzig nach sechs nehme, sitze ich pünktlich um acht Uhr am Schreibtisch. Zurück wäre ich allerdings nicht vor neunzehn Uhr. Fahre ich morgens einen Zug, also eine Stunde später, verschiebt sich mein Feierabend um mehr als zwei Stunden, weil ich den Zug, den ich nehmen würde, nicht erreichen kann.« Ich verhaspelte mich, wurde rot.

Thea schüttelte den Kopf. »Habe ich nicht verstanden, aber du wirst es schon wissen. Das bedeutet, du isst unterwegs?«

»Im Verlag gibt es eine Kantine. Abends hole ich mir was in einer Bäckerei oder an einem Stand am Hauptbahnhof.«

Ich stand auf, begann, auf und ab zu gehen. »Wie auch immer, verlasse ich bei Dunkelheit das Haus und komme nachts heim.« Ich tat, als müsse ich überlegen. »Sinn macht das nicht wirklich. Zum Lernen komme ich praktisch gar nicht mehr. Ein Zimmer in München würde mir viel an Reisezeit ersparen.« Ich warf einen Seitenblick auf Thea, die - den Blick in die Ferne gerichtet - in Gedanken versunken schien. »Ich meine, das Examen schreibt sich nicht von allein. Und dann der Job als Werkstudent, da habe ich Leistung zu bringen. Es wird niemanden interessieren, ob ich vorher in der Uni war und danach lernen muss.«

Ich nippte an meiner Tasse. Ließ meine Worte wirken.

Thea schwieg.

15. Kapitel

»Wow!«, tönte es hinter mir, als ich nach einigen arbeitsintensiven Wochen im Verlag das erste Mal die Treppe zum Vorlesungssaal hinauflief. »Der Herr Verlagsmanager gibt sich die Ehre.«

Ich erkannte die Stimme, verzögerte und griff mir theatralisch an die Stirn. »Termine, Termine, Termine. Sie wissen ja, wie das ist, Herr ...« Ich drehte mich um und staunte. »Selber wow!«

Zecke hatte seinen bunten Hahnenkamm abschneiden und die restlichen Haare schwarz färben lassen. Alle Piercings waren verschwunden.

»Wo ist Zecke?«, fragte ich.

Er lachte. »Nicht nur du hast einen seriösen Job.« Sein Blick glitt an meinem Anzug auf und ab.

»Ich muss nachher ins Büro. Eine Besprechung mit einem Kunden, bei der ich Mäuschen spielen darf«, erklärte ich verlegen.

»Klar«, erwiderte Zecke grinsend. »Karriere machen. Ich doch auch.«

»Erzähl!«

»Heute Abend bei einem gepflegten Bierchen?«

»Jepp.«

»See you.«

Nach der Vorlesung winkte mich der Dozent mit dem Zeigefinger zu sich. Ich packte meine Unterlagen zusammen und ging zum Pult hinunter.

»Welches Thema für ihre Master-Thesis haben Sie sich überlegt?«

Ich stutzte. Professor Heintzmann war für seine brüske Art bekannt, aber auch dafür, sich intensiv um seine Studenten zu kümmern. Ihn als Betreuer zu gewinnen strebten viele meiner Kommilitonen an, wenn sie eine gute Arbeit abgeben und nicht einfach nur ihr Studium hinter sich bringen wollten..

»Ich weiß noch nicht recht ...«

Er fixierte mich durch seine starke Brille. »Wann werden Sie es denn wissen?«

»Ich hatte vor, mich im Lauf dieses Semesters zu entscheiden. Es hängt davon ab, wie ...«

Er unterbrach mich. »Schon eine grobe Richtung im Auge?«

»Ich würde gern ein praxisbezogenes Thema wählen. Mir schwebt etwas vor, was ich dem Verlag anbieten kann, für den ich arbeite ...«

»Verkaufen«, knurrte er.

»Ja, warum nicht?«, entgegnete ich selbstbewusst und erschrak, als ich meinen Tonfall hörte. Du traust dich was, dachte ich. Du solltest dich nicht mit ihm anlegen. Zicke nie einen Prof an, der dich benoten wird.

»Legen sie mir ein fünfseitiges Exposé vor, vielleicht haben sie ja Glück und es weckt mein Interesse.« Damit wandte er sich ab und ließ mich stehen.

Zecke hörte meinem Wortschwall lächelnd zu, nahm gelegentlich einen Schluck von seinem Bier und steckte sich die letzten Pommes in den Mund. Mein Essen war längst kalt geworden.

»Und dann will auch noch der Heintzmann mein Betreuer werden«, schloss ich und lehnte mich zurück. »Und jetzt erzähl du.«

Zecke schob seinen Teller weg, beugte sich über den Tisch. »Erinnerst du dich an die Achterbahn?«

Ich nickte.

»Gut.«

Ich war irritiert. »Ist das alles? Kein weiterer Kommentar?«

»Wozu? Du weißt und spürst selbst, dass alles läuft wie nie zuvor. Dass deine Bahn nach oben rast. Dass du dich total verändert hast. Jessica war der Anfang. Sie hat dich aufgeweckt. Das Drama ihres Verschwindens hat dich total fertiggemacht, aber da war schon so viel mit dir passiert, dass das, was jetzt geschieht, nur noch logisch war. Du musstest deine Chancen nur sehen wollen, um sie ergreifen zu können.«

Jessica. Ich hatte immer seltener an sie gedacht. Sie war verschwunden aus meinem Leben, und ich hatte sie abgehakt. Ich schämte mich.

»Wo ist sie?«, flüsterte ich. »Was denkst du? Was ist passiert?«

»Willst du´s wirklich wissen?«

Ich nickte.

»Ich bin davon überzeugt, dass sie tot ist«, sagte Zecke ernst.

»Scheiße. Jemand hat sie umgebracht, oder?« Tränen traten mir in die Augen.

»Ja. Tut mir leid.«

Ich schniefte, griff nach meinem Glas, trank und verschluckte mich. Hustend, keuchend und heulend wurde mir klar, dass ich auch an eine andere Person keinen Gedanken mehr verschwendet hatte: meine Mutter.

In dieser Nacht lag ich wach. Ich hatte genug von diesem Leben, genug davon, zu funktionieren. Thea hatte mir zu Beginn ein ganz neues Gefühl von Freiheit und Geborgenheit vermittelt. Ich hätte mich daran gewöhnen können, wäre da nicht die Angst. Angst davor, dass jemand nach meiner Mutter fragen und suchen könnte. Angst, dass das Moor ihre Leiche freigeben würde.

Und Angst vor Thea.

Jessica hatte mir während unserer kurzen gemeinsamen Zeit gezeigt, dass es eine Welt außerhalb der gibt, in der ich so lange gefangen gewesen war. Ich hatte Gefallen an dieser Welt gefunden und nicht mehr in meine eigene zurückgefunden. Tag für Tag war ich ihr Stück für Stück entwachsen. Ich traf täglich neue Menschen, lernte, mit ihnen umzugehen, schöpfte aus jedem Kontakt Selbstvertrauen. Und das sorgte für Konflikte.

Ich lag in meinem schwankenden Bett, spürte, wie sich eine bedrohliche Welle über mir aufbaute, hörte das Brausen tonnenschwerer Wassermassen, bevor sie brechen und alles unter sich begraben. Mein Kopf dröhnte, meine Arme und Beine wurden eiskalt, zitterten.

Panisch sprang ich aus dem Bett und rannte in den Garten. Dort stand ich barfuß und starrte in den mondlosen Sternenhimmel.

So konnte es nicht weitergehen. Ich brauchte eine Lösung. Ich brauchte Hilfe.

Ich ging ins Haus und suchte nach meinem Handy. Wählte eine Nummer. Wartete.

»Wer stört?«, meldete er sich gut gelaunt.

»Chris.«

»Hey, warum schläfst du nicht?«

»Ich kann nicht. Du ... Du musst ... Ich brauche deine Hilfe. Bitte.«

Zecke zögerte keine Sekunde. »Kannst du herkommen? Ich bin in der Klinik.«

Ich zog mich an, griff nach meiner Tasche und dem Autoschlüssel und zog die Haustüre hinter mir ins Schloss.

16. Kapitel

Ich beschrieb das zunehmende Gefühl der Abhängigkeit von Thea, das mich immer öfter daran denken ließ, die Koffer zu packen. Den Druck, der mich nicht mehr zur Ruhe kommen ließ. Dass ich wegwollte, aber nicht konnte, weil ich Thea nicht verlassen durfte. Ich erzählte, wie sie mir nachspioniert hatte, wie sie auf Jessica und mich vor der Uni gewartet hatte und darauf gedrängt hatte, sie kennenzulernen.

Ich redete mir alles von der Seele. Fast alles. Die Tatsache, dass Thea nicht meine Mutter, sondern eine Zeugin und Erpresserin war, verschwieg ich.

Und ich behielt für mich, dass ich meine Mutter erstochen und im Moor versenkt hatte.

Als ich fertig war, herrschte minutenlange Stille in dem kleinen Bereitschaftszimmer, in das Zecke und ich uns zurückgezogen hatten.

»Hm. Einiges verstehe ich gut. Vieles klingt lösbar. Anderes, ich muss es so sagen, total unplausibel. Warum kannst du nicht gehen? Du verdienst Dein eigenes Geld, finanzielle Abhängigkeit fesselt dich also nicht an deine Mutter.« Er schaute auf. »Stiefmutter. Oder was auch immer.«

Ich schwieg.

»Warum willst du sie nicht allein lassen? Hättest du das Gefühl, sie im Stich zu lassen? Kommt sie nicht klar ohne dich? Ist sie krank?« Zecke streckte sich. »Du musst dir die richtigen Fragen stellen. Und sie beantworten. Ich habe den

Eindruck, du bist nicht ehrlich zu dir selbst. Mir Dinge zu verschweigen ist okay, aber dir gegenüber solltest du das nicht tun.«

Mein Kopf schien zu platzen. Ich musste raus hier, brauchte Luft. Zecke spürte mein Bedürfnis, stand auf und ging zur Tür. Er drehte sich um.

»Du gehst in den Park und kühlst Dein Gehirn ab, ich gehe meine Napoleons wecken.« Er sah auf die Uhr. »Um sieben gibt es Frühstück, wenn du magst.«

Die Sonne war bereits aufgegangen, die letzten Spuren von Pastell wichen blendender Helligkeit. Ich kniff übermüdet die Augen zusammen. Mein Handy klingelte. Thea.

»Sag mal, wo steckst du denn um diese Zeit?«, blaffte sie, kaum dass ich mich gemeldet hatte. »Kannst du keine Nachricht hinterlassen? Komm heute Abend früher als sonst nach Hause, ich habe mit dir zu reden.«

»Ja. Klar. Mache ich«, flüsterte ich, als die Leitung bereits tot war. Ich steckte das Telefon weg und wandte mich Richtung Klinikeingang. Kaffeeduft wies mir den Weg zum Frühstücksraum, in dem Zecke, die Beine auf einem Stuhl, in ein Croissant biss. Er unterhielt sich mit einem Kollegen, winkte mich zu sich heran.

»Nimm dir, wonach dir ist. Kaffee ist da, Tee auch. Und Brezen, Brötchen ... Na, du findest dich schon zurecht. Ach ja, das ist Jojo. Wir besprechen noch schnell den Schichtwechsel, dann können wir los zur Uni.«

»Hast du denn geschlafen?«, fragte ich verwundert.

»Du denn?«, zwinkerte er.

Ich fuhr nach der zweiten Vorlesung nach Hause. Weder hatte ich die Energie zu arbeiten, noch konnte ich den Worten der Dozenten folgen. Meinen Job im Hinterzimmer der Buchhandlung würde ich ohnehin aufgeben müssen, wenn ich im Verlag einen Vertrag als Werkstudent anstrebte.

Der leere Zug hielt, ich stieg aus und trottete über den Parkplatz. Den Autoschlüssel in der Hand, blieb ich stehen.

»Scheiße.« Der Audi stand auf dem Klinikparkplatz. Wir hatten die S-Bahn in die Innenstadt genommen, Zecke und ich. Frustriert steckte ich den Schlüssel ein und ging zur Bushaltestelle. Es würde ein langer Heimweg werden. Daran, was mich zu Hause erwartete, wollte ich erst gar nicht denken.

Wie früher, dachte ich. Ein Tribunal, bestehend aus einer Person. Ich saß am Esstisch, vor mir einen halbvollen Teller mit inzwischen kalter Suppe. Ich schaute auf die Fettaugen und versuchte, meine Übelkeit zu ignorieren.

»Wie stellst du dir das vor? Wie soll es weitergehen?« Pause. »Du tust, was du willst, gehst und kommst, wie es dir gefällt.« Erneute Stille. Dann folgten die gefürchteten Worte, kalt und schneidend. »Du weißt, dass ich das nicht dulden kann!«

Mein Kopf sank tiefer auf meine Brust. Ich hatte keine Kraft mehr, ihn zu halten. »Mach einfach. Mir ist egal, was«, murmelte ich. »Ich kann nicht mehr.«

Thea sah mich stumm an. Ohne ein weiteres Wort verließ sie das Wohnzimmer. Ich hörte sie nebenan, dann fiel die Haustüre zu. Ich hob den Kopf und sah aus dem Fenster. Sie schob ihr Fahrrad durch das Gartentor, stieg auf der Straße auf und fuhr davon. Sie würde nicht verschwinden, das wusste ich. Sondern wiederkommen.

Ich legte den Kopf auf den Tisch, spürte die Kühle des Holzes an meiner heißen Wange.

17. Kapitel

Ich war ins Bett gegangen. Irgendwann stand ich auf, um zur Toilette zu gehen und mir etwas zu trinken zu holen. Im Haus war es ruhig. Als ich erneut wach wurde, schien der Mond in mein Zimmer. Ich schaute ihm eine Weile zu, verfolgte seine Bahn, bis er hinter dem Fensterrahmen verschwand, schlief wieder ein.

Das nächste Mal öffnete ich die Augen kurz vor Mittag. Ich spürte in mich hinein, befand, dass ich ausgeruht war, und verließ mein Zimmer. Noch immer war kein Laut zu hören. Ich spähte durch alle Fenster, die in den Vorgarten führten, fand Theas Fahrrad aber nicht.

Nachdem ich im Bad war und mich angezogen hatte, frühstückte ich. Ich war hungrig. Ich musste fast 24 Stunden geschlafen haben. Konnte das sein? Und wo war Thea? War sie zwischenzeitlich hier gewesen? Wenn, dann hatte sie keine Spuren hinterlassen. Ich biss in mein Brot und malte mir aus, wie es wäre, wenn sie wegbliebe.

Euphorisch ging ich mit einer Tasse Kaffee in den Garten, schaute mich um. Es hatte sich viel verändert, seitdem Thea ihn umgestaltete. Überall wuchsen Sträucher, manche Blätter verfärbten sich bereits. Es waren bunte Beete entstanden, in denen neben späten Sommerblühern die ersten Herbstblumen ihre Knospen öffneten. Der Salat war längst geerntet, einige Tomatenstauden trugen noch Früchte. Der Apfelbaum, den Thea im Frühjahr geschnitten hatte, bog sich unter seiner Last.

Idylle und Ordnung, wie sie nie geherrscht hatten. Ich staunte darüber, wie freundlich mein Zuhause wirkte, wenn ich meine Sorgen für einen Moment vergaß.

Die Holzbank, die ich gezimmert hatte, stand in der Sonne. Sie sollte gestrichen werden, bevor Nässe und Kälte das Holz angreifen würden.

Ich betrat auf der Suche nach Lasur den Schuppen und blieb verwundert stehen. Auch hier war es ordentlich und übersichtlich, alles hatte einen Platz gefunden. Ich fand sofort eine Dose und den passenden Pinsel. Mit dem Stiel öffnete ich den Deckel, schüttelte die Flüssigkeit. »Reicht«, murmelte ich und nahm noch ein paar der alten Zeitungen mit, die im Schuppen darauf warteten, zum Container gebracht zu werden.

Während ich die Bank in dunkelbraune Farbe hüllte, überlegte ich, was ich täte, bliebe Thea für immer fort. Hier in meinem Elternhaus wohnen bleiben? Mir in München ein Zimmer nehmen und an den Wochenenden nach Hause fahren? Das Haus verkaufen? Mir wurde schnell klar, dass diese Option ausgeschlossen war. Meine Mutter stand im Grundbuch als Eigentümerin, daran gab es nichts zu rütteln.

Und noch etwas wurde mir bewusst, als ich den Pinsel über das Holz gleiten ließ: Eines Tages würde meine Mutter vermisst.

Wir hatten zurückgezogen, fast einsiedlerisch gelebt. Kontakte zu Verwandten pflegten wir nicht, die wenigen Freunde waren nach Vaters Tod weggeblieben. Doch kein Mensch kann auf Dauer existieren, ohne hin und wieder ein Lebenszeichen hinterlassen zu müssen.

Und Mord verjährt nicht.

Mein Telefon spielte Lambada. Zecke. Ich meldete mich und er fragte, wo ich gewesen sei. Er habe mich vermisst.

»Alles Okay bei dir?«

Ich seufzte. »Ja, irgendwie schon. Thea hat mich gefragt, wie ich mir das alles vorstelle, mein Leben und so. Und dann ist sie weggefahren. Bis jetzt ist sie nicht zurück.«

»Sonderbar. Wo kann sie sein?«

»Keine Ahnung. Sie verschwindet öfter mal, allerdings nur für ein paar Stunden und nie über Nacht.«

»Klarer Fall. Sie hat einen Typen.«

Auf die Idee war ich noch nicht gekommen. Ich vermutete zwar, dass sie eine Wohnung haben müsse, zumindest eine Art Lager, denn sie hatte nur ihre Kleidung mitgebracht, sonst nichts. Aber einen Mann, eine Familie gar? Kaum vorstellbar. Ich zuckte die Schultern.

»Bist du noch da?«

»Äh, ja. Sorry.«

»Was tust du jetzt?«

Ich erzählte, dass ich lang geschlafen hatte und dass der Anstrich meiner Bank in der Sonne trockne.

»Gut. Komm zur Ruhe! Wenn was ist, ruf mich an!« Er zögerte. »Ach ja, ist das dein Auto auf dem Parkplatz? Ein weinroter Audi?«

Ich lachte. »Ja, der gehört mir. Frag bloß nicht!« Ich sah Zecke vor mir, wie er schief grinste, die Augenbrauen hochzog und den Kopf leicht schüttelte.

»Ich doch nicht. Mach´s gut und melde dich. Ich bin Tag und Nacht für dich da.«

Ich schluckte. Zecke war ein echter Freund. Einer, den ich mir so sehr gewünscht hatte. Einer, zu dem ich ehrlich sein sollte. »Ich weiß. Danke.«

Auch am nächsten Tag tauchte Thea nicht auf. Ich nutzte das warme Wetter und reparierte den Gartenzaun. Dann setzte ich die Türe des Schuppens instand, befestigte eine lose Dachrinne und hängte die verrottenden und überflüssigen Fensterläden aus. Zuletzt begutachtete ich das Haus. Es benötigte dringend einen Anstrich. Ich überschlug die Fläche und beschloss, Farbe zu kaufen. Dazu musste ich den Bus nehmen und mit dem Zug nach München fahren, um mein Auto zu holen.

Wie früher, dachte ich. Wie lang ist dieses Früher eigentlich her? Mir erschien es, als läge der Tag, an dem meine Mutter und ich uns sonntags auf den »Tatort« gefreut hatten, eine Ewigkeit zurück. Es war zu viel geschehen, ich war kaum zur Besinnung gekommen. Von einer Verarbeitung dessen, was ich getan und was sich seither verändert hatte, ganz zu schweigen. Ich schüttelte mich. Zu viel für ein knappes Jahr. Zu viel für ein ganzes Leben.

Als ich in Haar aus der S-Bahn stieg, rief ich Zecke an. Er war nicht in der Klinik, sondern mit Bekannten unterwegs. Im Hintergrund hörte ich Stimmengewirr und Musik. Er versuchte, mich dazu zu bewegen, nach Schwabing zu kommen und mich ihnen anzuschließen, doch ich hatte keine Lust. Mir war nach Ruhe, Stille, nach Alleinsein.

Ich setzte mich in mein Auto, das nur widerwillig ansprang. »Wirst alt, was? Na komm, das packst du!«, ermunterte ich es. Ich fuhr nach Norden, lenkte den Wagen nach Moosburg, wo ich zur Amper hinunterging.

Am Ufer auf einem von der Sonne noch warmen Stein dachte ich über mein Leben nach, über Vergangenes und Künftiges, über Menschen und Gefühle. Ich vermisste meinen Vater, ich trauerte um Jessica, ich hasste Thea, ich mochte Zecke.

Und meine Mutter? Plötzlich erkannte ich, dass sie mir fehlte. Warum hatte ich ihr nie widersprochen? Nie den Mut bewiesen, ihr Verhalten mir gegenüber zu kritisieren? Warum hatte ich nicht getan, was ich bei Thea konnte: meinen eigenen Weg finden und gehen?

Weil ich ein Feigling war, hatte ein Mensch sterben müssen. Meine Mutter.

Ich starrte blicklos aufs Wasser.

18. Kapitel

Am Samstagmorgen wachte ich von Geschirrgeklapper auf. Da ist sie ja, dachte ich. Ich lauschte, schnupperte den Duft von Kaffee und frischem Toast. Ich lag im Bett, still und leise, und überlegte. Gedanken darüber, was passieren würde, wenn sie wiederkäme, hatte ich mir nie gemacht. Ich hatte einfach abgewartet. Nun war er da, der Tag, an dem sie entscheiden würde, wie es weitergeht.

Ich stand auf, ging ins Bad, duschte, putzte mir die Zähne, zog mich an. Dann betrat ich die Küche. »Morgen.«

Sie drehte sich um. »Gut geschlafen?«

Ich brummte etwas, weil ich nicht wusste, was ich antworten sollte, und ging ins Wohnzimmer. Der Tisch war gedeckt. Ich setzte mich, goss mir Kaffee ein, tat Zucker und Milch dazu, nahm mir ein Brötchen. Frisch, noch warm. Vermutlich vom Bäckerwagen, der samstags durch die Dörfer fuhr und seine Anwesenheit mittels lautem Klingeln ankündigte. Bis zu uns kam er nie, er hielt vorne an der Hauptstraße.

Thea stellte einen Eierbecher vor mich hin, legte einen Löffel dazu, nahm mit spitzen Fingern ein Ei aus dem Kocher. Dann setzte sie sich. Sie bediente sich mit Kaffee, schnitt eine Breze auf, bestrich sie mit Butter. Als sie abbiss, schaute sie mich an. Ich spürte ihren Blick mehr, als ich ihn sah, während ich mit dem Marmeladenglas beschäftigt war.

»Warst fleißig«, sagte sie zwischen zwei Bissen.

»Hm«, murmelte ich.

»Keine Vorlesungen gehabt?«

»Hab ich ausfallen lassen.«

»Arbeiten warst du auch nicht?«

»Nein.«

»Warst du krank oder einfach faul?«

»Ich brauchte Zeit für mich.«

Wir schwiegen. Aßen, tranken.

»Wir müssen reden.«

Waren diese Worte aus meinem Mund gekommen? Thea schaute überrascht von ihrer Zeitung auf, die sie auf dem Esstisch ausgebreitet hatte. Das Mittagessen war ebenso verlaufen wie das Frühstück: nahezu wortlos. Ich war in mein Zimmer gegangen, hatte ziellos im Internet gesurft, als der Druck in mir zu groß wurde. Ich warf den Laptop zu, holte tief Luft und ging ins Wohnzimmer.

»Aha«, entgegnete Thea.

»Das ist kein Leben, so kann ich nicht weitermachen. Ich habe Schuldgefühle, ich finde keine Ruhe mehr, ich weiß nicht mehr, was ich tun soll ...« Ich verstummte.

Thea schaute mich nur an.

»Was willst du? Hier wohnen? Kannst du. Ich ziehe nach München, du kannst das Haus und alles darin haben.« Ich überlegte. »Die Rente meiner Mutter natürlich auch.« Ich breitete die Arme aus. »Mehr besitze ich nicht.«

Sie lehnte sich zurück.

»Und du?«, fragte sie.

»Was ist mit mir? Ich arbeite, verdiene mein Geld, suche mir eine Bude ...« Und lebe mein Leben ohne dich. Das sprach ich nicht aus, aber darauf lief es hinaus. Das wusste sie.

»Und alles ist vergessen?«, fragte sie kalt lächelnd. »So einfach geht das?«

Ich schüttelte den Kopf. »Nichts ist vergessen. Ich werde das alles niemals vergessen können, auch wenn ich es gern würde.« Ich ließ mich auf die Armlehne von Mutters Sessel fallen. »Um mich jeden Tag zu erinnern, brauche ich dich nicht. Weder deine Anwesenheit noch deine unausgesprochene Erpressung.«

Nun war es ausgesprochen, das Wort.

Thea reagierte heftig. »Erpressung? Ich nenne das eine Rechnung bezahlen!«

»Eine Rechnung, die nicht deine ist!«, unterbrach ich sie. Auch ich war laut geworden.

»Wir können gern die Polizei als Schiedsrichter hinzuziehen!«, brüllte Thea.

Ihre Worte dröhnten schmerzhaft in meinen Ohren. Ich senkte den Kopf, zog ihn zwischen die Schultern ein. Wartete auf das Gefühl der Panik, das mich immer befallen hatte, wenn ich an die Konsequenzen meines Tuns dachte.

Ich wartete und wartete. Und stellte ungläubig fest, dass die Angst ausblieb. Theas einziges Druckmittel zeigte keine Wirkung mehr. Ich stand auf, sah auf sie hinunter.

»Das wirst du nicht tun.«

Thea schaute auf ihre Zeitung. Ich drehte ich mich um und ging.

19. Kapitel

Sie hatte nicht versucht, mich aufzuhalten. Ich hatte ein paar Klamotten, Bücher und meinen Laptop eingepackt, die Taschen in den Wagen geworfen und war zu Zecke gefahren. Als er mich vor seiner Tür stehen sah, mit hängenden Armen und hilfloser Bitte im Blick, trat er zur Seite und gab den Weg frei. Er fragte nicht, machte Kaffee, kippte Zucker in zwei Becher und goss Milch dazu. Das Gebräu war ungenießbar, aber es zeigte Wirkung.

»Kann ich bei dir bleiben?«

Zecke zog die Augenbrauen hoch.

»Nur für ein paar Tage, ich suche mir eine Bude. Ich meine, ich hab Geld und ...« Ich begann zu weinen. Tonlos. Tränen liefen meine Wangen hinunter, einige fing ich mit der Zunge auf. Sie schmeckten salzig.

Zecke erhob sich, hieb mir auf die Schulter. »Na, dann wollen wir mal deine Sachen holen, was?«

Wir fanden auf dem Speicher des alten Hauses, in dem Zecke eine Wohnung gemietet hatte, eine Luftmatratze. Wir legten sie auf den Boden des Zimmers, in dem er schlief. Ein Schrank, ein Bett, mehr war da nicht. Und jetzt meine Matratze.

»Ein Bettlaken drüber, eine Decke, ein Kissen, und das passt für ein paar Tage.« Er überlegte. »Ein Schlafsack fährt sicher auch noch rum. Muss oben sein. Ich schau mal nach. Du kannst ja in der Zwischenzeit Kaffee kochen. Türkisch, nach Cowboy-Art, wie auch immer. Hauptsache, er tut, was er tun muss.«

Später raspelten wir Gouda über Spaghetti, kippten reichlich Ketchup drüber und warfen uns mit unserem Essen auf das durchgesessene Sofa. Auf dem an der Wand hängenden Flachbildschirm lief Fußball ohne Ton. Ich starrte hin, kaute und schluckte, kaute und schluckte. Mein Kopf war leer.

Zecke nahm die leeren Teller mit in die Küche und holte uns zwei Bier.

»Magst du erzählen?«

Ich zuckte die Schultern.

»Ich bin so müde.«

»Geh pennen!«

»Nein, schlafen kann ich nicht. Ich bin anders müde, verstehst du?«

Zecke brummte zustimmend und leerte mit einem Zug die Hälfte seiner Flasche.

»Und was nun? Bist du nur mal für ein paar Tage weg oder für immer?«

Ich trank einen Schluck, um Zeit zu gewinnen. »Ich kann das alles nicht mehr. Ich will ein neues Leben. Ich will frei sein.«

Zecke lehnte sich zurück und legte die Füße auf den Tisch, der vor dem Sofa stand. Er war bedeckt mit Zeitschriften. Ich erkannte psychologische Fachpublikationen, die neben Piercing- und Tattoomagazinen lagen. Dazwischen zerkrümelte Erdnussflips und eine Dose Nastro Azzuro. Die Wohnung passte zu ihrem Bewohner.

»Du wirst schon etwas mehr erzählen müssen als bisher, wenn du möchtest, dass ich dich verstehe. Bis jetzt höre ich dir zu, akzeptiere Fragmente, die nicht zusammenpassen, und vermeide es, daraus ein Bild zusammenzusetzen. Aber wenn ich dir helfen soll, muss ich Zusammenhänge schaffen können.«

So also klang Zecke, wenn er den Psychologen gab. Sachlich. Klare Worte, deutliche Aussprache, tadelloser Satzbau. Ich staunte. Trank mein Bier aus und erhob mich, um zwei neue Flaschen aus dem gut bestückten Kühlschrank zu holen. Auf dem Weg zur Küche, in der sich Geschirr in der Spüle stapelte, dachte ich über seine Worte nach, fragte mich, ob ich Zecke vertraute.

Ich reichte ihm die Flasche, stieß mit ihm an, nahm einen Schluck. »Du hast recht.«

Und ich erzählte ihm alles.

20. Kapitel

Das Gespräch mit Professor Heintzmann verlief ungewohnt harmonisch. Er hörte sich geduldig an, welches Thema ich ihm für meine Masterarbeit vorschlug, stellte Fragen, regte kleinere Änderungen an und entließ mich mit aufmunternden Worten Richtung Verlag, wo ich meine Idee zum zweiten Mal unterbreiten sollte.

Die anstehenden Vorlesungen versprachen langweilig zu werden, also setzte ich mich in die U-Bahn und fuhr nach Haidhausen, einem der ältesten Stadtteile Münchens.

Ich schlenderte eine Allee entlang und bewunderte die Häuser, in denen ich mir gut vorstellen konnte, zu wohnen. Unbezahlbar, wie ein Blick durch die hohen Fenster auf die Jugendstildecken vermuten ließ. Dennoch lehnten vor vielen Haustüren alte Fahrräder, verdeutlichten dutzende handgeschriebene Namensschilder an den Briefkästen, dass Werbeagenturen und Freiberufler noch nicht alle Wohngemeinschaften verdrängt hatten.

Ich betrat das Verlagsgebäude, ein vierstöckiges restauriertes Eckhaus, an dem über dem Eingangsportal mit der schweren Holztüre und dem Löwenkopf aus Messing eine Jahreszahl stand: 1899. Im Treppenhaus ausgetretene Holzstufen und ein knarrendes Geländer, an den Wänden Fotos, die die Geschichte des Gebäudes und des Verlages dokumentierten.

Der Leiter des Lektorats, Dr. Hermann Otto, ein hagerer Mittfünfziger ohne Haare, saß zusammengesunken wie immer an seinem Computer und hämmerte mit zwei Fingern auf die Tastatur ein. Als er mich hörte, sah er auf. »Hoppla? Mit dir hatte ich nicht gerechnet. Aber gut, dass du da bist. Wir ersticken in Manuskripten.«

»Ich bin nicht zum Arbeiten hier, sondern um etwas zu besprechen«, bremste ich.

»Schade«, entgegnete er enttäuscht. »Worum geht´s?«

»Um meine Masterarbeit. Ich hatte ja angekündigt, dass ich sie gern hier im Verlag schreiben würde.«

»Ich erinnere mich. Nimm dir einen Kaffee, räum den Stapel von dem Stuhl und setz dich! Ich schicke nur schnell die Mail ab, dann bin ich ganz Ohr.«

Eine Stunde später war ich wieder auf dem Weg zu Zeckes Wohnung, wo ich »vorläufig«, wie Zecke betont hatte, Asyl gefunden hatte. Als ich eingezogen war, hatte ich einen Tag lang aufgeräumt, geputzt, das Geschirr gespült, die Möbel abgesaugt und neu gruppiert. Dann war ich einkaufen gegangen und hatte unsere Vorräte an Nudeln und Pizza aufgefüllt. Nachmittags hatte ich Zeitschriften sortiert und im Regal abgelegt und war mehrmals im Keller gewesen, um in der ganzen Bude verteilte Klamotten von undefinierbarem Sauberkeitsgrad zu waschen und aufzuhängen.

Als Zecke nach Hause gekommen war, war er in gespieltem Entsetzen zurückgeprallt. »Meine Fresse! Willst du mich heiraten?«

»Nichts da! Das war eine einmalige Aktion«, hatte ich ihn abzuwehren versucht, als er auf mich zukam und Anstalten machte, mich zu küssen. Wir hatten uns gebalgt, gelacht und getobt wie Kinder und uns dann erschöpft auf den frisch gewischten Holzboden sinken lassen.

Die Wohnung war leer, als ich ankam. Ich setzte mich auf den einzigen Stuhl an den winzigen Küchentisch und sah aus dem Fenster. Es könnte einen Eimer Wasser mit Spüli vertragen, dachte ich. Ich schaute auf die Bäume draußen, betrachtete die vom Herbst gelb und rot gefärbten Blätter, versank in Gedanken.

Dr. Otto hatte meinen Vorschlag überaus positiv aufgenommen und sich bereit erklärt, beim Verlagsdirektor ein akzeptables Honorar für meine Masterarbeit auszuhandeln. »Das, was du im Sinn hast, erspart uns den Unternehmensberater, der seinen Auftrag schon so gut wie in der Tasche hat. Er wird sich ärgern, wir dagegen sparen eine Menge Geld. Davon, finde ich, müsste für dich ein ordentlicher Betrag abfallen.«

Eigentlich, dachte ich, ist es eine tolle Zeit. Alles lief bestens. Nur ...

Ich warf einen Blick in den Kühlschrank und begann nach einer kurzen Bestandsaufnahme, Kartoffeln zu kochen und die beiden Salatköpfe zu putzen, die im Gemüsefach vor sich hinkümmerten.

»Bratkartoffeln?«, schrie Zecke begeistert ins Telefon, als ich ihn anrief. »Ich hole uns zwei saftige Steaks. Sind noch Zwiebeln da? Und Kräuterbutter?«

»Bring welche mit!«, wies ich ihn an und legte auf, um die Kartoffeln abzugießen. Dann blieb ich an die Arbeitsplatte gelehnt stehen und schaute durch die Tür ins Wohnzimmer. Wäre Zeckes Bude größer gewesen und hätte jeder sein eigenes Schlafzimmer gehabt, wäre der Gedanke, mit Zecke zusammenzuleben, naheliegend gewesen. Es passte einfach. Wir verstanden uns, gingen uns nicht auf die Nerven und hatten einen so unterschiedlichen Lebensrhythmus, dass wir uns nicht einmal um Badezimmerzeiten stritten, wie man es von anderen Wohngemeinschaften hörte. Ich hatte festgestellt, dass ich kein Problem mit dem Putzen hatte und gern kochte. Und Zecke bemühte sich um Ordnung, solange jemand da war, der ihn dazu anhielt.

Ich fällte einen Entschluss: Ich würde mich auf die Suche nach einer Wohnung machen. Und dann mit Zecke reden.

Er kam mir zuvor. »Hör mal, das hier ist verdammt eng. Auf Dauer ist das für uns beide nichts. Ich meine, wir müssen lernen für die Prüfungen. Ich kann vieles in der Klinik lesen und schreiben, aber eben nicht alles.« Er pulte ein Stück Rinderfilet aus seinen Zähnen und betrachtete es nachdenklich.

Ich schwieg. Würde er mich jetzt rauswerfen?

»Wir brauchen eine größere Bude.« Er sah mich an. »Oder willst du dir was Eigenes suchen?«

»Nein!«, beeilte ich mich zu widersprechen. »Ich hab auch bereits darüber nachgedacht.« Ich sah mich schon in einer dieser gemütlichen Wohnungen in Haidhausen, mit knarzendem Holzboden, Kachelofen und hohen Stuckdecken. Mein Traum war schon immer ein Hochbett, darunter ein Schreibtisch oder Matratzen und Kissen.

»Na dann.« Zecke schlug sich mit den Händen auf die Oberschenkel und drückte sich aus dem Sofa hoch. »Ich muss wieder weg.«

Er nahm die Hausschlüssel, ging zur Tür, drehte sich jedoch noch einmal um. »Vorher sollten wir aber dein Leben in Ordnung bringen. Ein Anfang ist immer auch ein Ende.« Er zog die Türe hinter sich zu und ließ mich so ratlos wie hoffnungsvoll zurück.

21. Kapitel

Wir saßen im Auto auf dem Weg nach Kleinspornach. Zecke und ich hatten unseren Auftritt dort genau geplant. Er hatte alle Piercings angebracht, die er fand, die »grausigsten«, wie er betonte. So schaukelte unter seiner Nase ein Totenkopf, in den Ohrläppchen steckten Säbel und Knochen. Er trug trotz der herbstlichen Kühle nur ein Unterhemd, das seine eindrucksvollen Tätowierungen zur Geltung brachte, darüber eine abgewetzte Lederjacke. Zerfetzte Jeans und Kampfstiefel bedeckten seine Beine. Seine mit Karnevalfarbe bunt gefärbten Haare hatten wir mit Haarspray in Form gebracht. Dutzende Ketten hingen von ihm herab, in seinem Nietengürtel war in einem Holster ein stattliches Messer zu erahnen. Er sah zum Fürchten aus.

Bereits als ich durch das Tor fuhr, erkannte ich, dass das Haus leer war. Kein Fahrrad, alle Fenster waren geschlossen. Ich hielt an.

»Hm. Da war unsere Verkleidungsaktion wohl überflüssig, oder?«, fragte Zecke. Dennoch wirkte er wachsam, als er ausstieg.

Ich beobachtete ihn, wie er das Gebäude umrundete. Vorsichtig wie ein Jäger. Als Punk müsse man das können, dieses Erwittern von Gefahr, hatte er mir vor einiger Zeit erklärt. Wenn man nachts allein unterwegs sei, stelle man Beute dar für Typen, die Punks hassen. Ich hatte ihm nicht geglaubt, bis er mehrere Zeitungsartikel vor mir ausgebreitet hatte, die über Überfälle berichteten.

»Ich bin davon überzeugt, dass Thea uns nichts tun würde«, lachte ich ihn aus. »Sie ist eine Frau. Eine ältere Frau.«

Er drehte sich zu mir um. »Eine Frau. Eine ältere Frau. Aha«, blaffte er. »dir ist nicht klar, dass diese ältere Frau eine Psychopathin ist, stimmt´s?« Er kehrte zu mir zurück. »Überleg doch mal! Du hältst sie für eine harmlose Trittbrettfahrerin, die etwas beobachtet hat und sich nun mit ihrem Wissen ein angenehmes Leben macht?« Er deutete auf das Haus. »Woher muss sie kommen, wenn das hier für sie ein Aufstieg ist?«

Ich war beleidigt. Er sprach von meinem Elternhaus, in dem ich gelebt und mich hin und wieder sogar wohlgefühlt hatte. Gut, es war alt und, ja, auch ärmlich. Aber es war mein Zuhause. Gewesen.

Zecke kam zu mir herüber, legte mir den Arm um die Schultern. »Tut mir leid. Aber du musst den Tatsachen ins Auge schauen. Diese Frau hat etwas zu verlieren! Viel sogar. Glaubst du, sie lässt das Haus und die Rente deiner Mutter einfach so wieder sausen?«

»Ich habe ihr alles angeboten. Sie kann alles haben. Ich will nur meine Ruhe«, schluchzte ich hilflos.

Er drückte mich an sich. Seine Wärme tat gut.

Wir betraten das Haus. Thea konnte nicht lang weg sein, der Kühlschrank war gefüllt, Obst stand auf dem Couchtisch, der Laib im Brotkorb war frisch. Im Bad roch es noch nach Duschgel, ein Handtuch war feucht. Im Schlafzimmer war das Bett gemacht, die Küche war blitzsauber.

»Wir sollten uns beeilen, außer du willst warten, bis sie kommt«, trieb mich Zecke an. Er sah sich um, starrte auf den alten Fernseher mit Bildröhre, ließ sich aufs Sofa fallen. Nahm einen Apfel, biss hinein.

Ich zog Klamotten aus dem Schrank in meinem Zimmer, packte ein paar Bücher ein und Dokumente, die ich benötigen würde: Geburtsurkunde, Pass, Fahrzeugbrief, Bankunterlagen. Meine Ersparnisse verwaltete ich online, ich besaß also kein Sparbuch. Mit drei gefüllten Taschen verließ ich das Haus. Ich warf sie in den Kofferraum.

Zecke schnürte durch den Garten wie eine Katze. »Irgendwie ist so eine alte Hütte urig. Gemütlich, kuschelig. Kenne ich so gar nicht. Meine Eltern wohnen steril. Bauhausstil nennt sich diese bewohnbare Gefühllosigkeit. Beton, Glas, Stahl.« Er betrachtete die Fassade, zeigte nach oben. »Hier fehlt Efeu oder Wilder Wein.«

Ich folgte seinem Zeigefinger. Er hatte recht. Das Haus benötigte keinen Anstrich, sondern sollte begrünt werden. Könnte ich hier bleiben, brächte ich Rankgitter an ... Ich unterbrach meine Träume rüde, wandte mich zum Auto. »Komm jetzt, ich will weg sein, bevor Thea zurückkommt.«

Der Weg zurück nach München verlief schweigend. Wir hingen unseren Gedanken nach. Zecke schien nachzudenken. Ich spürte der Trauer über das nach, was ich verloren hatte. Mein Zuhause. Unwiederbringlich weg. Oder? Gab es eine Möglichkeit?

Zecke hatte mein Problem in der Nacht, in der ich ihm alles erzählt hatte, mit wenigen Worten zusammengefasst: Thea erpresste und bestahl mich, plünderte Monat für Monat das Konto, auf das die Rente meiner Mutter überwiesen wurde, lebte in meinem Haus.

In dem Haus meiner Mutter. Die tot war. Die ich getötet hatte ... Alles drehte sich im Kreis. Alles hatte begonnen, als ich zum Mörder geworden war.

Ich schlug mit der Faust aufs Lenkrad. »Scheiße!«

Zecke nickte nur. Plötzlich richtete er sich in seinem Sitz auf. »Weißt du die Kontonummer deiner Mutter?«

»Klar.«

»Sperr ihre EC-Karte! Melde sie als verloren!«

Ich schüttelte irritiert den Kopf. »Wie soll ich das denn machen?«

»Mensch, da gibt es eine zentrale Telefonnummer, bei der man anrufen kann. Im Internet geht es auch, musst mal googeln. Hey, das ist überhaupt kein Ding. Du musst dich nicht identifizieren oder so. Einfach die Kontonummer angeben und peng!« Er klatschte die Hand auf sein Knie.

Ich fuhr langsamer. »Wenn das klappt ...«

»Das klappt.«

»Nein, warte mal. Lass mich ausreden. Wenn das klappt, scheuchen wir Thea auf. Sie hätte keinen Zugriff mehr auf die Kohle meiner Mutter. Und das wird ihr nicht gefallen.« Ich bremste, bog in einen Feldweg ab, hielt an, legte die Hände in den Schoß und betrachtete sie nachdenklich. »Was wird sie tun?«

»Gute Frage. Was kann sie tun? Dich kann sie nur telefonisch erreichen. Sie weiß nicht, wo du steckst. Also kann sie dir nicht auflauern oder so.«

»Stimmt nicht. Sie kann zur Uni fahren. Das wäre nicht das erste Mal. Sie kennt den Verlag, in dem ich arbeite. Und die Buchhandlung.«

»Hm. Blöd.« Zecke kaute an seinen Fingernägeln. »Aber was soll sie dir tun können? Die einzige Möglichkeit ist, dir zu mit der Polizei zu drohen. Was, wenn du cool reagierst und ‚na und‘ sagst? Was will sie machen? Schläger anheuern? Zu den Bullen gehen?«

Ich schwieg. In meinem Nacken und auf meinem Rücken sammelte sich Schweiß.

Zecke lehnte sich an die Beifahrertür, zog das Bein auf den Sitz und drehte sich ganz zu mir um. »Was hält dich davon ab, sie umzubringen? Ich meine das natürlich nicht wörtlich.« Er fuchtelte abwehrend mit den Händen. »Ich meine, klar, dass du es nicht tun darfst. Aber warum solltest Du ihr nicht drohen?«

Ich lachte freudlos auf. »Kommt bestimmt überzeugend rüber, wenn ich mit finsterem Blick vor ihr stehe und mit einem Messer vor ihr rumfuchtle. Weil ich ja meine Mutter ... Ach, Scheiße!« Ich versuchte, mich zu beruhigen. »Sie wird sich ohnehin rückversichert haben. So nach dem Motto: Wenn ich sterbe, liegen die Beweise in Schließfach soundso.«

»Welche Beweise kann sie haben? Fotos? Ein Video?«

»Keine Ahnung.«

Zecke schaute durch die Windschutzscheibe auf das vor uns liegende Maisfeld. »Du musst es riskieren. Ich würde es tun.«

Langsam nickte ich. »Mit Vollgas an die Wand.«

»Vielleicht sieht diese Wand nur stabil aus? Möglicherweise ist sie ja aus Papier?«

Hoffentlich, dachte ich. Hoffentlich.

22. Kapitel

Ein paar Tage dachte ich über Zeckes Vorschlag nach. Außerdem wartete ich insgeheim darauf, dass Thea sich melden und nachfragen würde, wie es mir ginge und wann ich wieder nach Hause käme. Auch wenn sie gesehen haben musste, dass ich den Rest meiner Sachen geholt hatte. Etwas in mir wünschte sich, dass sie sich um mich sorgte, dass ich ihr wichtig war.

Ich schalt mich einen Idioten und startete Google, um mich zu informieren, was zu tun wäre, um die EC-Karte meiner Mutter sperren zu lassen. Zecke hatte recht gehabt: Man musste lediglich eine zentrale Rufnummer wählen, die Kartennummer angeben und fertig.

Der Zettel mit den Daten lag neben dem Laptop. Mein Smartphone ebenfalls. Ich zögerte, seufzte, griff dann doch danach, wählte 116 116 und hörte auf den Klingelton, den eine Bandansage ablöste. Eine Stimme meldete sich und fragte mich nach meinem Wunsch. »Ich möchte eine EC-Karte sperren lassen«, flüsterte ich heiser.

»Handelt es sich um Ihre eigene Karte?«

Die Frage irritierte mich. Hatte ich nicht gewusst, dass es nicht funktionieren würde? Ich räusperte mich. Noch konnte ich auflegen, noch hatte ich keinen Schaden verursacht. Im selben Moment, in dem mir der Gedanke kam, schüttelte ich auch schon energisch den Kopf. Wenn jemand Schaden verursacht hatte, dann doch wohl Thea! »Nein, es ist die meiner Mutter«, entgegnete ich.

»Kann Ihre Mutter die Karte nicht selbst sperren lassen?«, fragte die Stimme, die einem Mann ebenso gehören konnte wie einer Frau.

»Sie kennt sich nicht aus, nutzt die Karte nur am Schalter.« Ich wurde langsam warm. »Ich meine, wissen Sie, meine Mutter ist alt, sie blickt´s halt nicht mehr so recht. Deswegen übernehme ich das.« Das zustimmende Geräusch, das die Stimme von sich gab, ließ mich mutig werden. »Möchten Sie sie sprechen?« Ich hielt den Atem an.

»Nein, um Himmels willen, sie wird aufgelöst genug sein, wenn sie ihre Karte verloren hat. Da lassen wir sie am besten in Ruhe.«

»Da sagen Sie was!«, seufzte ich. »Sie rotiert und hat Panik, dass Gangster ihre karge Rente plündern und sie bis zum nächsten Ersten nur noch trocken Brot zum Essen hat.«

Die Stimme lachte laut auf. »Na, dann wollen wir Ihrer Frau Mutter mal ihre Nachtruhe wiedergeben. Haben Sie die Kontonummer zur Hand?«

Als ich die rote Taste an meinem Handy drückte und damit das Gespräch beendete, hinterließ ich auf ihr einen nassen Fingerabdruck. Es hat geklappt, dachte ich euphorisch und panisch zugleich. Sie wird kein Geld mehr bekommen. Sie müsste eine neue Karte beantragen. Und das konnte sie nicht ohne Mutters Personalausweis. Oder? Wie funktionierte das mit einer neuen EC-Karte? Reicht ein Anruf bei der Bank? Und die schickt eine?

Meine rechte Hand, die noch immer das Mobiltelefon umklammerte, zitterte, die linke hatte den Notizzettel zu einem feuchten Ball zerknüllt. Ich legte ihn auf den Tisch, das Handy daneben. Dann ging ich in die Küche, öffnete den Kühlschrank und entnahm ihm ein Bier. Ich öffnete es und trank die Hälfte der Flasche in einem Zug. Keuchend setzte ich ab. Hatte ich das Richtige getan? Was würde nun passieren? Ich leerte die Flasche und nahm mir eine neue.

»Heute ist ein guter Tag, sich zu betrinken«, schrie ich den Kühlschrank an, stolperte über den unebenen Fußboden mit den überstehenden Türschwellen ins Wohnzimmer und warf mich auf das Sofa.

»Fast wie Lottospielen«, erklärte ich dem Kissen, als ich es mir unter den Kopf stopfte. Ein paar Minuten später war ich eingeschlafen.

23. Kapitel

Ich begann mit den Vorbereitungen für meine Master-Thesis. An den Nachmittagen war ich im Verlag, vormittags nahm ich an einem Seminar teil, das vermitteln sollte, wie wissenschaftliche Arbeiten aufzubauen sind, welche Regeln gelten. Wir waren nur 18 Studenten, die meisten von ihnen schlummerten, einige tippten unter ihren Tischen auf ihren Smartphones. Ich, der Streber, hörte zu. Der Dozent, ein Doktorand, konzentrierte sich zunehmend auf den Einzigen, der Interesse an seinem Vortrag zeigte. Auf mich. Doch auch meine Gedanken schweiften ab.

War unser Plan aufgegangen? Hatte ich Thea den Geldhahn zugedreht? Sie zum Handeln gezwungen? Was würde sie tun? Erkennen, dass ich nicht mehr greifbar war für sie, dass ich keine Angst mehr hatte vor ihr? Würde sie es mir gleichtun und einfach verschwinden?

Ich glaubte nicht daran.

Der Doktorand hatte mir eine Frage gestellt. Ich zuckte zusammen. »Wie bitte?«

»Die Zitierregeln. Ob Sie mir welche nennen können. Wenigstens eine.« Er klang resigniert. »Sie haben doch alle bereits eine Hausarbeit geschrieben, oder?« Hilfesuchend schaute er mich an.

»Quellentexte, die man wörtlich oder sinngemäß zitiert, müssen in Fußnoten oder im Literaturverzeichnis mit der genauen Fundstelle angegeben werden«, leierte ich herunter. »Und in Anführungszeichen. Also, wenn man wörtlich zitiert«, stammelte ich verlegen, als ich wahrnahm, dass sich die Blicke meiner Kommilitonen auf mich richteten.

»Sehr gut«, lobte der Dozent und deutete auf einen Papierstapel auf seinem Pult. »Hier finden Sie eine Zusammenfassung. Bitte bedienen Sie sich! Auch im Internet werden Sie fündig.«

Seine Worte gingen unter im allgemeinen Aufbruch der Studenten. Ich stieg die Stufen hinunter, um mir einen Zettel zu holen. Ich war der Einzige. Der Doktorand, der aus der Nähe nicht älter als 25 aussah, packte mit roten Ohren seine Manuskripte ein, nickte mir zu und verschwand. Er tat mir leid. Er erinnerte mich an mich selbst. Früher. In einem anderen Leben.

Ich sprang die Treppe am Eingang des Universitätsgebäudes hinab, orientierte mich bereits Richtung U-Bahn-Eingang, als ich das Signal aus meiner Hosentasche hörte. Eine neue SMS. Ich kramte nach dem Mobiltelefon, ließ es beinahe fallen, tippte auf das Symbol und las. »Mag sein, dass du mich vergessen hast. Oder vergessen willst. Ich vergesse dich nicht.«

Etwas Glühendes schoss durch meinen Körper, mir wurde schwarz vor den Augen. Ich stolperte über eine Stufe, vertrat mir den linken Fuß, fing mich wieder und stand auf dem Bürgersteig. Ich keuchte, pumpte Luft, als wäre ich gerannt. Mein Magen war deutlich zu spüren. Leicht irgendwie, er schien mit Helium gefüllt. Oder mit Panik.

Ich musste mich setzen. Es ist nicht vorbei, wurde mir bewusst, als ich auf der Treppe vor der Uni saß. Ich schüttelte den Kopf. Es wird nie ein Ende finden. Nicht von selbst.

Ich rief Zecke an, meine Hände zitterten so stark, dass ich mich mehrfach verwählte. Er befand sich in einem anderen Gebäude, wies mich jedoch an, zu bleiben, wo ich war. Unbedingt, wie er mit drängender Stimme hinzufügte. In wenigen Minuten, versprach er, sei er da.

Ich sagte zu, auf ihn zu warten. Ich hätte sowieso nicht gewusst, wo ich hin sollte. In den Verlag, so tun, als wäre nichts gewesen? In mein neues Zuhause bei Zecke, um dort durch die Wohnung zu tigern und ein Bier nach dem anderen zu trinken? Da ich nicht viel vertrug, wäre das die schnellste Möglichkeit gewesen, um abzuschalten. Doch der Kater danach würde mich wieder in der Realität ankommen lassen. Also keine Lösung.

Eine Lösung. Ich brauchte eine Lösung. Das Wort drehte sich in meinem Kopf, immer schneller. Mir wurde schwindelig.

Dann saß Zecke neben mir. »Zeig die SMS!« Er las. Ließ das Handy sinken. »Okay. Lass uns in den Englischen Garten gehen. Beim Gehen kann ich besser denken.« Er wirkte extrem fokussiert. Stand auf und marschierte los.

Ich trottete hinterher.

»Welche Mittel stehen uns zur Verfügung? Mal konkret nachdenken.« Zecke zog ein zerknülltes Blatt und einen Kugelschreiber aus seiner abgestoßenen Ledertasche. »Erst sollten wir wahllos aufschreiben, was uns einfällt. Später sortieren und bewerten wir die einzelnen Punkte.«

Er begann zu schreiben. Ich spähte über seine Schulter. »Thea töten« stand ganz oben.

Bilder rauschten durch meinen Kopf. Ich in der Küche. Meine Mutter daneben. Blut. Ein Messer. Die Aktion im Moor. Ich sprang auf, rannte zum nächstgelegenen Gebüsch und übergab mich.

»Ich weiß«, sagte Zecke, wir auf dem angenehm kalten Grasboden lagen und ich auf meinen Puls lauschte. »Du bist keiner, der mal eben Menschen umbringt. Ich frage mich die ganze Zeit, was passiert sein muss, um dich so weit zu bringen, deine Mutter zu töten.« Er wog den Kopf, knabberte seinem Zeigefinger. »Es muss sich um eine Extremsituation gehandelt haben. Was ich interessant finde, wo ich nachhaken würde als Ermittler, ist die Tatsache, dass du dich an nichts erinnerst.«

Ein Fingernagel nach dem anderen musste Zeckes Überlegungen Tribut zollen. »Da ist deine Kopfverletzung. Hm ... Klar, die kann eine Amnesie zur Folge haben. Scheint ja ordentlich gerumst zu haben, so wie du es beschrieben hast.« Er spuckte etwas ins Gras und wandte sich mir zu. »Hast du mir damals wirklich alles erzählt? Nichts vergessen? Auch nicht versehentlich?«

Ich schüttelte müde den Kopf.

»Okay, dann fangen wir trotzdem nochmal von vorne an.« Ich stöhnte auf.

»Es hilft nichts, Chris!« Er wollte fortfahren, sah aber die Qual in meinem Gesicht und schwieg.

»Du hast recht«, gab ich zu. »Lass es uns so machen, wie du denkst. Du bist der Psychologe.«

»Noch nicht ganz«, widersprach Zecke. »Gelernt habe ich allerdings allein während meiner Zeit in der Klapse mehr als genug.« Er bemerkte seine unfreiwillig komische

Formulierung und lachte. »Man sagt ja, dass man Therapeuten und Patienten kaum unterscheiden kann. Und wenn man erst mit der Suche nach psychischen Auffälligkeiten beginnt, muss man um die ganze Stadt eine Mauer ziehen und ‚Geschlossene' draufschreiben.«

»Lass uns anfangen«, murmelte ich. Zeckes Späße kamen nicht an bei mir. Zumindest nicht im Moment.

»Okay.« Er überlegte kurz. »Erzähl rückwärts von dem Moment an, als du in der Küche aufgewacht bist. Was genau hast du gesehen, gehört, gespürt?«

Ich legte die Hände auf mein Gesicht, schloss die Augen. Sah erste Bilder. Das Messer mit den Flecken darauf. Überdeutlich die Blutflecken auf dem Bademantel meiner Mutter. Ihr Auge, das mich blicklos anstarrt.

Augenblicklich kehrte die Übelkeit zurück, doch ich schluckte sie hinunter. Konzentrierte mich. Erlebte den Horror ein zweites Mal. Es blieb die Lücke, die ich auch mit intensivem Nachdenken nicht schließen konnte. Da war nichts, keine Spur, die ich aufnehmen, kein Faden, den ich hätte greifen können. Was war geschehen zwischen dem Ende der »Tagesschau« und dem Einsetzen meiner Erinnerung?

Zecke unterbrach meine Bemühungen. »Lassen wir´s vorerst dabei. Erzwingen kann man es nicht. Aber mir fällt gerade ein Kumpel ein, der sich in Hypnotherapie ausbilden lässt. Den könnte ich fragen, ob das eine Lösung wäre.«

»Hipno-was?«, fragte ich, spontan an Pferde denkend. Dann schlug ich mir mit der flachen Hand an die Stirn. »Oh, Himmel! Hypnose meinst du!« Ich begann zu lachen. Lachte, lachte, lachte. Mein Bauch fing an zu schmerzen, doch ich lachte immer weiter, konnte nicht mehr aufhören.

»Zecke schüttelte gespielt besorgt den Kopf, nahm meine Hand, tätschelte sie, fühlte meinen Puls. »Hysterie. Eindeutig. Freud wäre stolz auf mich und meine Fähigkeiten als Diagnostiker.«

Ich ließ mich ins Gras fallen, zog die frische Luft und den Geruch des nahegelegenen Grillstandes ein. Das Leben könnte so schön sein, wäre nicht ... Ich sprang auf die Füße. »Lass uns Currywurst holen! Und Bier. Ich lade dich ein.«

Während wir kauten, arbeiteten wir an der Liste weiter. Im Moment hatten wir folgende Punkte notiert:

- Thea töten
- Thea verprügeln
- Thea bedrohen
- Thea aus dem Haus werfen
- irgendwas mit der Bank oder dem Konto drehen
- das Haus abfackeln
- die Heizung im Haus beschädigen

»Nicht wirklich das Ei des Kolumbus dabei, oder?«, sagte Zecke missmutig, schluckte den Rest seiner Wurst hinunter und spülte mit Bier nach.

»Gewalt kann ich nicht«, murmelte ich.

»Soll ich ehrlich sein?«, fragte Zecke. »Ich auch nicht. Ich bin ein Weichei. Das größte aller Weicheier. Weltweit.« Er steckte den Kugelschreiber in den Mund und sog an ihm wie an einer Zigarette. »Die ersten drei Punkte können wir also vergessen. Oder wir heuern jemanden an.« Er schaute mir in die Augen. Forschend.

»Ändert das was?«, fragte ich schulterzuckend.

Zecke schüttelte den Kopf. »Nö.« Er nahm den Stift und strich das Geschriebene langsam durch. »Aus deinem Haus geschmissen kriegen wir sie ohne physischen Druck auch nicht. Also streichen.« Er malte Kringel über den entsprechenden Punkt auf der Liste. »Das mit dem Feuer legen ist auch nicht so der Bringer, oder?« Er wartete meine Antwort nicht ab, strich ,das Haus abfackeln' durch.

Wir betrachteten das, was nun noch dastand.

»Ob das mit der EC-Karte geklappt hat, wissen wir nicht. Kann sein, kann auch nicht sein. Ich habe gelesen, dass man eine neue Karte einfach per Post zugeschickt bekommt, wenn man sie beantragt. In der Filiale muss man nicht erscheinen«, kommentierte ich die verbliebenen beiden Punkte.

»Die Heizung kenne ich ziemlich gut. Ein uraltes Ding, das seine Macken hat. Da lässt sich so einiges manipulieren, ohne dass man den Fehler schnell findet. Wenn Thea einen Reparaturdienst braucht, wird es sie Geld kosten. Und dann stellt sich wieder die Frage, ob sie noch welches vom Konto meiner Mutter bekommt.«

Zecke knüllte den Zettel zusammen. »Okay, dann fahren wir hin und passen den Zeitpunkt ab, wenn sie wegfährt. Irgendwann muss sie ja mal einkaufen, oder?«

»Und wenn ich einfach versuche, noch einmal mit ihr zu reden? Ich meine, beim letzten Mal ist ja nichts geklärt worden. Alles ist noch offen. Vielleicht hat sie darüber nachgedacht und nimmt mein Angebot an?«, fragte ich Zecke.

Hoffnung. ‚Sie ist es, die das Licht löscht, sie schließt die Tür zum Leben.' Diesen Satz hatte ich vor langer Zeit irgendwo gelesen. Jetzt verstand ich ihn.

Zecke schien zu zweifeln. »Probier's«, entgegnete er. »Ich begleite dich. Sicherheitshalber.«

In dieser Nacht lag ich lange wach, lauschte Zeckes gleichmäßigen Atemzügen. Ich überlegte, wie ich ein Gespräch mit Thea beginnen könnte, spielte verschiedene Szenarien durch. Die Frage, die Zecke mir bei unserem Besuch in Kleinspornach gestellt hatte, ließ mich nicht zur Ruhe kommen. Er hatte recht: Thea hatte viel zu verlieren. Es war nicht zu erwarten, dass sie ihr Druckmittel kampflos aufgäbe, nur weil ich sie darum bäte. Ich musste eine Möglichkeit finden, ihre Angriffspunkte zu minimieren.

Was war es, womit sie mir am meisten Angst machte? Die Drohung, die Polizei zu verständigen. Ich käme ins Gefängnis, ohne Zweifel. Ob zehn, fünfzehn oder auch nur fünf Jahre spielte für mich keine Rolle.

Ich stand auf, holte mir ein Bier. Schlafen konnte ich ohnehin nicht. Ich setzte mich auf das breite Fensterbrett und starrte durch die dreckige Scheibe hinunter in den Hinterhof des Gebäudes. Schaute auf den aufgeplatzten Betonboden, die verrostete Teppichstange, die wackelige Bank, auf der sich abends einige Raucher trafen. Ein Blechschild, kaum noch lesbar, verbot das Spielen im Hof.

Gedankenfetzen durchzogen mein Gehirn, der eine oder andere blieb länger, wurde deutlicher, verschwand wieder. Dann zeichnete sich eine Idee ab. Klarer, greifbarer als alle bisherigen.

Ich rüttelte an Zeckes Schulter. Er knurrte. Ich zog ihm die Decke weg. Er krümmte sich in die Embryo-Stellung zusammen, doch er war wach.

»Ich hoffe für dich, dass das Haus brennt«, maulte er und riss mir die Decke aus der Hand.

»Wir drehen den Spieß einfach um!«, rief ich atemlos. »Wir schieben ihr alles in die Schuhe.«

Warum sprang Zecke nicht begeistert aus dem Bett und freute sich mit mir über meinen genialen Einfall? Begriff er nicht, was ich meinte? Konnte er die Konsequenzen nicht abschätzen?

Er lag einfach nur da, bewegte sich nicht, starrte ins Leere. Das Leintuch unter ihm war zerknüllt und reif für die Waschmaschine. der Bezug der dünnen Decke verblichen, das Gewebe an manchen Stellen so dünn wie Pergamentpapier. Und auch so durchsichtig.

»Verstehst du, was ich meine?«

»Ja. Ich versuche gerade, ein paar offene Fragen zu beantworten. Zum Beispiel die nach dem Warum. Lass uns morgen darüber reden.« Er warf einen Blick auf den Wecker. »Oder später.« Damit drehte er sich zur Wand und war nach wenigen Sekunden eingeschlafen.

Ich war hellwach. Einen Moment überlegte ich, dann zog ich Schuhe und eine Jacke an und verließ das Haus. Spaziergänge hatten mir schon immer beim Denken geholfen. Heute brauchte ich einen Plan. Einen verdammt guten Plan.

24. Kapitel

Wir hatten alles genau besprochen, Zecke und ich. Jede nur denkbare Frage gestellt und beantwortet, die Antwort wiederum mehrfach auseinandergenommen. Es konnte nichts schiefgehen.

Ich lümmelte im Fernsehsessel, ein Bein über der Armlehne, gab mich cool und lässig. Zecke stand am Fenster, diesmal hatte er sich nicht verkleidet. Thea saß auf Mutters Stuhl am Esstisch. Die Spannung im Raum war fast greifbar.

Ich hatte Thea gesagt, sie solle ihre Sachen packen und verschwinden. Würde sie das tun und nie wieder von sich hören, sich niemals mehr blicken lassen, wäre alles vergessen.

Sie hatte nur gelacht. Nicht amüsiert, sondern zynisch. »Du willst mich verarschen«, stellte sie sachlich fest. »Die Grenzen ausloten.«

»Nein«, schüttelte ich müde den Kopf. »Ich will, dass das alles hier ein Ende hat.«

»Du scheinst verdrängt zu haben, dass ,das alles hier‘, wie du es nennst, einen Anfang hatte«, schnappte sie. »Du!« Sie stieß mit dem Zeigefinger nach mir. »Du hast das alles verursacht!«

Zecke nickte mir ermunternd zu. Jetzt!

Ich schluckte trocken. »Ach ja? Wie willst du das beweisen?«, fragte ich und spielte ein Gähnen.

Thea stutzte, dann lachte sie. »Du hast wohl vergessen, dass ich weiß, wo deine Mutter ,begraben‘ liegt?« Sie malte Anführungsstriche in die Luft.

»Warum sollst nicht du sie dorthin geschafft haben? Warum sollst du sie nicht umgebracht haben? Und mir dasselbe angedroht? Du hast das Konto meiner Mutter geplündert! Du hast ihre Identität angenommen!« Ich schrie, wähnte mich auf der Ziellinie.

Doch Thea schaute mich nur fassungslos an, schlug sich mit der Hand an die Stirn. »Tolle Idee, lieber Christian. Nur leider eine saublöde.« Sie schüttelte ihre grauen Locken. »Hättest du mal besser nachgedacht. So klug, der Herr Student. Aber nicht klug genug.« Thea deutete mit einer Kopfbewegung zu Zecke, schaute ihn aber nicht an. »Und der da? Auch nicht der Hellste, was?«

Zecke und ich wechselten einen unsicheren Blick.

Thea hatte ihn bemerkt und legte nach. »Warum solltest du das alles mit dir machen lassen, wenn du unschuldig bist?« Sie starrte mich an. »Na?! Jetzt fehlen dir die Worte, was?«

»Weil ich Angst vor dir habe«, entgegnete ich. »Weil du mich bedrohst.«

Thea lachte laut auf. »Kinder, wie lächerlich Eure Geschichte klingt! Ich sehe sie schon vor mir, die Schlagzeile: Alte, schwache, kranke Frau bedroht jungen Mann.« Sie schaute an mir auf und ab. »Kräftigen, gesunden jungen Mann.«

»Ich bin nicht grundlos ausgezogen«, murmelte ich.

»Du bist ausgezogen, weil du Angst vor der Polizei hast. Das ist ein ziemlich plausibler Grund, wie ich finde.«

»Es steht Aussage gegen Aussage!«, beharrte ich.

»Ich muss dich enttäuschen«, antwortete Thea langsam. »Ich weiß, dass Blutspuren noch viele Jahre nachgewiesen werden können, so gründlich du auch geputzt haben magst.« Sie grinste. »Oder ich.«

Sie lehnte sich zurück, ließ die Stuhllehne knacken, schien sich bereit zu machen, ihre Trümpfe auszuspielen. »Ich soll also in eurer winzigen Küche mit eurem Messer deine Mutter umgebracht haben, die nahezu das Doppelte meines Gewichts auf die Waage brachte. Nachts. Während deiner Anwesenheit.« Sie schaute zur Decke, schien über das Gesagte nachzudenken. »Hm. Klingt ziemlich unlogisch, finde ich.« Ein tiefer Seufzer. »Und warum hast du nicht die Polizei gerufen? Irgendwann in all den Tagen, Wochen, Monaten danach? Als du dich längst bei dieser Witzfigur da drüben verkrochen hattest?«

Sie wandte sich zu Zecke um. »War das mit der gesperrten EC-Karte deine Idee?« Sie klatschte Beifall. »Ihr Idioten. Ein Anruf bei der Bank, und ich hatte eine neue.«

Ich schwitzte. Verdammt, alles lief schief. Wir hatten doch diese Punkte vorab diskutiert, Zecke und ich! Meine Gedanken rasten. Theas Dominanz und meine fehlende Selbstsicherheit, das war´s, was wir vergessen hatten. Ich mochte mich verändert haben, aber ich war noch immer Christian. Christian, der Feigling. Ich hatte keine Chance gegen Thea, wie ich nie eine gegen meine Mutter gehabt hatte.

Theas Gesicht verzog sich zu einem breiten Grinsen. Diabolisch, dachte ich. Diese Frau hat etwas Böses. Ich fröstelte. Mir war plötzlich klar, dass da noch etwas sein musste. Ich sollte recht behalten.

»Die Rechnung vom Baumarkt. Und die der Autovermietung. Erinnerst du dich?«, fragte sie.

Ich schloss die Augen. Ich hatte sie in den Papierkorb geworfen. Ich hätte sie verbrennen sollen.

»Ich habe sie. Nicht hier natürlich«, grinste sie. »Und ich war in dem Baumarkt und habe ein Foto von dir herumgezeigt. Oh, sie konnten sich gut an dich erinnern! Die Kassiererin, weil du zwei Mal das Kleingeld hast fallen lassen, so sehr haben deine Hände gezittert. Sie dachte, du bist krank. Parkinson oder so.« Thea lachte lächelte. »Armer Junge.«

Ich sank kraftlos im Sessel meiner Mutter zusammen, doch Thea war noch nicht fertig. »Und der Autovermieter ... Tja, du hattest es ziemlich eilig. Egal wie, egal zu welchem Preis, du brauchtest den Transporter unbedingt. Nur für eine Nacht. Meine Güte, auffälliger ging es wirklich kaum. Der Wagen war so schmutzig, als du ihn zurückbrachtest, dass der Lehrling den total verdreckten Fahrersitz mit einer Bürste behandeln und den Fußraum saugen musste. Danach war er noch eine halbe Stunde mit dem Hochdruckreiniger beschäftigt, um das Auto wieder sauber zu kriegen. Als hättest du damit in einem Acker Pirouetten gedreht, meinte der Vermieter. Oder im Moor ...« Thea verstummte. Es war nicht nötig weiterzureden.

Verloren. Wir hatten alles auf eine Karte gesetzt. Jetzt war ein Gespräch unmöglich geworden, wie ich es ursprünglich wollte, eines, das zu einem Konsens führen sollte, statt den bestehenden Konflikt zu verschärfen.

Als ich nach der nun einsetzenden langen Stille aufblickte, kreuzte mein Blick Theas, blieb hängen. Ich hatte Hass in ihren Augen erwartet. Was ich sah, überraschte und erstaunte mich: Ich erkannte Zuneigung. Verlegen schaute ich weg. Immer wenn ich glaubte, diese Frau zu verstehen, zeigte sie mir ein anderes Gesicht. Aber welches war ihr wahres?

Wie gescholtene Kinder verließen wir mit hängenden Köpfen das Haus. Während der Fahrt zurück stritten wir. Ich beschimpfte Zecke als lausigen Psychologen, der als Berater nichts, aber auch rein gar nichts tauge. Zecke wiederum warf mir vor, ihm nicht alles gesagt zu haben.

»Du hast kein Wort über das Auto erzählt!« Er schlug sich mit der Faust an die Stirn. »Wie kann man denn nur so blöd sein? Ein Auto mieten, Plastikplanen im nahegelegenen Baummarkt kaufen. Meine Güte! Mehr Spuren konntest du nicht hinterlassen, was? Warum hast du nicht gleich eine Anzeige in der Tageszeitung aufgegeben?« Er malte mit den Händen Buchstaben in die Luft. »Frau im Moor versenkt. Der Mörder kam mit dem Mietwagen.«

»Was bist du nur für ein Arschloch!«, brüllte ich. »Du hättest natürlich alles im Griff gehabt. Überlegt gehandelt, an jedes Indiz gedacht.« Ich hustete vor Aufregung. »Warum hast du dann jetzt nicht erkannt, dass unser toller Plan nicht klappen wird, weil Thea eben nicht so dumm ist, wie wir

gehofft hatten?« Ich stieß mir mit dem Daumen an die Brust.
»Hatte ich nicht gesagt, dass sie garantiert eine
Rückversicherung hat?«

Ein Sprühnebel aus Speichel war bei meinem Ausbruch
auf dem Lenkrad gelandet. Ich wischte mit der Hand darüber,
verrieb ihn. »Ich weiß nicht mehr weiter«, gestand ich nach
einer Weile.

Bis München sprachen wir kein Wort. Ich parkte vor
unserer Wohnung, stellte den Motor ab und zog die
Handbremse an. Ich hatte erwartet, dass Zecke das Auto
verlassen und wütend die Türe hinter sich zuwerfen würde.
Doch nichts geschah. Ich drehte mich zu ihm um. Er schaute
mich an, nickte ernsthaft.

»Du wirst sie loswerden müssen, Chris.«

»Das hatten wir doch schon«, seufzte ich erschöpft. »Ich
kann keinen Menschen töten, begreif das doch! Außerdem
wird sie die Beweise an einem Ort aufbewahren, wo ich sie
niemals finde. Ich weiß ja nicht einmal, wohin diese Frau
ständig fährt.«

»Das lässt sich herausfinden.«

»Und wenn sie die Sachen bei einem Notar oder Anwalt
deponiert hat? Oder bei Bekannten? Ihren Kindern?«

»Diese Frau hat niemanden«, widersprach Zecke. »Sie hat
alles, was sie besitzt, dort, wo sie vorher gelebt hat und
wohin sie immer wieder zurückkehrt.«

Ich überlegte. Es klang wie der logische nächste Schritt.
Ich musste versuchen, die Rechnungen für Baumarkt und
Autovermietung an mich zu bringen, und würde damit Thea

ihr Druckmittel nehmen. Doch ich hatte mich bereits diesmal zu sicher gefühlt und war gescheitert. Meine Zuversicht war Richtung Nullpunkt gesunken.

25. Kapitel

Am Donnerstag wurde aus Ahnung Gewissheit. In der »Tagesschau« hieß es, man hätte die Leiche einer jungen Frau gefunden. Sie sei von ihren Eltern als die vermisste 23-jährige Studentin Jessica S. identifiziert worden, las der Sprecher gleichmütig vor. Die Polizei gehe davon aus, dass die Frau in den Brunnenschacht einer einsam gelegenen Bauernhofruine gestürzt und dort verdurstet war.

Nächstes Thema.

Ich starrte auf den Bildschirm, ohne etwas zu sehen. Meine Gedanken überschlugen sich. Jessica war verunglückt? In einen Schacht gefallen? Was machte sie auf einem Einsiedlerhof? Jessica war kein Mensch, der allein wanderte, schon gar nicht in einer abgelegenen Gegend. Für sie war bereits ein längerer Spaziergang durch den Englischen Garten oder an der Isar ein Outdoor-Abenteuer, das gewissenhaft geplant werden wollte.

Es passte nicht. Nichts passte. Sie musste allein unterwegs gewesen sein, denn ein Begleiter hätte Hilfe geholt. Wo war ihr Handy? Jessica ging niemals ohne aus dem Haus, fühlte sich hilflos ohne Kontaktmöglichkeiten. Wahrscheinlich hatte sie es beim Sturz verloren oder es gab kein Netz. Möglicherweise war sie bewusstlos geworden, als sie in den Schacht fiel.

Ich stand auf und ging im Wohnzimmer auf und ab, blinzelte immer wieder die Tränen weg. Ich wollte nicht weinen, ich musste nachdenken. Wo war dieser Bauernhof?

Hektisch suchte ich nach der Visitenkarte, die der Polizeibeamte mir gegeben hatte, nachdem er meine Aussage aufgenommen hatte. Ich wählte die angegebene Nummer und wartete. Der Kollege sei nicht mehr im Haus, erfuhr ich. Worum es denn ginge? Ich stammelte etwas von Jessicas Unfall, den Nachrichten und dass ich wissen wolle, wo sie gewesen sei. Die weibliche Stimme wurde sanft. Wenn ich wolle, könne ich auf dem Revier vorbeikommen. Am Telefon seien Auskünfte nicht möglich, aber da ich damals eine Vermisstenanzeige für meine Freundin aufgegeben hatte, müsse ich ohnehin befragt werden.

Ich warf mir eine Jacke über, griff nach den Schlüsseln und rannte die Treppe hinunter. Wenige Minuten später stand ich einer uniformierten Polizistin mittleren Alters gegenüber, die mich mitfühlend musterte. Sie führte mich in einen Nebenraum, bot mir Kaffee an und ließ mich allein, um einen Laptop zu holen.

»Papierakten führen wir schon lange nicht mehr«, erklärte sie mir, als sie im Computer nach Jessicas Namen suchte. »Wir scannen alles ein und haben damit auch Zugriff auf Fälle, die andere Dienststellen bearbeiten.«

Ich nickte höflich.

In ihrer Brille spiegelte sich ein Foto. Jessicas. Die Beamtin warf mir einen Blick zu. »Was halten Sie davon, wenn ich Ihnen ein paar Fragen stelle und dann Ihre beantworte?« Sie fuhr über das Touchpad und tippte ein paar Worte auf der Tastatur. »Natürlich nur, soweit ich es darf.«

Ich seufzte. »Klar.«

Die Fragen, die mir gestellt wurden, waren dieselben, die ich bereits beantwortet hatte. Nein, ich wusste nichts davon, dass Jessica wegwollte. Nein, wir hatten abends nicht telefoniert. Nein, wir hatten keinen Streit gehabt, und ich hatte auch keine Kenntnis von Konflikten, die Jessica mit anderen gehabt haben könnte. Nein, Jessica war nicht unglücklich, depressiv oder ängstlich. Nein, ich konnte mir nicht vorstellen, was sie dort draußen gewollt haben konnte. Nein, nein, nein.

Die Beamtin fragte, nickte, tippte. Ich antwortete automatisch und sank immer tiefer in meinem Stuhl zusammen. Das alles konnte doch nicht wahr sein!

»Welche Fragen haben Sie nun an mich?« Die Beamtin lehnte sich zurück, legte die Hände in den Schoß und schaute mich an.

»Wo ist es passiert? Und wann?«, flüsterte ich.

Sie beschrieb mir die Lage des Bauernhofes. Er befand sich nur wenige Kilometer von Kleinspornach entfernt. Mit ein paar Klicks rief sie Bilder auf und drehte den Laptop zu mir. Verfallene Gebäude mit Dächern, durch die Dachsparren zu erkennen waren. Fenster ohne Scheiben, ein eingestürzter Kamin. In den Geräteschuppen stand Schrott, Unkraut überwucherte die trostlose Szenerie. Mitten auf dem Hof krümmte sich eine Birke neben mehreren Sträuchern, die ums Überleben kämpften.

Was hatte Jessica dort gewollt? Wie war sie überhaupt dorthin gekommen? Sie besaß kein Auto, und der nächstgelegene Bahnhof war der, von dem aus ich jahrelang jeden Werktag nach München gefahren war.

»Sie muss an dem Montag verunglückt sein, an dem Sie sich zuletzt getroffen hatten«, erklärte die Polizistin. »Zumindest grenzen wir das Datum anhand Ihrer Angaben und der ihrer Mitbewohnerin auf diesen Tag ein. Die Zeit ihres Todes ist nicht genau festzustellen, sagt der Gerichtsmediziner. Sie hat eine ganze Weile dort unten ...« Sie verstummte.

Ich kniff die Augen zusammen, um das Bild loszuwerden, das in mir aufstieg. Womöglich hatten wilde Tiere ...

»War sie bei Bewusstsein?«

»Die Spurenlage lässt den Schluss zu«, antwortete die Beamtin und wich meinem Blick aus.

»Die Spurenlage«, nickte ich. »Sie hat versucht, aus dem Schacht zu klettern.«

Nicken.

»War sie schwer verletzt?«

»Das Sprunggelenk war gebrochen, ein einfacher Bruch, mit dem sie durchaus hätte gehen können. Unter Schmerzen zwar, aber sie war nicht hilflos.«

»Oh mein Gott.« Ich stellte mir vor, wie Jessica in der Tiefe gefangen um Hilfe schrie. Tagelang. Leiser werdend, schwächer ...

Als ich zu mir kam, beugte sich ein Mann über mich. Er trug ein weißes Shirt, darüber eine rote Weste. Ein Stethoskop baumelte von seinem Hals vor meinen Augen. Die Manschette eines Blutdruckmessgeräts drückte meinen Oberarm ab, in meinem rechten Handrücken steckte eine Nadel, von der ein dünner Schlauch zu einer Flasche führte, die von einer jungen Frau gehalten wurde. Auch sie war weiß gekleidet. Mein Oberkörper war nackt, auf meiner Brust klebten vier Elektroden, an die Kabel geklemmt waren. Irgendwo piepte es.

»Da ist er ja wieder.« Der Mann fühlte meinen Puls, schaute dabei konzentriert auf seine Armbanduhr. »133«, gab er seiner Kollegin an, die etwas in ihr Notizbuch schrieb. Zu mir gewandt, sprach er deutlich wie zu einem Betrunkenen. »Wir werden Sie mitnehmen ins Schwabinger Krankenhaus. Sie hatten einen Zusammenbruch. Das EKG gefällt mir nicht, das würde ich gern einem Kardiologen zeigen. Haben Sie irgendwelche Erkrankungen oder Allergien?«

Ich schüttelte den Kopf.

»Herzprobleme?«

»Nein.«

»Okay. Ich will trotzdem sichergehen.« Ein weiterer Sanitäter erschien mit einer Trage. Ich ließ es widerstandslos über mich ergehen, darauf gehoben, angeschnallt und zum Rettungswagen geschoben zu werden.

Die Untersuchungen zogen sich zwei Tage hin und ergaben, dass ich kerngesund war. Man attestierte mir ein posttraumatisches Belastungssyndrom, verschrieb mir Ruhe und empfahl mir, einen Psychologen aufzusuchen.

Am dritten Tag ging die Türe zu meinem Krankenzimmer auf, und Thea betrat den Raum. Sie unterhielt sich mit dem Arzt, der zustimmend nickte. Ich verstand nur Teile ihres Gespräches, das sich, so viel konnte ich den Wortfetzen entnehmen, um mich drehte.

»So, junger Mann«, begrüßte mich der Arzt jovial. »Wir haben bereits alles besprochen, Ihre Mutter und ich. Nachdem Sie sich zu Hause auf erstklassige Pflege freuen dürfen, wie mir versichert wurde, kann ich Sie ruhigen Gewissens entlassen.« Er setzte seine Unterschrift auf ein Dokument, das in einem Klemmbrett steckte, verabschiedete sich mit einer angedeuteten Verbeugung von Thea und war verschwunden.

Thea zog meine Sporttasche aus dem Fach unter meinem Nachttisch und öffnete den Schrank. »Oje. Na ja, an Jeans hat Dein Mitbewohner wenigstens gedacht.« Sie zog ein zerknittertes Hemd von einem Bügel, warf es neben die Hose auf mein Bett und ging ins Bad. »Zieh dich an, ich packe deine Sachen zusammen.«

»Was soll das?«, fragte ich. »Was machst du hier?«

»Ich bringe dich nach Hause, was denn sonst?« Sie steckte den Kopf durch die Tür, lächelte. »Du hast den Doktor doch gehört. Ich päpple dich ruck zuck auf. Wirst sehen, alles kommt wieder ins Lot.«

Ich ließ mich zurück in mein Kissen fallen, schloss die Augen. Nichts wird jemals wieder ins Lot kommen. Wie auch?

Am Abend rief Zecke an. »Wo, zum Henker, steckst du?«

»Zu Hause. Ich wurde entlassen.«

»Zu Hause heißt was? Bei dieser Hexe? Warum bist du nicht hier?« Er schrie fast.

»Ich bin müde, Zecke. Lass uns morgen reden, okay?«

»Nein! Ich will wissen, wie es dir geht und warum du nicht angerufen hast. Wie bist du überhaupt dorthin gekommen? Dein Auto steht unten, ich kann es sehen.«

Ich seufzte. »Es ging alles sehr schnell. Thea war da, der Arzt hat mich entlassen, ein Taxi hat uns nach Hause gebracht.«

»Verstehe. Sie hat dich eingewickelt. Spielt die Besorgte.« Zecke klang wütend. »Ich melde mich morgen wieder. Wenn was ist, das Handy liegt auf meinem Kopfkissen. Ruf an!«

Ich nickte. Dann wurde mir klar, dass er auf Antwort wartete. »Mache ich. Danke.«

Zecke legte auf.

Die folgende Woche erlebte ich wie in Trance. Ich aß und trank, was Thea mir hinstellte, lag dösend im Bett oder auf dem Sofa, saß auf der Bank, die ich gebaut hatte, starrte über die bereits vor Monaten abgeernteten Felder.

Ein Polizist bemühte sich, mich erneut zu meinen letzten Stunden mit Jessica zu befragen, und zog schulterzuckend mit leerem Notizblock wieder ab.

An einem dieser Tage wurde Jessica beerdigt. Ich hatte nicht einmal den Versuch unternommen, herauszufinden, wann und wo. Allein der Gedanke, an ihrem Grab zu stehen, war mir unerträglich. Die Medien berichteten, mutmaßten, verdächtigten, warnten und wandten sich anderen Themen zu.

Das Einzige, was wie ein Stich durch die Trauer drang, die sich wie eine dicke Isolierschicht um mich gelegt hatte, waren Theas Worte, als sie mich schlafend wähnte.

»Ich gewinne. Immer.«

26. Kapitel

»Alles sehr sonderbar«, murmelte Zecke mit vollem Mund.

Wir saßen in unserer Kneipe an der Bar. Zecke hatte angerufen und mich aus meiner Lethargie gerissen. Thea hatte versucht, mich zurückzuhalten, doch ich hatte geduscht, mich angezogen und war ins Auto gestiegen und nach München gefahren.

Zecke spülte den letzten Bissen seines Clubsandwichs mit einem großen Schluck Bier hinunter, wischte mit einer Papierserviette die Sauce vom Kinn und wandte sich mir zu.

»Überleg mal. Jessica fährt mit dem Zug bis zu deiner Haltestelle. Dort steigt sie aus und läuft zu Fuß durch die Pampa. Wohin wollte sie? Zu dir? Okay, aber dann war sie doch in der falschen Richtung unterwegs, oder? Sie hätte die Straße entlanggehen oder auf den Bus warten können.« Er überlegte kurz. »Nein, sie hätte es müssen. Kein Mensch läuft querfeldein, wenn er sich nicht auskennt, iPhone hin, Navi her.« Er trank sein Glas leer, winkte dem Wirt. »Sie hätte dich angerufen.« Zecke stieß mich mit dem Ellbogen an. »Oder? Hey, sag doch auch mal was!«

Ich saß vor meinem unberührten Teller, betrachtete mein Glas und folgte mit den Augen dem Schaum, der daran herunterlief und sich auf der Theke in einer Pfütze sammelte. »Was soll ich denn sagen? Ich weiß es nicht. Ich habe keine Ahnung, was sie dort draußen gewollt hat. Wir hatten uns verabschiedet, sie musste in ihr Seminar ...« Ich verstummte.

»Okay. Lass uns davon ausgehen, dass sie dich überraschen wollte. Warum nahm sie nicht den Bus? Oder ein Taxi? Ich meine, Kohle schien sie ja gehabt zu haben.« Zecke zupfte an dem Ziegenbärtchen, das er sich hatte wachsen lassen. »Wenn sie allein losgelaufen ist, hat sie sich vielleicht verirrt. Aber sie hatte doch ihr Handy dabei? Selbst wenn sie kein Netz hatte, GPS geht eigentlich überall. Sie hätte sich problemlos damit orientieren können.«

Er überlegte. »Davon abgesehen fällt man nicht einfach in einen Schacht. Ich meine, dieser Hof muss doch ziemlich verfallen gewesen sein, da läuft man als vernünftiger Mensch nicht blindlings rum. Schon gar nicht, wenn man allein da ist.« Zecke schaute mich an. »Oder?«

Ich reagierte nicht.

»Wer hat sie eigentlich gefunden?«

»Ein Jäger, dessen Hund etwas gemeldet hat. Er hat ihn von der Leine gelassen, der Hund ist zu dem Brunnen gerannt und hat dort Laut gegeben.«

»Laut gegeben. Aha.«

»Na ja, er hat halt getan, was er gelernt hat. Gebellt, gewinselt, eine bestimmte Haltung eingenommen, was auch immer.«

»Okay. Aber wir sind noch immer nicht weiter in der Frage, wie Jessica dorthin gekommen ist.«

»Vielleicht hat sie jemand mitgenommen? Und dann verschleppt?« Ich wollte nicht daran denken, doch es gab keine andere Möglichkeit, die mir plausibel erschienen wäre. »Aber Jessica war weder naiv noch dumm. Wenn sie mit jemandem mitgefahren ist, dann muss sie demjenigen vertraut haben.«

»Eine Frau?«, fragte Zecke.

Ich nickte. »Wäre denkbar.«

»Du hast gesagt, sie wurde nicht vergewaltigt oder so?«

»Nein. Nichts dergleichen. Die Polizei fand keine Spuren von Gewaltanwendung. Nicht einmal das kleinste Anzeichen dafür, dass noch eine zweite Person in der Nähe war. Sie hatte nur die Verletzungen durch den Sturz und die, die sie sich beim Versuch zugezogen hat, aus dem Schacht zu klettern.« Tränen schossen mir in die Augen. »Verdammt, sie war so nah! Sie ist nur wenige Kilometer entfernt tagelang in einem Loch gesessen, hatte Todesangst, Hunger, Durst. Und ich? Ich lag satt und schlafend in meinem Bett!« Ich schrie die Worte heraus, schlug verzweifelt mit der Faust auf die Theke.

Der Wirt kam näher, wolle den vermuteten Streit schlichten, blieb aber auf einen Wink von Zecke stehen. Schaute, verstand und wandte sich wieder ab.

Zecke legte den Arm um mich. »Ich weiß. Scheiße.« Er drückte mir einige Servietten in die Hand. »Putz dir die Nase. Ich bin mal auf'm Klo.«

Einige Biere und vom Wirt ausgegebene Schnäpse und eine verschlafene Fahrt in der U-Bahn später ließ Zecke mich auf meine Matratze in seiner Wohnung sinken. Er zog mir die Schuhe von den Füßen und zerrte an meinen Hosenbeinen. Schließlich gab er auf. »Bin doch nicht deine Mami, du besoffenes Baby!«, motzte er und warf sich auf sein Bett.

Am Morgen hing ich auf dem Stuhl in der Küche und kühlte meinen Nacken mit in Waschlappen gefüllten Eiswürfeln, während mehrere Aspirin in einem Wasserglas vor mir sprudelten.

Zecke stellte einen dreifachen Espresso vor mich hin und grinste. »Wenn man nichts verträgt, sollte man nicht saufen.«

In meinem Kopf übte jemand Stepptanz, meine Augen vertrugen sich nicht mit dem Licht, das durch die halb geöffnete Jalousie drang. Ich stöhnte.

»Soll ich dir eine Entschuldigung schreiben?«

»Leck mich am Arsch«, entgegnete ich mit belegter Stimme.

»Hm.« Zecke kratzte sich am Hinterkopf. »Ich tu ja vieles für dich, aber ...« Dann warf er mir die Zeitung zu. Mein Blick fiel auf den Artikel, den er aufgeschlagen hatte. Ich las die Überschrift, ignorierte das Foto und überflog den Text. Jessicas Tod sei ein tragischer Unglücksfall gewesen, stand da. Die Polizei sehe keinen Grund, in Richtung Fremdverschulden zu ermitteln. Ich ließ die Zeitung von meinem Schoß rutschen.

Zecke hob sie auf. »Was bleibt? Fragen über Fragen.« Er setzte sich und betrachtete Jessicas Bild. Dann sah er mich an. »Warum kommt mir in dieser Sache immer wieder Thea in den Sinn? Ich kann es nicht ändern: Wie ich es drehe und wende, führt mich mein Instinkt zu dieser Frau.«

»Quatsch. Wie soll das denn gelaufen sein? Thea hat kein Auto, sie kann meines Wissens noch nicht einmal fahren.«

Zecke beugte sich vor. »Lass uns doch einfach mal eine Szene durchspielen«, sagte er eindringlich. »Stellen wir uns vor, Jessica hätte nachmittags bei dir zu Hause angerufen.

Thea war dran. Jessica erzählte, sie wolle dich besuchen. Eine Überraschung. Sie würde sich in den Zug setzen und rausfahren zu dir. Fragte Thea, welchen Bus sie nehmen solle. Thea schlägt vor, sie zu Fuß vom Bahnhof abzuholen. Das tut sie. Dann faselt sie was von tollem Wetter und einem Spaziergang durch den Wald, eine Abkürzung, bei der man, was weiß ich, vielleicht in einer halben Stunde zu Hause wäre. Sie gehen los, kommen zu diesem Bauernhof, Thea stößt Jessica in den Brunnen. Dann geht sie nach Hause. Kein Mensch hat sie gesehen.«

Mein Kopf drohte zu platzen.

»Warum hätte sie das tun sollen?«, krächzte ich.

»Weil Jessica eine Gefahr darstellte. Weil sie dir eine Vertraute geworden war beziehungsweise dabei war, eine zu werden. Weil du ihr hättest erzählen können, dass Thea dich erpresst. Weil Thea dich allein haben wollte, um dich auszunehmen. Weil diese Frau krass gestört ist!«

Ich schwieg. Blödsinn, dachte ich. Ausgemachter Blödsinn. »Und warum hat sie dann nicht auch dich umgebracht? Ich meine, dir habe ich alles erzählt, im Gegensatz zu Jessica.«

Zecke sprang auf, machte sich am Kaffeekocher zu schaffen. »Weil sie nicht wusste, dass es mich gibt!«, rief er. Du hattest ihr doch verschwiegen, dass wir uns angefreundet haben, hast du gesagt, oder?«

»Stimmt.«

»Als sie erfuhr, dass ich von dem Mord an deiner Mutter weiß, war es längst zu spät. Ihr wird schnell klar geworden sein, dass ich nicht zu den Bullen gehen werde, allein, um dich zu schützen. Jessica wäre da vermutlich weniger logisch und rational vorgegangen. Sie hätte möglicherweise geglaubt, dass die Polizei einzuschalten das Richtige geworden wäre.«

Zecke füllte Wasser und Kaffeepulver in den Kocher, stellte ihn auf die Herdplatte und lehnte sich an den Kühlschrank. »Außerdem dürfte es nicht ganz einfach sein, einen nicht gerade schmächtigen Kerl wie mich zu töten, nehme ich an.«

»Jessica hat aber nicht telefoniert. Die Polizei hat ihre Handydaten abgefragt«, flüsterte ich auf der Suche nach der Schwachstelle in Zeckes Geschichte. Einer Geschichte, die so plausibel klang, dass sie mir Angst machte.

»Sie kann von z Hause aus angerufen haben.« Zecke überlegte kurz. »Nein, von der Uni aus. Sie hat doch dieses Seminar geleitet? Das heißt, sie hatte Zugang zum Dozentenzimmer. Dort kann sie problemlos telefoniert haben. Würde zeitlich perfekt passen.«

Ich gab auf. Verdammt, es passte. Alles. Vor allem aber passte es zu Thea. »Und jetzt?« Ratlos schaute ich in mein Glas, in dem das Sprudeln längst aufgehört hatte.

»Hm.« Zecke kaute an der Innenseite seiner Wange. Der Kaffeekocher zischte.

Ich fuhr wieder nach Hause. Davonlaufen, das war mir nun klar, brachte nichts. Ich sollte mich endlich den Tatsachen stellen. Doch welchen Tatsachen? Waren das, was Zecke und ich uns ausgemalt hatten, Tatsachen? Oder doch nur Phantastereien überreizter Gehirne? War alles ganz anders? War Jessicas Tod eine Verkettung unglücklicher Umstände, wie es die Zeitungen bezeichneten? Ich wollte, ich musste es wissen.

Thea fragte nicht, wo ich gewesen war. Sie musterte mich kurz und ging dann in die Küche, wo sie sich am Herd zu schaffen machte. Wenige Minuten später roch es nach Gebratenem, und mir lief das Wasser im Mund zusammen, obwohl ich mir nicht vorstellen konnte, auch nur einen Bissen hinunterzubringen.

Ich nahm die Zeitungen der vergangenen Tage, die auf dem Esstisch lagen, mit in mein Zimmer, legte mich aufs Bett und las den Artikel über Jessica, den ich bei Zecke nur überflogen hatte. Sie, die Tochter aus reichem Hause, wurde ein letztes Mal porträtiert, bevor ihr Name, ihre Geschichte in Vergessenheit geraten würde.

Ein Leben. Jemand hatte es beendet, gewaltsam und grausam. Es war kein Unfall gewesen sondern ... Mord. Als in diesem Moment erstmals Wut in mir aufstieg, statt wie bisher lähmende Trauer und Hilflosigkeit, schwor ich mir, Jessicas Mörder zu finden.

Oder ihre Mörderin.

27. Kapitel

Ich hatte es gesehen, dieses Erschrecken in ihren Augen. Das Flattern, das Senken der Lider. Dann hatte sie sich wieder im Griff, schaute mich interessiert an. Dieser Sekundenbruchteil bestätigte, was Zecke und ich aus reinen Mutmaßungen geschlussfolgert hatten. Ohne belegbare Fakten und doch so zwingend logisch, dass es passte wie das letzte Stück eines Puzzles.

»So muss es gewesen sein. Es gibt keine andere Möglichkeit«, schloss ich meine Ausführungen und lehnte mich triumphierend zurück. »Du hast Jessica getötet.«

Thea sah mich nachdenklich an, nickte langsam. »Kluge Jungs seid ihr ja, das muss ich euch lassen. Nun müsst ihr eure Theorie nur noch beweisen.« Sie stand auf, nahm ihre Kaffeetasse und rückte sorgfältig ihren Stuhl an den Tisch. »Könnt ihr das?« Sie schaute einen Augenblick auf mich herab, dann verließ sie das Wohnzimmer.

Nein, können wir nicht, dachte ich. Wie bisher war uns Thea einen Schritt voraus. Sie besaß Indizien für meine Tat, mein Verdacht gegen sie hingegen beschränkte sich auf nicht mehr als ein Gefühl.

Ich trommelte mit den Fingern auf die Tischplatte. Dann fasste ich einen Entschluss.

Eine Stunde später stand ich vor einem rot-weißen Kunststoffband mit der Aufschrift ,Polizeiabsperrung'. Es knatterte im Wind. Ich stieg darüber hinweg und betrat das Gelände.

Literaten und Maler würden die Szenerie, die sich mir darbot, wahrscheinlich als dramatisch oder gar romantisch beschreiben. Auf mich wirkte sie bedrückend. Die Gebäude, das Brennholz, das davor gestapelt war, selbst die Bäume hatten jede Farbe verloren. Oder kam mir das nur so vor? Hatte ich die Fähigkeit eingebüßt, Farben zu sehen, weil ich mich hier an dem Ort befand, an dem Jessica starb? Ich hatte einmal gelesen, dass Depressive ihre Umwelt in Grautönen wahrnehmen. Damals konnte ich das Gefühl nicht nachvollziehen, das einen Menschen befällt, dem das Bunte abhandenkommt. Wurde man depressiv, weil einem Farben fehlten? Oder fehlten Farben, weil man depressiv war?

Ich schüttelte den Kopf. Womit beschäftigte ich mich da eigentlich? Mir war klar, dass ich Angst hatte, weiterzugehen, mich dem zu stellen, was ich sehen würde: den Ort, wo der Mensch, den ich geliebt hatte, gestorben war.

Ich streunte über den Hof, warf einen Blick in das halb verfallene Wohnhaus, stolperte über zerbrochene Dachziegel und Holzleisten, die überall herumlagen, betrachtete die verrosteten Traktoren in der Maschinenhalle und näherte mich dann dem Brunnen. Jemand hatte ein Gitter darübergelegt und ein Warnschild aufgestellt.

Ich trat vorsichtig näher heran und schaute in die Tiefe. Es war zu dunkel, um etwas zu erkennen. Meine Taschenlampe hätte mir gute Dienste geleistet. Doch wollte ich die Spuren von Jessicas erfolglosen Versuchen, dem Schacht zu entkommen, wirklich sehen?

Ich stand am Rand und fühlte mich leer. Ich konnte nicht begreifen, was ich sah. Dieses Loch und Jessica nahmen in meinem Gehirn keinerlei Kontakt miteinander auf. Was hatte ich erwartet? Die Antwort auf meine Frage?

»Warum?«

Ich war zurück nach Hause gerast, ins Haus gestürmt und hatte mich im Wohnzimmer vor Thea aufgebaut. Ich wünschte mir nichts mehr als eine Antwort auf die Frage, die mich so sehr quälte.

Thea schwieg.

»Warum musste Jessica sterben?« Thea wich meinem Blick aus. »Selbst wenn es einen Grund gibt, warum musste sie so elend verrecken? Was hat sie getan, was diese Grausamkeit rechfertigen kann?« Ich tobte, heulte, drosch mit den Fäusten auf die Wand ein, die Haut an meinen Knöcheln platzte auf. Der Schmerz und das Blut brachten mich zur Besinnung.

»Warum? Sag es mir! Bitte.« Thea war bis zum Fenster zurückgewichen. Hatte sie etwa Angst vor mir? Doch mein Wutausbruch war abgeebbt und lähmender Resignation gewichen. Ich zog die Nase hoch, wartete. Kein Wort. Thea stand einfach nur da, beobachtete mich. Ich sah die Unsicherheit in ihren Augen, die Vorsicht, das Misstrauen.

Thea hatte Jessica getötet. Aber warum? Hatte Zecke recht? War diese Frau eine Psychopathin, eine, die die Realität anders wahrnahm als wir? Die sich die Realität so zurechtbog, bis sie in ihr krankes Weltbild passte? Die einen Menschen einen schrecklichen Tod sterben ließ, weil er ihr im Weg stand? Wohin führte er, dieser Weg? Welche Hindernisse musste sie noch beseitigen, um ihr Ziel zu erreichen? War ich das nächste?

Ich lag auf meinem Bett und grübelte, suchte nach Antworten und Lösungen.

Angst? Nein, Angst hatte ich keine. Nicht mehr.

28. Kapitel

Ich musste handeln.

Zecke hatte mich inständig gebeten, wieder zu ihm zu ziehen, Thea aus dem Weg zu gehen. »Diese Frau ist gefährlich, Chris. Sie ist zu allem fähig, das weißt du doch mittlerweile. Das ist keine harmlose Alte, sie ist ernsthaft krank. Ich weiß nicht, unter welcher Krankheit sie leidet, aber ich kann mir durchaus vorstellen, dass sie schizophren ist.«

Er redete auf mich ein, doch ich war so in Gedanken versunken, dass seine Worte zu Hintergrundrauschen verschwammen.

»Ich brauche die Rechnungen«, sagte ich entschlossen.

Zecke stutzte. »Du hast mir nicht zugehört, stimmt´s?«

»Was?«

Er winkte ab. »Vergiss es!«

»Ich habe mir was überlegt«, fuhr ich fort. »Ich brauche einen GPS-Tracker, der Theas Route aufzeichnet. Die lese ich dann aus und fahre sie nach. Kein Thema, das kann sogar mein Smartphone.«

»Einen was?« Zecke zog die Augenbrauen hoch. »Wovon redest du?«

»Jessica war Joggerin. Sie lief ziemlich viel und dokumentierte ihre Routen sehr gewissenhaft. Sie nutzte dafür ihr iPhone, auf dem ein kleines Programm installiert war, das aufgezeichnet hat, wo sie wann gelaufen ist. Ich habe es gesehen, Kilometer, Zeit, Höhenmeter, sogar ihren Puls konnte sie damit messen.«

»Und was nützt das, wenn du weißt, dass Thea fünf Kilometer weit in, sagen wir, zwanzig Minuten mit dem Rad gefahren ist? Damit weißt du doch noch nicht, wo sie war.«

»Klar weiß ich das! Die Route wird in Google Maps angezeigt, metergenau.«

Zecke schaute erst zweifelnd, nickte aber dann. »Kriegst du das hin? Technisch vielleicht, nur, wo versteckst du an Thea ein Handy? Die Dinger sind zwar klein, allerdings noch lange nicht so winzig, dass sie nicht auffallen.«

Das würde sich finden, dessen war ich sicher.

In dieser Nacht erstand ich im Internet ein Gerät, das etwa die Größe eines Einwegfeuerzeugs hatte. Der Hersteller war sich der Vorteile seines Produkts bewusst und adressierte seine Verkaufsargumente nicht nur an Jogger und Wanderer, sondern auch an misstrauische Partnerinnen, die ihren Männern deren Überstunden nicht mehr glauben mochten. Die mehrtägige Laufzeit der Batterien bei aktiviertem Aufzeichnungsmodus erlaubte es, das wasserdichte Kästchen zu positionieren und in Ruhe abzuwarten. Ich plante, es an Theas Fahrrad zu montieren und vorsichtshalber jeden zweiten Tag die Batterien zu wechseln.

Ich gab als Lieferanschrift Zeckes Wohnung an und ließ den Betrag von seinem Konto abbuchen. Mit der Zeit kommt die Erfahrung und mit ihr die Raffinesse, dachte ich, als ich die Bestellung abschloss. Ob allerdings ein gesunder Geist gegen einen kranken bestehen kann?

Zwei Tage später kam das Päckchen bei Zecke an. Ich hatte die vergangenen Nächte bei ihm verbracht, um in Ruhe über meinem Plan, Theas Herkunft herauszufinden, brüten zu können.

Jetzt saß ich in einer Pflichtvorlesung für Masterstudenten und studierte die Bedienungsanleitung. Es gab nur einen Knopf, mit dem die Aufzeichnung gestartet und wieder gestoppt werden konnte. Ein Kabel verband das Gerät mit einem Computer, was verschiedene Einstellungen ermöglichte, aber auch, die zurückgelegte Route anzeigen und speichern zu lassen. Ausgedruckt erhielt man dann eine Straßenkarte, auf der eine farbige Linie den Weg darstellte.

Ich legte die beiliegenden Batterien ein und wartete, bis das rote Licht nach grün wechselte. Dann stand ich auf, griff nach meiner Tasche und verließ wenige Minuten vor Seminarende den Vorlesungssaal. In die Anwesenheitsliste hatte ich mich bereits eingetragen. Ich drückte auf den Knopf, die LED wurde gelb und blinkte.

Im Verlag, wo ich mittlerweile fast täglich arbeitete, erwartete mich Dr. Otto mit einem Stapel Computerausdrucke. Ich hatte völlig vergessen, dass ich mich bereit erklärt hatte, einige Datensätze auszuwerten, von denen ich mir Erkenntnisse für meine Masterarbeit versprochen hatte. Ich suchte mir einen freien Schreibtisch und begann mit der ersten Liste.

An das Gerät in meiner Tasche dachte ich nicht mehr.

»Ist deine Geheimwaffe angekommen?«, fragte Zecke und stopfte sich einen Schokoriegel in den Mund. Auf meinen fragenden Blick hin deutete er auf das Verpackungsmaterial, das ich auf dem Küchentisch liegen gelassen hatte.

»Mann, das hab ich ja ... Wo ist es denn?« Ich klopfte auf meine Hosentaschen, schüttelte meine Jacke, durchwühlte zuletzt meine Umhängetasche. »Da ist es ja.« Das unscheinbare Plastikkästchen war ganz nach unten gerutscht und hatte damit gezeigt, dass es unauffällig verschwinden konnte.

Ich startete meinen Laptop und wartete, bis der Boot-Vorgang abgeschlossen war. Dann steckte ich das Kabel ein, verband es mit dem GPS-Tracker und schaute auf dem Bildschirm zu, wie sich ein Programm eigenständig installierte.

Auf dem Monitor baute sich ein Bild auf, das eine Straßenkarte zeigte. Auf dieser wurde eine rote Linie sichtbar. Sie führte von der Leopoldstraße, wo ich die Aufzeichnung gestartet hatte, nach Haidhausen und von dort zurück nach Schwabing, wo sie den Endpunkt mit einem Fähnchen markierte.

»Bingo!« Ich zoomte tiefer in die Grafik hinein und konnte erste Details erkennen. Es dauerte einige Augenblicke, dann waren Gebäude erkennbar.

Zecke stand hinter mir, schaute mir über die Schulter und kaute an seinem Riegel. »Geil! Hätte ich nicht gedacht, dass das wirklich funktioniert.« Er beugte sich herunter, deutete auf einen Bildausschnitt. »Das ist ja Wahnsinn, wie deutlich das alles ist. Schau mal, hier ist der Weg neben dem Nachbarhaus. Das ist gerade mal ein Trampelpfad, auf dem du mit einem Fahrrad kaum durchkommst. Ich laufe da immer lang, wenn ich zur Straßenbahn gehe statt zur U-Bahn.« Er sah mich an. »Hut ab, gute Idee. Selbst wenn sie das Teil findet, weiß sie wahrscheinlich gar nicht, was das sein soll. Du musst dir noch eine Ausrede einfallen lassen, falls sie dich danach fragt.«

Ich starrte auf den Bildschirm, nickte. »Damit kriege ich sie.«

»Mhm«, räusperte sich Zecke. »Moment. Du willst herausfinden, wo Thea lebt.« Er wischte mit der Hand durch die Luft. »Genauer gesagt, wohin sie fährt, wenn sie mal wieder Leine zieht. Alles andere ist ein Hirngespinst. Du wirst sie nie ,kriegen', Chris.«

»Meine ich doch!« Ich klappte den Laptop zu. »Ich will die Rechnungen.« Zecke schaute mir misstrauisch zu, wie ich meine Sachen packte. »Ich fahre nach Hause.«

»Heute noch? Morgen ist Freitag. Hast du keine Vorlesung? Musst du nicht in den Verlag?«

»Ich hab mir Arbeit mitgenommen. Im Büro habe ich weder wirklich Platz noch Ruhe. Außerdem ...« Ich schaute auf das Gerät in meiner Hand.

»Außerdem willst du´s jetzt wissen.«

»Genau.«

»Pass auf dich auf!«

»Mach ich.«

29. Kapitel

Theas Handtasche erwies sich für mich als unerreichbar. Sie lag im Schlafzimmer, das ich nicht betreten konnte, ohne dass Thea mich dabei ertappt hätte. Eine glaubhafte Erklärung, was ich dort zu suchen hatte, wäre mir schwergefallen. Damit kam die Tasche als Versteck für meinen elektronischen Spion nicht infrage, zumal ich ihn nicht nur deponieren und dann seine Arbeit machen lassen wollte, sondern jeden zweiten Tag die Batterien tauschen musste.

Kleidungsstücke erwiesen sich als unbrauchbar, denn so klein und leicht das Gerät auch war, es würde auffallen. Also nahm ich vom Wohnzimmerfenster aus Theas Fahrrad ins Visier.

Vorn befand sich ein Korb, auf dem Gepäckträger waren lederne Taschen montiert. Öffnete man sie, fand sich keine Möglichkeit, etwas vor auch nur oberflächlichen Blicken zu verbergen.

Der Sattel. Ein klassisches Modell mit breitem Sitz und metallenen Federn. Darunter könnte mein Aufzeichnungsgerät nicht nur Platz finden, es wäre zudem sichergestellt, dass der Satellitenempfang nicht abrisse.

Ich überlegte, wie ich es zu befestigen hätte, um es nicht nur fest anbringen, sondern rasch entfernen zu können. Klettverschlüsse erschienen mir nicht sicher genug. Thea war damals, als ich ihr gefolgt war, durch den Wald gefahren, mit Erschütterungen musste ich also rechnen. Klebeband erschien mir zu zeitaufwendig anzubringen. Doch ich notierte mir diese Option gedanklich. Es käme auf den Versuch an.

Kabelbinder. Das Gerät hatte eine Öse, durch die man einen Schlüsselring oder ein Band fädeln konnte.

Ich trat rasch vom Fenster zurück, als Thea den Raum betrat.

»Was machst du denn da?«, fragte sie misstrauisch.

»Ich überlege, ob ich die Rahmen streichen soll. Hatte ich eigentlich schon vergangenes Jahr geplant.«

Thea nickte, schaute forschend dorthin, wo ich eben noch gestanden hatte. Ich nahm mir vor, künftig vorsichtiger zu sein.

»Ich schau mir das mal von draußen an«, murmelte ich und drängte mich an ihr vorbei, ohne sie anzusehen.

Die Gelegenheit, auf die ich geglaubt hatte, eine Weile warten zu müssen, bot sich bereits am übernächsten Tag. Ein Reifen an Theas Fahrrad verlor Luft, und sie bat mich, mich darum zu kümmern. Ich schob das Rad in den Schuppen, drehte es um, so dass es auf Sitz und Lenker stand, legte passendes Werkzeug parat. Dann hob ich die Kette ab und begann, das Hinterrad zu lösen. Währenddessen betrachtete ich den Sattel von unten. Perfekt, dachte ich.

Ich suchte das Loch im Schlauch und flickte es. Während der Klebstoff trocknete, fand ich Kabelbinder und eine Zange. Dann ging ich ins Haus und holte den GPS-Tracker. Thea war nirgends zu sehen. Ich steckte das Gerät in die Hosentasche und schlenderte zurück in den Schuppen. Dort wartete Thea.

»Und?«

»Du brauchst einen neuen Schlauch. Ich konnte ihn zwar flicken, aber er sieht schon sehr altersschwach aus. Der nächste Platten ist vorprogrammiert«, erklärte ich. »Bei der Gelegenheit würde ich auch gleich den vorderen erneuern und die Mäntel tauschen. Das Profil ist runter.«

Ich redete und redete, um meine Angst zu überspielen, Thea könnte Verdacht schöpfen. »Außerdem brauchst du eine neue Kette.«

Thea nickte mir freundlich zu. »Es ist ein sehr altes Rad. Und ungepflegt. Es hat sich nie jemand darum gekümmert. Würdest du es tun?«

»Klar.« Meine Finger krallten sich in der Hosentasche um das kleine schwarze Kästchen. »Kann ich gern tun.«

Thea klopfte mir auf den Oberarm und ließ mich allein. Ich sah ihr nach, holte tief Luft, um meine flatternden Nerven zu beruhigen, und machte mich an die Arbeit.

Am Sonntag verabschiedete sie sich. »Warte nicht auf mich. Dein Essen steht im Ofen. Du musst ihn nur einschalten, 180 Grad. Lass es dir schmecken.« Sie griff nach ihrem Schlüssel, öffnete die Haustür und wandte sich, bereits auf der Treppe, noch einmal zu mir um. »Komm zur Ruhe! Mach dir nicht so viele Gedanken. Es ist, wie es ist. Damit musst du leben.«

Ich blieb sprachlos zurück.

Nein, dachte ich, nachdem ich minutenlang im Flur gestanden und auf die hinter Thea ins Schloss gefallene Tür gestarrt hatte. Nein, ich muss nicht damit leben! Ich will nicht und ich kann nicht.

An diesem Abend wartete ich vergeblich. Den Montag verbrachte ich am Computer mit der Auswertung der Daten aus dem Verlag. Für meine Masterarbeit würde kaum Verwertbares anfallen, was meine Ungeduld und Frustration noch steigerte. Am Nachmittag rief Zecke an, erkundigte sich nach Thea und fragte, wann ich wieder nach München käme.

»Am Mittwoch muss ich ins Büro«, antwortete ich missmutig. »Ich hoffe, dass ich bis dahin Genaueres über Theas Hin und Her weiß.«

»Du willst aber nicht gleich dorthin, oder? Ich meine, allein. Lass uns das gemeinsam machen! Schmiere stehen und so.«

Mittlerweile war ich genervt. »Mensch, Zecke, wir sind doch nicht im Kindergarten! Wenn Thea hier ist, wird sie mir ja wohl kaum gleichzeitig dort den Hals umdrehen können, oder?«

»Hm«, machte Zecke.

»Okay, ich lasse ihr die Luft aus dem Reifen, dann kann sie mir nicht folgen, selbst wenn sie Lunte riecht«, lenkte ich ein.

»Mach das! Und melde dich, wenn du vor Ort bist. Ich will wissen, wo du bist!« Zecke schien zu überlegen. »Nein, warte. Besser ist es, du schickst mir den Plan. Du weißt schon, diese Route.«

Nachdem ich ihm das versprochen hatte, legten wir auf.

Eine Viertelstunde später hörte ich Geräusche. Ich ging ins Wohnzimmer, trat ans Fenster, schob die Gardine zur Seite. Thea war zurück.

Als sie das Haus betrat, saß ich am Schreibtisch und tippte konzentriert Zahlen in eine Excel-Tabelle. Thea trug etwas ins Schlafzimmer und rief dann nach mir.

»Oh, entschuldige bitte! Arbeitest du?«, erkundigte sie sich, als ich mich stirnrunzelnd auf meinem knarrenden Stuhl umdrehte und den Blick auf den Bildschirm freigab.

»Ja, aber jetzt bin ich ohnehin aus dem Takt«, grummelte ich und stand auf. »Servus. Worum geht´s?« Ich sollte wirklich Schauspieler werden.

»An meinem Rad quietscht und rasselt es ganz entsetzlich. Kannst du mal eben ...?«

Ich nickte ergeben.

»Muss nicht gleich sein«, rief sie mir hinterher, als ich in den Hof ging.

»Dann hab ich´s hinter mir«, gab ich über die Schulter zurück. »Ich hab noch zu tun.«

Thea konnte nicht wissen, dass ich die ohnehin ziemlich verschmutzte Kette entfettet und das mahlende Geräusch damit provoziert hatte. Außerdem hatte ich das Tretlager gelockert. Im Sinn hatte ich natürlich nicht, dass Thea unterwegs eine Panne haben würde, sondern dass ihr Fahrrad zu Hause umgehend in meinen kundigen Händen landete.

Mussten die großen Pläne, die Zecke und ich so enthusiastisch wie naiv geschmiedet hatten, fast zwangläufig scheitern, waren meine mittlerweile wohlüberlegten kleinen Schritte zuverlässig von Erfolg gekrönt.

Ich schob das Rad in den Schuppen, zwickte mit der bereitliegenden Zange die beiden Kabelbinder durch und ließ das unsichtbar unter dem Sattel befestigte Kästchen, an dem eine gelbe LED blinkte, in meiner Jackentasche verschwinden.

Thea stand unmittelbar darauf in der Tür. »Was könnte das sein?«

Diesmal verbarg ich mein Erschrecken nicht. »Mensch, schleich dich doch nicht so an! Man kippt ja fast aus den Latschen.«

Ich rüttelte an der Kurbel. »Wie schon gesagt, ist die Kette hinüber. Und hier, schau, das Lager ist locker. Muss ich zerlegen und rausfinden, ob man es reinigen kann oder ob ein neues her muss.«

Thea schien zufrieden mit meiner Auskunft. »Ich koche uns mal was Leckeres.«

Nachts, im Haus war es dunkel und still, stand ich auf, fuhr meinen Laptop hoch und schloss den GPS-Tracker an. Das Programm startete, das Menü öffnete sich. Ein bisher nicht gezeigter Button erschien. ‚Gespeicherte Routen anzeigen‘. Ich klickte ihn an und ein neues Fenster öffnete sich. Als sich das Bild langsam aufbaute, ich erst Linien, dann immer mehr Details erkennen konnte, balle ich die rechte Faust, stieß sie Richtung Himmel und brüllte ein lautloses »Yes!«.

Ich speicherte die Karte und mailte sie an Zecke. Dann dachte ich kurz nach, plante meine nächsten Schritte. Auch wenn sich Thea mit Computern nicht auskannte, wollte ich sicherheitshalber ein Backup der Datei bei einem kostenlosen

Webdienst anlegen. Ich registrierte mich, lud die Daten hoch und löschte sie auf meinem Rechner. Keine Spuren mehr hinterlassen!, ermahnte ich mich und kontrollierte, ob die Route im Aufzeichnungsmodul noch vorhanden war. Der Speicher war leer, der Menüpunkt verschwunden.

Ich fuhr den Computer herunter und ging ins Bett. Morgen würde ich Theas Fährte aufnehmen. Aus dem Gejagten war ein Jäger geworden.

30. Kapitel

Ich saß im Auto und beobachtete das Haus. Es unterschied sich nicht von denen, die in Kleinspornach verfielen. Einst ein kleines, durchaus aber stattliches Bauernhaus, lag es jetzt hinter Schutt und Schrott fast verborgen in einer Senke. Die Fenster blind, die Läden schräg in den Angeln, der Putz bröckelnd. Das Dach bog sich bedrohlich durch, mehrere Ziegel fehlten.

Es bestand kein Zweifel, das, was vor mir lag, war Theas Ziel gewesen. Wenn sie hier gelebt hatte, war ihr Wunsch nach einem neuen, einem besseren Zuhause nachvollziehbar. Meines musste für sie ein Paradies sein. Einen Moment spürte ich Mitleid, doch dann erinnerte ich mich daran, was sie mir angetan hatte. Nein, diese Frau verdiente mein Mitgefühl nicht.

Obwohl das Gebäude einsam und leer wirkte und die nächstgelegenen Häuser außer Hörweite waren, traute ich mich nicht, den Wagen zu verlassen und das Gelände zu erkunden. Würde ich ertappt, während ich hier herumschnüffelte, hätte ich meinen besten, nein, meinen einzigen Trumpf verspielt.

Ich überlegte kurz und beschloss dann, es riskieren zu können, mich als Spaziergänger auszugeben. Ich parkte den Wagen an der Bushaltestelle in der Dorfmitte, dort, wo sich die beiden Straßen trafen, die diese Bezeichnung verdienten. Alle anderen Wege waren unbefestigt, wenngleich sie so aussahen, als würden sie häufig befahren.

Ich entschied mich bewusst dafür, mein Auto nicht zu verstecken. Offenheit sei die beste Tarnung, hatte ich in irgendeiner Reportage gelesen, in der es um Verbrecher ging, die mitten unter uns leben und doch niemals als Täter identifiziert werden.

Kein Mensch war zu sehen, als ich die Straße entlang schlenderte, die Kapuze meines Sweaters tief ins Gesicht gezogen, den Kragen meiner Jacke aufgestellt, die Hände in den Hosentaschen vergraben. In München, selbst in einer Kleinstadt, wäre ich nicht aufgefallen, hier aber, wo sich kaum jemals Fremde blicken ließen, musste man mir geradezu mit Argwohn begegnen. Doch niemand interessierte sich für mich.

Ich bog ab und kam einige hundert Meter weiter vor dem Haus an, in dem, wie ich vermutete, Thea gelebt hatte. Mein Handy hatte ich griffbereit in der Tasche. Ich holte es heraus und begann so unauffällig wie möglich Fotos zu machen, während ich vorbeispazierte.

Auf der Rückseite stapelte sich Sperrmüll, es stank nach Sickergrube. Ein eingestürzter Hühnerstall und ein verrotteter Zaun, aus dem ein Baum wuchs, boten einen traurigen Anblick. Niemand hatte sich je die Mühe gemacht, das Anwesen zu erhalten. Wie konnte man hier leben?

Ich marschierte weiter bis zu einer Weggabelung, an der ein Kreuz stand. Dort schaute ich mich um, blickte über Felder und Wiesen. Leere und Trostlosigkeit hatten sich über das Land gelegt.

Ich kehrte um und machte weitere Fotos. Dann beschloss ich, mein Glück nicht weiter herauszufordern und an einem anderen Tag wiederzukommen.

»Gut«, nickte Zecke. »Gut, dass du so vernünftig warst, erstmal die Lage zu sondieren.«

»Nachts ist es ungeschickt, weil man das Licht der Taschenlampe sehen würde«, dachte ich laut nach. »In dieser düsteren Bude ist es sicher ab Einbruch der Dämmerung stockdunkel. Also muss ich tagsüber da rein.«

»Aber nicht allein!«

Er hatte recht. Nicht nur bedeutete es ein geringeres Risiko, das Haus zu zweit zu durchsuchen, es nähme auch weniger Zeit in Anspruch.

»Wo versteckt man Beweismittel in Form eines Blattes Papier?«, grübelte ich. »Die Rechnung kann überall in dieser uralten Bude sein. Da sind bestimmt Holzböden, da bieten sich ohne Ende Versteckmöglichkeiten. Lockere Dielenbretter und so.«

»Glaubst du wirklich, sie denkt daran, dass sie ein Versteck braucht? Ich meine, sie hat keine Veranlassung zu vermuten, dass du weißt, wo sie wohnt«, gab Zecke zu bedenken.

Ich trank mein Bier aus und winkte dem Wirt. »Noch zwei!«

Wir hatten uns nach der Arbeit in unserer Kneipe in der Nähe der Uni getroffen. Das bedeutete zwar einen längeren Fußweg durch den Englischen Garten zu Zeckes Wohnung, doch hier konnten wir ungestört reden.

»Das mag sein. Es schadet aber nicht, sich vorher Gedanken zu machen«, antwortete ich. »Ich habe genug Fehler gemacht.«

Am Freitag nahm ich mir frei. Zecke hatte erst abends zur Nachtschicht zu erscheinen. Wir machten uns frühmorgens auf den Weg, standen allerdings nach wenigen Kilometern auf dem Mittleren Ring im Stau.

»War ja klar«, knurrte Zecke. »Berufsverkehr.« Er drehte an dem Sendersuchknopf des betagten Autoradio, suchte einen Sender, der Musik spielte, wie er sie bevorzugte: hart und laut. Ich war erleichtert, als er aufgab.

Je weiter wir uns vom Zentrum Münchens entfernten, desto zügiger floss der Verkehr. Eine Dreiviertelstunde später erreichten wir den Nachbarort von Petersweiler, unserem Ziel. Hier parkten wir das Auto und gingen zu Fuß weiter. Zecke lud sich den Rucksack auf den Rücken, in dem wir Werkzeug und Taschenlampen sowie etwas zu essen verstaut hatten.

Ich studierte die Karte, die ich ausgedruckt hatte. Wir wollten uns über Feldwege von hinten her dem Haus nähern. »Zwei bis drei Kilometer werden es wohl sein«, schätzte ich, orientierte mich kurz und marschierte los.

Anderthalb Stunden später standen wir vor Theas Haus und dehnten die vom Marsch durch den Schnee ermüdeten Beinmuskeln. In München war der Niederschlag als Regen niedergegangen. Wir hatten es vorgezogen, einen abseits gelegenen Bauernhof, der auf unserer Route lag, auf der Karte aber nicht verzeichnet war, zu meiden und einen Umweg in Kauf zu nehmen. Bis zum Waldrand war das Kindergeschrei, vermischt mit Männerstimmen zu hören gewesen.

Dann herrschte Stille.

Wir spähten durch die nur lukengroßen Fenster ins Innere, konnten uns jedoch keinen Eindruck von den Räumlichkeiten machen. Immer wieder lauschend, schlichen wir um das Gebäude herum. Keine Spur menschlichen Lebens, lediglich Pfotenabdrücke waren zu sehen.

Wir suchten nach einer Möglichkeit, ins Haus zu kommen. Selbst wenn Fenster offen gestanden wären, hätten wir uns kaum durch sie hindurchzwängen können. Uns stand nur die Tür zur Verfügung.

Und die war unverschlossen.

Zecke fand als Erster die Fassung und stieß gegen die Tür. Sie quietschte und schleifte über den Steinboden, blieb halb geöffnet stehen. Wir sahen uns an und schlüpften ins Haus.

»Eigentlich brauchen wir nicht leise zu sein«, flüsterte Zecke. »Wer das nicht gehört hat, ist ohnehin taub.« Er schob die Türe mit dem Fuß zu und schaute sich um.

Wir standen in einem Flur, der lediglich von einem kleinen Fenster in schummriges Licht getaucht wurde. Eine Holztreppe führte nach oben. Sie wirkte alles andere als vertrauenerweckend.

Zecke drückte die Klinke einer der beiden von diesem Vorraum abgehenden Türen nieder und betrat eine große Wohnküche mit massivem Holztisch, sechs wackelig aussehenden Stühlen sowie einer Küchenzeile mit Gasherd, Oberschränken und Regalen. Staub wirbelte durch die Luft, doch das Zimmer war aufgeräumt und sauber.

Vor einem Holzofen stand eine Kiste mit Kleinholz, einige Zeitungen lagen daneben. Ich trat näher. Die oberste Ausgabe trug ein Datum von 2008.

Im Nebenraum, offensichtlich eine Abstellkammer, stapelte sich das Papier meterhoch. Auch Brennholz lagerte hier. In einem Regal standen Einmachgläser und Dosen, Mehltüten und Zucker.

»Hier lebt definitiv jemand«, konstatierte Zecke. Er war bereits auf dem Weg in den Flur. »Mal sehen, was drüben ist.« Ich hörte ihn nebenan die Türe öffnen. Im Gegensatz zur Küchentür gab sie klagende Geräusche von sich. »Ein Wohnzimmer, offensichtlich unbenutzt«, gab Zecke bekannt. »Kachelofen, eine Ofenbank, sonst nichts.«

Er erklomm die Treppe, hielt aber auf der dritten Stufe inne und stieß einen überraschten Laut aus. »Verdammt, ist das Teil altersschwach. Ich hoffe, es bricht nicht gerade jetzt zusammen.« Vorsichtig bewegte er sich weiter. »Scheint zu halten. Kannst kommen«, rief er mir zu. Von oben hörte ich seine Schritte auf dem knarrenden Holzboden. Mich an der Wand haltend tastete ich mich die wackelige Stiege hinauf.

»Schlafzimmer«, meldete Zecke. »Und ein Bad. Wenn man es Bad nennen will.« Er öffnete die Tür, so dass ich hineinschauen konnte. Zecke schüttelte den Kopf. »Kein Wunder, dass sie es vorgezogen hat, zu dir zu ziehen.« Er grinste mich an.

Ich war fassungslos über den Anblick, der sich mir bot. »Gibt es hier überhaupt warmes Wasser? Ich sehe nirgendwo eine Toilette. Ist die draußen? Und Strom? Zecke, hast du im ganzen Haus eine elektrische Lampe gesehen? Oder Steckdosen?«

»Nein. Madame liebt es erkennbar puristisch.«

»Scheiße«, flüsterte ich.

Zecke stieß mir in die Rippen. »Hey, diese Irre verdient kein Mitgefühl! Und jetzt lass uns diese verdammten Rechnungen suchen.«

Wir brauchten weder die Bodendielen nach Hohlräumen abzuklopfen noch Theas Kleiderschrank nach Geheimfächern zu durchwühlen. Das Gesuchte lag auf einer Fensterbank in der Küche. Ich nahm die Quittungen an mich, während sich Zecke einen Brief vornahm, der daneben lag. Er pfiff durch die Zähne.«

»Was ist?«, fragte ich näher tretend.

Zecke wedelte mit dem Kuvert vor meiner Nase und lachte. »deine Untermieterin heißt tatsächlich Thea. Aber jetzt kennen wir auch ihren Nachnamen. Und noch dies und das mehr.«

Ich riss ihm ein amtlich aussehendes Schriftstück aus der Hand und las zuerst leise, dann laut. »Sehr geehrte Frau Steininger ... Aufgrund der akuten Einsturzgefahr ... Blabla ... Gefährdung der öffentlichen Sicherheit ... Paragraphen ... der Abriss des Gebäudes ... Behelfsbelehrung ...«

Ich blätterte durch das mehrseitige, eng beschriebene Dokument und ließ es dann sinken. »Wow. Die Hütte hier soll abgerissen werden. Zwangsmaßnahme.«

»Wann? Und von wann ist der Wisch?«, erkundigte sich Zecke.

Ich schaute nach dem Datum. »Vom Juni letzten Jahres.« Blätternd suchte ich nach einer Frist. »Vier Wochen hatte sie Zeit, Rechtsmittel einzulegen, wie hier steht.«

»Das hat sie vermutlich versäumt.«

»Oder keine Kohle gehabt, etwaige behördliche Auflagen zu erfüllen«, ergänzte ich. »Da geht es bestimmt um Brandschutz und so. Bei uns kontrolliert der Schornsteinfeger immer über die Maßen gewissenhaft, ob der Kamin noch dicht ist und das Dach stabil. Ist ja ein altes Haus, wenn auch vermutlich nicht halb so alt wie dieses hier.«

Zecke starrte auf das Papier in meiner Hand. »Sie hat eine Art Räumungsklage bekommen und sich daraufhin nach einer neuen Bleibe umgesehen. Und ist bei dir gelandet.«

Ich verzog zweifelnd das Gesicht. »Glaubst du wirklich, dass sie konkret nach einem Opfer wie mir gesucht hat? Das wäre aber ein verdammt großer Zufall, oder? Sie muss uns ausgespäht haben, wenn man bedenkt, wie viel sie von mir weiß. Und dann habe ich meine Mutter umgebracht. Und für sie war der Weg frei?« Ich schüttelte nachdrücklich den Kopf. »Sehr weit hergeholt, oder?«

»Hm. Ich weiß nicht ...« Zecke kaute an seiner Unterlippe, wie immer, wenn er konzentriert nachdachte. »Vielleicht ist alles ganz anders?«

Ich wandte mich zur Tür.

»Was und wie auch immer, wir hauen ab, bevor uns doch noch jemand erwischt«, entgegnete ich. »Dann reden wir weiter.«

31. Kapitel

»Was haben wir? Komm, lass uns Fakten sammeln«, forderte mich Zecke auf. »Nicht, dass wir wieder in die Scheiße tappen.«

Er hob sein Schnapsglas, kippte sich den Inhalt in den Mund, schluckte, schüttelte sich, verzog das Gesicht, knallte das Glas auf den Wohnzimmertisch. Es war nicht sein erster Schnaps und bestimmt nicht der letzte. Bei vier oder fünf hatte ich mit dem Zählen aufgehört. Ich war mit zwei, drei österreichischen Obstlern im Rückstand, vertrug allerdings auch nicht so viel wie Zecke.

Der hatte zwar seine Zischlaute nicht mehr so recht im Griff, fühlte sich jedoch noch nüchtern genug, um Analysen anzustellen. »Wir haben die Rechnungen. Das sind die einzigen Beweismittel, die Thea hat.«

»Abgesehen davon, dass sie weiß, wo meine Mutter ist«, schränkte ich ein.

»Aber sie hat keinen Beweis dafür, dass du sie dort abgeladen hast.«

»Es dürfte der Polizei nicht allzu schwerfallen, das herauszufinden«, widersprach ich erneut.

»Wir ziehen ihr den Stecker. Das sollte wohl reichen, oder?« Zecke wurde laut. »Wenn du ständig dagegenredest, bringt uns das nicht weiter!« Er griff nach der Flasche und schenkte sich großzügig ein. »Denk daran, wir haben außerdem ihren Namen, die Adresse und diesen Wisch hier.« Er deutete auf den Bescheid, der neben meinen Quittungen auf dem Wohnzimmertisch lag.«

»Und?«, fragte ich müde.

»Reicht das etwa nicht, um sie aus deinem Haus zu werfen?«

»Ehrlich? Nein.« Ich ließ mich auf den Fußboden gleiten und legte den Kopf auf die Sitzfläche des Sofas. »Sie loszuwerden genügt mir nicht mehr. Nicht, seitdem ich weiß, dass sie Jessica umgebracht hat.«

»Du willst jetzt aber nicht sagen, dass du sie verständnisvoll eingeladen hättest, bei dir wohnen zu bleiben, Mama zu spielen und das Konto deiner Mutter zu plündern?« Zecke lachte laut auf. Mittlerweile war er betrunken.

»Ich weiß es nicht«, antwortete ich leise. »Was wäre wenn. Das alte Lied.«

»Na, und jetzt?«, lallte Zecke.

»Gehe ich ins Bett.«

Am Sonntag fuhr ich nach Kleinspornach. Ungeachtet der Selbstsicherheit, die mir der Fund in Theas Haus verliehen hatte, war ich nervös. Wie sollte ich mit der veränderten, mir einen klaren Vorteil verschaffenden Situation umgehen? Taugte Offensive als Strategie? Sollte ich Thea die Rechnungen präsentieren und sie bitten, ihre Sachen zu packen? Oder wäre es besser abzuwarten? Worauf wollte ich warten? Würde Thea überhaupt bemerken, dass jemand ihr Haus betreten hatte? Wahrscheinlich nicht, wir hatten keine Spuren hinterlassen.

Doch! Da fehlten die Schriftstücke, was ihr nicht entgehen würde. Fiele ihr Verdacht auf mich? Fraglos. Was hätte das für Folgen? Würde sie mich zur Rede stellen? Wozu? Was änderte das? Würde sie mich töten?

Sie tötete mich nicht, sie überrumpelte mich.

»Na, was habt ihr Helden jetzt wieder ausgetüftelt?«, fragte sie, kaum dass ich meine Tasche ausgepackt und es mir mit einer Tasse Kaffee gemütlich gemacht hatte. »Ich seh´s dir an der Nasenspitze an, also raus mit der Sprache!« Sie setzte sich mit gegenüber.

Ich wurde unruhig, stand auf und stellte mich ans Wohnzimmerfenster. Pokerspieler würde ich in diesem Leben sicher nicht mehr werden, zumindest kein erfolgreicher. Thea hatte sich zu mir umgedreht, ließ mich nicht aus den Augen.

»Ich hab die Quittungen«, murmelte ich in meinen Kaffee und trank einen Schluck, um Thea nicht ansehen zu müssen.

»Ach?« Sie schien überrascht, aber eher neugierig. »Erzähl!«, forderte sie mich auf.

»Ich weiß, wo du wohnst, wie du heißt, dass Dein Haus abgerissen werden soll.« Schweiß trat mir aus allen Poren, die Hand mit der Tasse zitterte.

Sie schwieg. Dann klatschte sie in die Hände. Ich starrte sie an. Sie lächelte, applaudierte und nickte mir zu.

»Glückwunsch. Du wirst besser. Allmählich muss ich mich vorsehen.« Sie zwinkerte mir zu. »So wirklich glücklich aber wirkst du nicht. Was ist das Problem? Du hast jetzt die Beweise, die du brauchst, um mir Einhalt zu gebieten. Allerdings weißt du nicht, ob ich Kopien habe, stimmt´s? Ich kann dich beruhigen, ich besitze keine.«

Ich wartete.

»Du bist unsicher, weil diese Zettel dir letztlich kaum einen Vorteil bringen. Ein Anruf bei der Polizei reicht, um sie die Spur aufnehmen zu lassen. Sie werden den Autovermieter befragen, der wird sich erinnern. Sie werden deine Mutter suchen. Sie werden im Baumarkt nachfragen. Sie werden Blutreste finden, auch wenn ich noch so gründlich geputzt habe. Aber das alles hatten wir schon mal, erinnerst du dich? Dein Freund war dabei.«

Sie schüttelte den Kopf, wirkte ernsthaft betrübt. »Allein die Frage, wo eigentlich deine Mutter ist, bringt dich in Erklärungsnot. Du bist ein kleiner, naiver Bub, Christian. Wie abgebrüht müsstest du sein, um dir eine tolle Geschichte auszudenken?«

Sie hatte recht. Ich hatte die Beweise, doch sie brachten mich keinen Schritt weiter. Ich versuchte es dennoch. »du hängst mit drin!«, sagte ich trotzig. »Du weißt alles, hast die Identität meiner Mutter angenommen, bist also Mittäterin.«

Thea lachte. »Ich wohne mit deinem Einverständnis hier. Du hättest mich von Anfang an rauswerfen und die Polizei verständigen müssen, wenn du nicht gewollt hättest, dass ich hier lebe. Und wieso Identität? Ich heiße Thea. Die Namensähnlichkeit mit deiner Mutter ist schlicht Zufall. Ich habe weder den Namen deiner Mutter angenommen, noch trete ich unter diesem auf. Ich bin hier die Haushälterin, mehr nicht. Woher soll ich wissen, dass du deine Mutter getötet hast?«

»Du hast Jessica ...« Ich brach ab. Es gab keinen Beweis, kein Indiz. Nicht einmal einen Verdacht.

Thea lächelte nachsichtig.

32. Kapitel

»Leute, ich bin Scheidungsanwalt, kein Strafrechtler«, wehrte er ab.

»Aber du hast Jura studiert. Und du kennst dich mit psychischen Störungen aus«, appellierte Zecke.

Der Mann im grauen Jogginganzug lachte. »Und du kannst Auto fahren. Deiner Argumentation folgend, müsstest du einen Motor zerlegen können, oder?«

Er zwinkerte mir zu. »Lasst uns ernsthaft bleiben! Der Anlass dieses Gesprächs ist keiner, über den man scherzen sollte. Es stimmt, als Familienrechtler habe ich oft genug mit Fällen zu tun, die strafrechtlich relevant sind. Geht es um mehr als einfache Körperverletzung, ziehe ich allerdings einen Kollegen hinzu.«

Er schaute in mein enttäuschtes Gesicht und seufzte. »Okay, wir machen es so: Ich höre mir deine Geschichte an und behandle dich wie einen Mandanten. Wenn ich keinen Rat für dich habe, sage ich dir das ganz offen. Und du akzeptierst das dann bitte.« Er hielt mir die Hand hin. »Deal?«

Dankbar schlug ich ein.

Wir vereinbarten einen Termin für den nächsten Abend und verabschiedeten uns. Auf dem Weg zu Zeckes Wohnung kauften wir Bier, Chips und Schokolade.

»Ist das denn erlaubt?«, fragte ich.

»Was?«

»Na, dass du Leute mit in die Klinik nimmst. Und sie mit deinen Patienten reden lässt.«

Zecke grinste. »Der Doc hat noch Schulden bei mir, um es mal so auszudrücken.«

Ich sah ihn fragend an, doch eine Erklärung folgte nicht. Erst fuhr er fort. »Klar muss ich Bescheid geben, und der diensthabende Arzt muss einverstanden sein. Heimlich kannst du in einer Psychiatrie ohnehin nichts tun.«

»Was fehlt ihm denn?«, wollte ich wissen.

»Er leidet an Depressionen und leichten Psychosen. Ein klassischer Fall von steiler Karriere, bei der der Mensch auf der Strecke blieb«, seufzte Zecke. »Er stand eines Tages auf einer Brücke und wusste nicht, ob er der Stimme in seinem Kopf folgen oder den Termin beim Familiengericht wahrnehmen sollte.«

Ich überlegte. Stimmen im Kopf? »Ist er in der Lage, meinen Fall zu behandeln?«

Zecke blieb stehen. »Er ist psychisch krank, nicht dumm. Das solltest du nicht verwechseln. Tom ist supergescheit, leider übernimmt er sich regelmäßig. Sein Intellekt will Höchstleistungen vollbringen, seine Seele kann nicht Schritt halten.«

Wir gingen weiter. »Es ist medikamentös eingestellt, hatte länger keinen Schub mehr. Seit einigen Wochen kümmert er sich um die rechtlichen Fragen von ein, zwei Mitpatienten, du bist also kein Einzelfall. Er fährt mit seinem Psychotherapeuten in die Stadt, um herauszufinden, was ihn belastet und lernt, mit Stress umzugehen.« Er warf mir einen Blick zu. »Außerdem ist er auf eigenen Wunsch bei uns. Er kann gehen, wann immer er möchte.«

Ich nickte. »Verstanden.«

Er hatte einen Schreibblock auf dem zerkratzten Resopaltisch vor sich; ein teurer Kugelschreiber lag dekorativ auf dem linierten Papier. Rechts oben las ich das heutige Datum und meinen Namen.

Ich solle erzählen, forderte er mich auf, legte die Unterarme auf den Tisch und faltete die Hände. Seine Augen blickten wach und neugierig. Wie ein psychisch Kranker sah er nicht aus, dachte ich.

Ich begann zu reden. Kreuzte durch mein Leben, verirrte mich in Details, korrigierte, sprang vor und zurück. Aus dem, was eine Stunde aus mir sprudelte, würde kein noch so begabter Anwalt einen sinnvollen Zusammenhang herstellen können, das war mir klar, als ich zuletzt schwieg. Ich starrte zu Boden, fühlte mich schmutzig und leer.

Tom, dessen Nachnamen ich noch immer nicht kannte, hatte mich die ganze Zeit nicht aus den Augen gelassen. Nun griff er nach seinem Stift und begann, Kreise auf den Block zu zeichnen. Sie wurden zu Spiralen, immer enger, bis schließlich der Mittelpunkt erreicht war.

Dann sah er mich an. »Juristen fragen grundsätzlich nach Motiv und Gelegenheit. Gelegenheiten, deine Mutter zu töten, hattest du zu jeder Zeit. Diesen Punkt können wir also abhaken. Ich kann allerdings kein Motiv erkennen. Dass dich deine Mutter dominiert, aus dir einen Waschlappen gemacht hat, halte ich für nicht ausreichend. Ob du eine psychische Störung hast, bei der eines Tages der berühmte Tropfen das Fass zum Überlaufen bringt, weiß ich natürlich nicht. Gefühlsmäßig behaupte ich, dass bei dir das Fass ohnehin viel zu groß für einen einzelnen Menschen war.«

Ich warf einen hilflosen Blick zu Zecke, der sich jedoch auf Tom konzentrierte und zustimmend nickte.

»Als Dein Verteidiger würde ich versuchen herauszufinden, was an diesem Abend geschehen ist. Es kann nur Totschlag im Affekt gewesen sein, denn von Heimtücke oder Planung, wie sie bei Mord vorliegen müssten, ist weit und breit nichts zu erkennen. Also ein Ausraster.«

Er kritzelte erneut, diesmal Quadrate.

»Dass du deine Mutter im Moor versenkt hast, ist natürlich heftig, die Vertuschung einer Straftat stellt mit der Tat allerdings eine Einheit dar und ist damit irrelevant für uns. Klar wird sich ein Staatsanwalt daran hochziehen und dir unterstellen, dass du ein ganz Gerissener bist.«

Er schaute auf. »Du weißt schon, das Argument mit der kriminellen Energie. Aber das haut ihm sogar ein frisch aus der Uni gestolperter Pflichtverteidiger um die Ohren.« Tom lachte. »Du hast dich zwar raffiniert angestellt, trotzdem aber saublöd, wenn ich das so sagen darf.«

Ich sank tiefer in meinen Stuhl, verschränkte die Arme vor der Brust. Ich schämte mich. Und doch war ich elektrisiert von dem, was Tom so nüchtern ausführte. Das besaß eine andere Qualität als das, was Zecke und ich ausgebrütet hatten. Eine Tatsache aber blieb: Ich hatte meine Mutter getötet. Das sagte ich Tom, der abwinkte.

»Das muss der Staatsanwalt beweisen.« Er beugte sich über den Tisch, schaute mir direkt in die Augen. »Es wird einem viel erzählt in den Polizeiwachen dieser Welt. Zum Beispiel, dass man einen Polizeibeamten nicht belügen darf.

Oder dass man als Beschuldigter seine Unschuld beweisen muss.« Tom lehnte sich zurück, warf den Kugelschreiber auf den Block und lachte. »Bullshit.«

Zecke rammte mir den Ellbogen in die Rippen. »Hey, das hört sich doch verdammt gut an, oder? Sag schon!«

Ich nickte unsicher.

»Natürlich muss sich ein Profi um so eine Sache kümmern, wie gesagt, bin ich lediglich ein besserer Laie«, fuhr Tom fort. »Du wirst einen echten Halunken als Anwalt brauchen. Erfahren, rücksichtslos und als Typ richtig fies, so muss ein Strafverteidiger sein, wenn er Erfolg haben will. Das, was im Fernsehen gezeigt wird, hat durchaus seine Entsprechung im realen Leben. Hier in München gibt es ein, zwei. Da kann ich für dich einen Kontakt herstellen.«

Er schob die Unterlippe vor und verzog das Gesicht. »Allerdings stellt sich hier die Frage nach dem Honorar. Mit der Prozesskostenbeihilfe, die dir zusteht, wirst du nicht weit kommen. Die Kollegen sind sehr engagiert und werden für dich jedes Steinchen umdrehen, das ihnen in den Sinn kommt, aber sie lassen sich ihren Einsatz eben auch teuer bezahlen.« Er ließ seine Worte wirken. »Außer ...«

»Außer?«, fragte Zecke rasch.

»Außer der Fall ist interessant genug. Und damit meine ich nicht für den Juristen, sondern für die Medien.«

Zecke warf mir einen Blick zu. »Das kriegen wir dann schon, nicht wahr, Chris?«

Ich antwortete nicht. In meinem Kopf rauschte es, ein Schmerz arbeitete sich von der rechten Schläfe in Richtung Augen vor. Übelkeit stieg meine Kehle empor. Mein Gehirn schien sich abgeschaltet zu haben. Ich wusste nicht, was ich denken, was ich empfinden sollte. Erleichterung über das, was ich gehört hatte? Hatte Tom mir meinen Weg gezeigt? War Misstrauen angebracht oder gar Zweifel? Oder bestand Grund zur Euphorie?

Ich war müde, verwirrt, verzweifelt. So stand ich wortlos auf, schwankte zur Tür, aus der Klinik, hinaus in die Nacht.

33. Kapitel

Einige Tage später saß ich in einem mahagonigetäfelten Raum in einem tiefen Ledersessel vor einem leeren Schreibtisch, den ein Schwertransporter angeliefert haben musste. Dahinter thronte ein Mann, der die Personifizierung des Attributs ,distinguiert' darstellte. Graues Haar, weißer, kurz gehaltener Vollbart, schwarze Augen. Die sonore Stimme verschaffte ihm Respekt, seine Worte wählte er ebenso sorgfältig, wie er die Pausen dazwischen setzte. Er hatte die Hände vor sich auf dem Tisch gefaltet, fixierte mich und forderte mich mit einem Nicken zum Weiterreden auf, wenn ich schwieg.

Ich erzählte. Mittlerweile hatte ich etwas mehr Übung darin, die Ereignisse chronologisch zusammenzufassen, Relevantes von Unwichtigem zu trennen. Meine Emotionen hatte ich besser im Griff, wenngleich ich sie nicht unterdrücken konnte.

Dr. von Hamm hörte zu. Als ich fertig war, schweiften seine Augen zu einem Bild, das hinter meinem rechten Ohr an der Wand hing. Es zeigte dunkle Hände in silbern glänzenden Handschellen, die durch ein Fenster eines roten Backsteinbaus gehalten wurden. Ich hatte es betrachtet, als ich den Raum betrat. Nun fesselte es das Interesse des Anwalts.

»Hm«, kommentierte er meine Geschichte und kratzte sich den Bart. Selbst diese Geste wirkte nicht zufällig. Alles an diesem Mann schien einstudiert, auf Wirkung bedacht.

»Klingt nicht uninteressant«, fuhr er fort, den Blick wieder auf mich fokussierend. »Ich werde den Fall mit meinen Partnern diskutieren. Sie erhalten dann Nachricht.« Damit erhob er sich. Eine Armbewegung Richtung Tür entließ mich.

Frustriert stieg ich in die U-Bahn und fuhr zum Verlag. Dort suchte ich mir einen freien Schreibtisch, startete den Computer. Den Rest des Tages verbrachte ich mit Zahlen, die vor meinen Augen verschwammen, und Gedanken, die sich nicht ordnen ließen.

Mein Leben hatte eine Dynamik bekommen, die ich nicht kontrollieren, nicht einmal verstehen konnte. Ich war ein Fahrgast ohne Einfluss, mehr nicht. Jeder Versuch, die Notbremse zu ziehen oder die Türen zu öffnen, war zum Scheitern verurteilt.

Ich stützte den Kopf auf die Hände und starrte auf die Tastatur. Dem F fehlte der obere Querstrich, die linke Shift-Taste war blank.

Sollte ich dem Anwalt, dieser Kunstfigur mit Erfolgsgarantie, vertrauen? Hatte ich eine andere Wahl? Würde er sich überhaupt herablassen, meinen Fall zu übernehmen?

Ich speicherte die Datei, in der ich keine Änderungen vorgenommen hatte, packte meine Sachen und ging.

An diesem Abend schlenderte ich ziellos und doch getrieben von Unruhe in der Fußgängerzone umher. Betrat ein Sportgeschäft, irrte durch die Abteilungen, blieb stehen und wusste plötzlich, was ich suchte. Ich kaufte mir ein Paar

Laufschuhe. Zecke, der Psychologe, würde wissend schmunzeln. Was auch immer er mir an Fluchtreflexen attestierte, er läge damit sicher richtig.

Ich wollte nur noch weg.

34. Kapitel

Die Kanzlei Dr. von Hamm, Dr. Schlumpeter & Coll. freue sich, mich als Mandanten begrüßen zu dürfen, und bitte mich, zwecks Klärung der Formalia am Montag um 10:00 Uhr in den Räumen in der Maximilianstraße vorstellig zu werden.

Ich reichte den Brief über den Tisch. Zecke befühlte das Papier, hielt es gegen das Licht und brummte anerkennend.

»Da weiß man gleich, wie das den Klienten abgeknöpfte Geld investiert wird.« Er las und nickte. »Jetzt bleibt die Frage, wer das bezahlt. Wie Tom gesagt hat, mit diesem Zuschuss vom Staat kommst du da sicher nicht weit. Damit ist bestenfalls noch eines dieser handgeschöpften Büttenpapiere finanziert.«

Sollte ich mich freuen? Hatte ich Grund, mich gut zu fühlen? Ich wusste es nicht. In mir herrschten Chaos und Ratlosigkeit.

Ich stand auf, ging ins Bad und zog eine Trainingshose, ein altes T-Shirt und ein Sweatshirt an. Dann schnürte ich die neuen Laufschuhe, nahm den Schlüssel und winkte Zecke zu. Er nickte. Mein neues Hobby hatte er ohne Kommentar zur Kenntnis genommen. Keine bissige Bemerkung zu machen bedeutete bei ihm Zustimmung. So gut kannte ich ihn mittlerweile.

Ich lief los Richtung Englischer Garten, wurde eins mit Joggern, Walkern, Spaziergängern mit und ohne Hunde. Die Lunge pumpte, der Puls raste, in den Beinen zog es, irgendwo im Knie zwickte etwas. Ich verlangsamte, fand mein Tempo, trabte den Kiesweg zum See hinunter, ließ den Chinesischen Turm rechts liegen. Ich wollte zur Isar.

Eine halbe Stunde schaffte ich, dann saß ich mit schweren Beinen auf einer Parkbank und beobachtete Rentner beim Füttern der gierigen, sich gegenseitig verjagenden Enten.

Jetzt war mein Kopf leer genug, um zu spüren, was das Schreiben der Anwälte in mir auslöste.

Erleichterung.

Was auch kommen mochte, ich würde keine Geheimnisse mehr hüten, keine Angst mehr haben müssen. Mir war klar, dass das Gefängnis auf mich wartete. Doch diese Aussicht hatte ihren Schrecken verloren angesichts dessen, was hinter mir lag.

Ich stand auf, atmete tief ein, straffte die Schultern. Nun war ich bereit für ein Ende und einen Neuanfang.

35. Kapitel

Die Kanzlei hielt, was ihr Ruf versprach. Zwar traf ich Dr. von Hamm nicht wieder, erfuhr aber, dass sich mehrere junge Juristen und eine ‚Agentur für forensische Beratung‘ kompetent und engagiert um meine Angelegenheit kümmern würden.

Ich hatte einen Stapel Papier ungelesen unterschrieben. Welche andere Wahl hatte ich? Damit begab ich mich in die Hände Dritter, die nun entscheiden würden, wie es mit mir weiterging. Doch hatte ich nicht bewiesen, dass ich es alleine nicht schaffen konnte? Man hatte mir zwar versichert, mich über alle Ermittlungen, Planungen und Schritte in Kenntnis zu setzen, allerdings war mir klar, dass das lediglich bedeutete, dass ich informiert, nicht aber in anzustellende Überlegungen einbezogen würde.

Ich hatte erneut erzählt, Hunderte Fragen beantwortet, Details aus meinem Gedächtnis gekramt, Daten und Fakten niedergeschrieben, mein Wissen und meine Mutmaßungen mitgeteilt. Damit war meine Aufgabe vorläufig beendet; ich war zum Warten verurteilt.

Der letzte Kontakt mit meinem Betreuer, einem hochgewachsenen blonden Surfertyp, der garantiert ein Prädikatsexamen an der Wand seines Büros hängen hatte, lag drei Wochen zurück. Mehrmals war ich der Versuchung erlegen zum Telefon zu greifen, um mich von einer der professionell freundlichen Sekretärinnen abwimmeln zu lassen. Es würde seine Zeit brauchen, hatte man mir erklärt. Ich müsse Geduld haben.

Als der Alltag mein Leben wieder eingenommen hatte, das frühmorgendliche Laufen, die Arbeit im Büro und das abendliche gemeinsame Bier vor Zeckes Fernseher zur Gewohnheit geworden waren, kam der Anruf. Man lade mich zum ersten ‚Fallgestaltungstreffen' ein, wie die Sekretärin mir in druckfertigen Sätzen mitteilte. Das Team sei zusammengestellt, nun ginge es um Inhalte, die man gern mit mir besprechen würde. Wann? Morgen.

Ich verstand kaum etwas von dem, was der ehemalige Kriminalkommissar mit dem Rechtspsychologen so intensiv diskutierte, und noch weniger davon, was der Forensiker, der sich mit Tatortspuren beschäftigte, beizutragen hatte.

Dr. von Hamm war ebenso erschienen wie mehrere junge Juristen, die offensichtlich als Handlanger dienten. Sie gaben keinen Laut von sich, schauten nur selten auf, kritzelten unentwegt in Notizblöcke, hackten auf Laptop-Tastaturen ein.

Ich saß abseits und fühlte mich auch so. Niemand hatte seit der knappen Begrüßung das Wort an mich gerichtet. So nippte ich an dem hervorragenden Kaffee, lehnte mich in meinem Alcantarasessel zurück, betrachtete das hell gebeizte Mobiliar, das teurer aussehende Kaffeeservice und die geschliffenen Gläser, hörte zu und beobachtete.

Drei Stunden später waren sich die Beteiligten einig. Man werde Kontakt mit der Staatsanwaltschaft aufnehmen, den Fall vortragen und »die Bedingungen diktieren«, wie Dr. von Hamm es nannte. Man habe vor, parallel zu der Suche nach meiner Mutter und Spuren ihres gewaltsamen Todes Thea in Gewahrsam nehmen zu lassen. Indizien für eine Erpressung und natürlich für fortgesetzten Diebstahl gäbe es mehr als genug, lautete der Tenor der Fachleute am Tisch. Rasch zu beschaffende Beweise würden die Staatsanwaltschaft überzeugen: Die Aufnahmen der Überwachungskameras an dem Geldautomaten sowie Theas Anruf bei der Bank, um eine neue EC-Karte zu beantragen. Als Mitwisserin oder gar Mittäterin sei sie in jedem Fall anzuklagen.

»Und was passiert mit mir?«, fragte ich leise und stellte zu meiner Überraschung fest, dass ich durchgedrungen war, Aufmerksamkeit erregt, Schweigen ausgelöst hatte.

Alle Augen waren auf Dr. von Hamm gerichtet, der mich erstmals wahrzunehmen schien und nun nachdenklich über seinen Bart strich. Der Siegelring an seinem Finger funkelte.

»Wir werden mit dem Oberstaatsanwalt verhandeln. Er wird Sie in Untersuchungshaft haben wollen, wir plädieren auf Kaution. Ich meine, wohin sollen Sie denn flüchten, nicht wahr?« Überlegen lächelte er in die Runde, erntete eifriges Nicken. »Ein paar Tage, dann holen wir Sie raus.«

Mein Magen zog sich zusammen.

Der junge Anwalt, mit dem ich zuletzt allein im Besprechungsraum saß, warf mit einen mitfühlenden Blick zu. »Ich weiß, es ist schwer zu verstehen und auch zu akzeptieren, wenn Juristen austüfteln, was einen selbst betrifft. Mir ging es so, als ich vor gut zehn Jahren meine Eltern verlor und völlig Fremde darüber diskutierten, wo ich, der Minderjährige, unterkommen sollte. Heim oder Pflegefamilie? Verwandte hatte ich in Deutschland nicht. Ich bekam einen amtlichen Vormund, dem ich egal war, der aber entscheiden durfte, was gut und richtig für mich war. Ich wurde in ein Internat gesteckt, was zunächst für mich eine schreckliche Strafe war. Ich fühlte mich elend und einsam, begriff aber irgendwann, dass ich annehmen musste, was für mich vorgesehen war. Ich konnte es nicht ändern, also hatte ich mich zu arrangieren. Zwei Jahre strich ich im Kalender jeden Tag durch, bis ich endlich volljährig war. Dann war ich frei - und entschied, im Internat zu bleiben, mein Abitur zu machen und danach Jura zu studieren. Ein praktisch vorgezeichneter Weg.«

Ich begriff, was er mir sagen wollte. Auch ich hatte keine Wahl, musste mich fügen. Flucht? Der Gedanke war abwegig. Dr. von Hamm hatte recht: Ich hatte kein Geld, kein Ziel. Und was würde ich zurücklassen? Nicht das, wovon ich mich befreien wollte. Das trüge ich mit mir, wohin ich auch ginge.

Ich räusperte mich. »Wie geht es denn jetzt weiter?«

»Wir erarbeiten eine Strategie, die auf mehreren Säulen fußt. Zunächst nehmen wir mit der Staatsanwaltschaft Kontakt auf, legen offen, was unumstößliche Tatsachen sind. Also den Tod Ihrer Mutter, Ihre Bewusstlosigkeit, Ihren panischen Versuch, diesen Tod zu verschleiern, um nicht unschuldig in Verdacht zu geraten. Das ist unser Ausgangspunkt: Sie waren dabei, waren aber nicht der Täter.«

Der Anwalt hob die Arme, als ich widersprechen wollte. »Wir wissen natürlich, dass die Ermittlungsbehörden Sie umgehend als Beschuldigten ins Fadenkreuz nehmen, also verhandeln wir, wie mit Ihnen umgegangen werden soll. Wir präsentieren Sie dabei als kooperationswilligen Zeugen, niemals aber als möglichen Täter. Die Tat als solche aufzuklären ist nicht unsere Sache, das ist Angelegenheit der Kriminalpolizei. Wir warten, was die ermittelt, und reagieren darauf.«

Ich nickte. »Nur zugeben, was bewiesen wird.«

»Genau. Warum sollen wir der Kripo die Arbeit abnehmen? Und was ist eigentlich passiert an diesem Sonntagabend? Ich weiß es nicht, Sie auch nicht.«

»Aber ich habe meine Mutter im Moor ...« Ich schluckte trocken.

»Ja, das haben Sie. Aber das ist nicht strafbar, wenn Sie davon überzeugt waren, sie getötet zu haben.«

»Wirklich?«, fragte ich verwundert nach.

»Vertuschung einer Straftat ist nur strafbar, wenn man nicht der Täter ist«, erklärte der Blonde, an dessen Namen ich mich nicht erinnern konnte. Ihn danach zu fragen, war mir peinlich.

»Als Täter dürfen Sie praktisch alles tun, um den Kopf aus der Schlinge zu ziehen. Als Zeuge müssen Sie vor Gericht die Wahrheit sagen, auch wenn sie nicht vereidigt werden. Als Beschuldigter beziehungsweise Angeklagter dürfen Sie lügen, bis sich die Balken biegen, oder auch die Aussage verweigern.«

»Aha«, nickte ich. »Aber was bin ich denn nun? Zeuge oder Beschuldigter?«

»Beides. In Ihrem Fall entscheidet die Staatsanwaltschaft. Und wir reagieren darauf entsprechend. Der Fall Ihrer Freundin Jessica liegt anders. Hier werden wir wertvolle Informationen liefern, die möglicherweise zur Aufklärung beitragen können. Durchaus also Basis für einen Deal. Wir werden nicht zulassen, dass Untersuchungshaft beantragt wird. Und wenn doch, sind Sie schnell wieder frei, verlassen Sie sich darauf.«

In meinem Kopf dröhnte es, meine Augen brannten. Ich fühlte mich hilflos, überfordert, überrannt.

Der Jurist legte die Hand auf meine. »Keine Sorge, wir lassen Sie nicht allein. Wir sind bei jedem Gespräch dabei und sagen Ihnen genau, was Sie antworten sollen oder eben auch nicht.«

Drei Tage später, ich brütete im Verlag gerade über einer Zahlenkolonne, klingelte mein Handy.

»Steffen Petermann«, meldete sich eine bekannte Stimme. »Wir haben Kontakt zur Staatsanwaltschaft. Es geht los.«

Meine Beine schienen an Gewicht zu verlieren, mein Kopf wog dafür plötzlich umso schwerer. »Was ...« Ich räusperte mich. »Was bedeutet das?«

»Der Oberstaatsanwalt ist informiert, wir haben Ihren Fall vorgetragen. Morgen um 9:30 Uhr findet im Polizeipräsidium an der Ettstraße ein Treffen statt, bei dem Vertreter unserer Kanzlei, der Staatsanwaltschaft und der Kriminalpolizei anwesend sein werden. Und Sie natürlich.«

»Wird man mich verhaften?«

»Davon ist auszugehen. Sie sollten ein paar Sachen packen. Hygieneartikel, bequeme Kleidung und welche für Termine. Nehmen Sie was zum Lesen mit, Bücher oder Akten. Allerdings bitte keinen Computer, der wird Ihnen weggenommen. Wie übrigens auch das Handy.«

Ich nickte. Mir war übel, mein Puls raste. Sie bahnte sich an, die Panik vor dem Eingesperrtsein.

»Sind Sie noch dran?«, fragte Petermann.

»Ja«, krächzte ich. »Ich ... Ich habe Angst. Vor Enge, wissen Sie? Klaustrophobie.«

»Verstehe. Nun, eine Untersuchungshaft ist vergleichsweise komfortabel. Eine große Einzelzelle, Fernseher, Bücher, Spaziergänge. Außerdem wird es eine Reihe Vernehmungen und Besprechungen geben. Das bedeutet, Sie werden tagsüber nicht viel Zeit in der Zelle verbringen. Und unliebsamen Kontakt zu Mitgefangenen müssen Sie auch nicht befürchten. Beruhigt Sie das etwas?«

»Nicht wirklich«, gestand ich.

»Nun, es wird kein Spaß«, gab der Jurist zu. »Aber ich gehe davon aus, dass Sie nach drei Tagen beim Haftprüfungstermin wieder frei sind.« Er schien zu zögern. »Sie werden doch kommen?«

»Ich bin da«, versprach ich.

Ein Nobelhotel, Edelrestaurants, Boutiquen, Geschäfte für Luxusartikel, der gläserne Showroom eines Herstellers von Oberklasse-Automobilen und das Polizeipräsidium fanden Platz in der Maffeistraße. Sie lag parallel zur Fußgängerzone in Münchens Innenstadt. Während nur wenige Meter entfernt Touristen die Frauenkirche bewunderten, stand ich vor einer Pforte, blickte an einem 100-jährigen grünstichigen Gebäude empor, das alles andere als vertrauenerweckend wirkten. Wären nicht die vergitterten Fenster, unüberwindlichen Mauern und Zäune mit Überwachungskameras sowie die geparkten Polizeifahrzeuge gewesen, hätte man das Anwesen für ein Kloster halten können.

In der Hand hielt ich eine Sporttasche, in die ich gestopft hatte, was mir wichtig erschien, darunter das Manuskript meiner Masterarbeit. Ich beobachtete vorbeifahrende Fahrzeuge, in denen freie Menschen mit offensichtlich jeder Menge Zeit und Geld saßen, und wartete auf meine Anwälte. Nervös schaute ich zum wiederholten Mal auf die Uhr.

9:17.

Ich warf noch viele Blicke die Straße hinunter in die Richtung, aus der meine Verteidiger auftauchen mussten. Endlich sah ich eine dunkle Limousine, die von einem jungen blonden Mann gesteuert wurde. Die Glocken der Frauenkirche schlugen zweimal. Auf dem Beifahrersitz des Mercedes erkannte ich Dr. von Hamm.

Der Wagen parkte im Halteverbot, der Staranwalt stieg aus, von der Rückbank schälte sich eine Frau. Ich hatte sie noch nie gesehen und fragte mich, welche Rolle sie übernehmen würde. Dass das Auftreten meiner Anwälte inszeniert war und einem meisterhaft vorgetragenen Theaterspiel ähnelte, wurde mir zunehmend klarer. Ich war nur Statist, die Hauptrolle spielte ein anderer.

Der marschierte mit wehenden Sakkoschößen an mir vorbei, winkte mir mit dem Finger, ihm zu folgen. Die Frau, eine auf natürliche Art attraktive Enddreißigerin, trug eine Aktentasche und hastete hinter ihrem Chef her. Sie nickte mir zu, lächelte.

Ein paar Worte mit dem Uniformierten am Empfang wurden gewechselt, dann waren wir im Gebäude. Das Tor fiel ins Schloss, wir standen in einer hohen Halle. Mehrere

Paternoster fuhren auf und ab, nahmen Menschen auf und spuckten andere aus. Es herrschte eine Art lebhafte Stille, die mich faszinierte.

Wir warteten schweigend auf den Beamten, der uns abholen und nach oben bringen sollte. Auch Petermann, der den Wagen geparkt hatte, war mittlerweile eingetroffen. Er klopfte mir auf die Schulter, verzog das Gesicht zu einem aufmunternden Grinsen und deutete auf meine Tasche.

Bevor er etwas sagen konnte, trat ein Mann in brauner Cordhose und kariertem Hemd auf uns zu. Ich starrte ihn an, hätte fast gelacht, so klischeehaft wirkte er. Wir stiegen die breite, ausgetretene Treppe nach oben und marschierten im ersten Stock einen düsteren Gang entlang. Links und rechts führten weiß lackierte Holztüren zu Büros. Man hörte Telefone, Stimmen, Tastaturgeklapper, sogar Schreibmaschinengeräusche.

Am Ende des Flurs stand eine Tür offen. In dem stuckgetäfelten Raum mit hohen Fenstern, in dem ein eichener Konferenztisch von Stühlen umringt war, unterhielten sich mehrere Personen. Zwei Männer, einer im Anzug, einer in Jeans und Polohemd gekleidet, drehten sich um, musterten uns. Eine junge Frau saß am Tisch und machte sich an einem Laptop zu schaffen. Sie blickte nicht auf.

Wir betraten das Zimmer, voran Dr. von Hamm. Er schüttelte dem Anzugträger die Hand, tat lautstark kund, wie sehr er sich über das Wiedersehen freue. Sein Gegenüber wirkte weniger begeistert, stellte dem Anwalt dennoch höflich den Mann im Polohemd als Hauptkommissar Glöcklein vor und wies Richtung Fenster, wo ich erst jetzt jemanden stehen sah. »Sein Mitarbeiter Kommissar Schubert und die Protokollantin Schmied.« Er nickte meinen Begleitern grüßend zu und wendete sich schließlich an mich.

»Herr Klingenberg, nehme ich an. Mein Name ist Volker Lutz. Ich bin der für Sie verantwortliche Oberstaatsanwalt.«

Ich erstarrte. Wie begrüßte man einen Oberstaatsanwalt? ‚Sehr erfreut‘? Wohl kaum. Ein einfaches ‚Grüß Gott‘? Während ich noch um Worte rang, hatte sich die Gesellschaft bereits um den Tisch versammelt.

Dr. von Hamm beorderte mich an seine Seite; Petermann nahm links von mir Platz. Die Assistentin - zumindest hielt ich sie dafür - setzte sich rechts neben Dr. von Hamm und breitete Akten und Notizen vor sich aus.

Auch auf der gegenüberliegenden Tischseite schien es eine Art Sitzordnung zu geben. Ich schaute auf den leitenden Kriminalbeamten, der mich feindselig anstarrte.

Das Gespräch, das nun folgte, bestritten der Oberstaatsanwalt und Dr. von Hamm. Die beiden Kommissare und ich waren die Einzigen, die keine Notizen machten, alle anderen tippten oder kritzelten.

Ich hatte längst abgeschaltet, als sich der Anklagevertreter an mich wandte. »Haben Sie dazu etwas zu sagen?«

»Nein«, schnitt ihm Dr. von Hamm das Wort ab. »Mein Mandant wird zu diesem Zeitpunkt keine Aussage machen. Was wir aktuell beizutragen haben, liegt in schriftlicher Fassung in Ihrer Akte. Mehr gibt es nicht. Wir gehen vor wie besprochen.«

Damit stand er, den Stuhl mit den Schenkeln zurückschiebend, auf. »Sie kümmern sich, Petermann?«, wies er seinen Mitarbeiter an und verließ, einen Gruß in die Runde bellend, den Raum.

Auch der Oberstaatsanwalt hatte sich erhoben und schaute, hinter der Protokollantin stehend, über deren Schulter auf den Bildschirm. Er schüttelte den Kopf. »Wilde Geschichte«, murmelte er und blickte mich forschend an.

Ich hielt seinem Blick stand.

Die beiden Kommissare und Petermann hatten mich zur »erkennungsdienstlichen Behandlung« gebracht. Dort wurden meine Finger- und Handabdrücke genommen und Fotos angefertigt. Ich hatte erwartet, meine Fingerkuppen in ein Stempelkissen drücken zu müssen, doch Petermann klärte mich flüsternd auf, dass seit einigen Jahren biometrische Systeme verwendet würden, die die Identifizierung und einen eventuellen Abgleich mit in der Datenbank befindlichen Abdrücken in wenigen Sekunden ermöglichten.

Nachdem man meine Kleidung und meine Tasche durchsucht und alle Gegenstände dokumentiert hatte, wurde ich für die Fahrt ins Untersuchungsgefängnis angemeldet.

»Was passiert nun?«, fragte ich Petermann.

»Die Kripo wird losmarschieren und ganz großes Kino in Kleinspornach veranstalten. Außerdem wird der Fall Jessica wieder aufgenommen. Man wird Thea Steininger, wenn sie vor Ort ist, festnehmen oder nach ihr fahnden. Und natürlich wird man nach Ihrer Mutter suchen. Die Kriminaltechniker nehmen sich Ihr Haus vor und sichern eventuelle Spuren.«

»Und ich?«

»Man hat Sie vorläufig festgenommen, der Richter hat aber den Haftbefehl wegen des Tötungsdelikts zum Schaden Ihrer Mutter soeben erlassen, wie ich gehört habe.« Petermann lächelte verlegen. »So sprechen verbeamtete Juristen nun mal, tut mir leid.« Konzentriert fuhr fort. »Man bringt Sie in Kürze nach Stadelheim, das sind nur einige Kilometer von hier. Sie kennen doch das alte Sechziger Stadion? Nicht weit von dort befindet sich das Gefängnis. Wir warten ab, was vor Ort an Erkenntnissen gewonnen wird, dann reagieren wir entsprechend. Das bedeutet, wir beantragen umgehend einen Haftprüfungstermin, wenn nur ein einziges Indiz dahingehend zu interpretieren ist, dass es kein Mord, also Vorsatz war, sondern nur Totschlag oder möglicherweise lediglich Körperverletzung mit Todesfolge.«

Nur Totschlag. Ein Mensch war tot, erstochen mit einem Messer, und Juristen reden von ‚nur' Totschlag. Auch wenn ich selbst der Täter war und auf die Fähigkeiten meiner Verteidiger hoffte, mir eine lange Strafe zu ersparen, fragte ich mich, wie zynisch man sein musste, um das Geschehen so auszulegen.

Ein korpulenter Beamter erschien im Türrahmen. »Taxi ist da«, dröhnte er.

Petermann nickte ihm zu. »Das ging aber schnell. Wir sind gleich so weit.« Er schaute mir in die Augen. »Morgen früh wissen wir mehr. Ich bin gegen 10 Uhr bei Ihnen. Bis dahin entspannen Sie sich. Es läuft alles, wie es laufen soll. Kein Grund, sich Sorgen zu machen. Und wenn Sie nicht schlafen können, fordern Sie eine Schlaftablette. Okay?«

»Okay.«

36. Kapitel

Ich hatte Handschellen erwartet und einen dieser vergitterten grünen Transporter mit Einzelzellen, die ich aus Krimis kannte.

Wir fuhren in einem klapprigen VW-Bus. Gefesselt wurde ich nicht. Immerhin saß ich hinten, und es gab eine Kindersicherung. Der Fahrer, keinen Tag älter als ich, ließ sich Zeit und unterhielt mich mit Geschichten von Demonstrationen und Fußballspielen, bei denen er Dienst gehabt hatte. Ich schaute aus dem Fenster auf den träge fließenden Nachmittagsverkehr und träumte mich fort. Wir überquerten die Isar, bogen vom Mittleren Ring ab und ließen das alte Stadion, in dem einst die Sechziger spielten, rechts liegen.

Dann waren wir da. Eine Mauer, ein Stahltor, eine Schleuse, ein Innenhof. Ich stieg aus und war in meinem Albtraum angekommen.

Ein Vollzugsbeamter wies mich an, seinem vorangehenden Kollegen zu folgen. »Sie halten zwei Schritte Abstand und bleiben stehen, wenn er stehen bleibt. Verstanden?«

Ich nickte.

»Verstanden?«, brüllte er mich an.

»Ja, ich habe verstanden.« Tränen schossen mir in die Augen.

»Voran!«, wies mich der Beamte an.

Ich trottete los. Wir betraten das Gebäude durch eine Stahltür, die automatisch geöffnet wurde, als wir uns näherten. Dann schritten wir einen langen Gang entlang bis zu einem Gitter, das der vor mir Gehende mit einem großen Schlüssel öffnete. Wir bogen links ab und betraten einen Raum, der mit einem Tresen unterteilt wurde, auf dem metallene Längsstreben bis zur Decke verschraubt waren. Ein Schlitz, in dem eine leere, etwa aktenkoffergroße Kunststoffkiste stand, diente offenbar als Durchreiche. Der Anblick erinnerte mich an Bankschalter in alten Wildwestfilmen.

Dahinter stand ein weiterer Uniformierter, der mir entgegen sah. Er schob mir die Kiste auffordernd entgegen, entnahm einem Regal ein Klemmbrett und einen Kugelschreiber und nickte meinen Begleitern zu. Die bauten sich links und rechts von mir auf.

»Taschen ausleeren!«, wies mich der Mann mit dem Klemmbrett an.

Ich legte Kleingeld, den Schlüssel zu Zeckes Wohnung und mein Handy in die Box.

»Gürtel.«

Ich zog den Gürtel aus den Schlaufen meiner Jeans.

»Schnürsenkel.«

»Hab keine«, flüsterte ich.

»Herzeigen!.«

Ich hob das Bein.

»Stellen Sie ihre Tasche hier drauf, und setzen Sie sich dort drüben hin.«

Ich tat wie befohlen, trottete zu einer in den Boden geschraubten Holzbank und ließ mich nieder. Meine Wärter leerten meine Sporttasche, begutachteten jedes Kleidungsstück, blätterten meine Bücher durch, rochen an der Duschgelflasche. Der Vollzugsbeamte hinter der Theke dokumentierte unterdessen den Inhalt meines Geldbeutels, notierte die Summe meiner Barschaft und die Nummern aller Karten, die ich bei mir trug. Als er fertig war, griff er zum Telefon und meldete den Eingang als erledigt. Er hörte zu, bestätigte und legte auf. Die beiden Beamten, die mich herbegleitet hatten, verschwanden.

Ich wartete.

Eine viertel Stunde verfolgte ich den Sekundenzeiger bei seinem Rundgang über das Ziffernblatt. Die Uhr an der Wand tickte laut in der Stille. Hin und wieder wurde sie durch das Rascheln von Papier unterbrochen. Der Mann am Tresen las Zeitung.

Unvermittelt ging die Tür auf. Ich konnte nicht sehen, wer eintrat. Die Reaktion meines Gegenübers aber war interessant: Er stand praktisch stramm.

»Guten Tag, Herr Doktor. Ein Neuzugang.«

Ein Zivilist in beigefarbener Hose und weißem Hemd trat ein, nickte knapp, schloss die Tür hinter sich, betrachtete mich nachdenklich. Dann ging er zu einer Tür, die ich bisher nicht wahrgenommen hatte, sperrte sie auf, machte Licht in dem dahinter liegenden Raum und winkte mich zu sich.

»Nehmen Sie Platz.«

Ich setzte mich auf einen Schemel. In dem fensterlosen Zimmer standen nur noch ein mehrere Jahrzehnte alter Schreibtisch mit zerkratzter Tischplatte, ein Drehstuhl mit zerschlissenem Polster und ein Regal, in dem Formulare lagen. Von der Decke hing eine Leuchtstoffröhre, am Tisch klemmte ein ausziehbarer Strahler. Diesen schaltete der Arzt nun an. Er nahm einige Papiere von einem Stapel, zog einen

Stift und eine kleine Taschenlampe aus seiner Hemdtasche. Dann ließ er sich auf den Stuhl fallen und zog sich an den Schreibtisch.

»Fangen wir an. Ich habe die Aufgabe, eine Eingangsuntersuchung zu machen. Dazu benötige ich einige Angaben von Ihnen. Anschließend werde ich mir einen zugegebenermaßen oberflächlichen Eindruck von ihrer aktuellen Gesundheit verschaffen. Sollten Sie irgendwelche gesundheitlichen Probleme, körperliche Einschränkungen oder Schmerzen haben, teilen Sie sie mir bitte mit.«

Ich nickte.

Er begann, meine Personalien zu notieren, erkundigte sich nach Krankheiten, Operationen, psychischer Verfassung und anderen Details. Er nahm sich Zeit, ging gewissenhaft vor. Dann hörte er mich ab, maß Blutdruck und Puls, leuchtete in meine Pupillen, die Ohren und den Mund, ließ mich einige Kniebeugen machen und den Zeigefinger mit geschlossenen Augen zur Nase führen.

»Alles bestens«, urteilte er schließlich und erhob sich.

»Wie geht´s jetzt weiter?«, fragte ich schüchtern.

»Sie werden in Ihre Zelle gebracht. Dort richten Sie sich erst einmal ein, essen etwas und kommen zur Ruhe.«

»Darf ich duschen?«

»Ich kümmere mich darum.«

»Danke.«

Ich lag wach. Von draußen fiel Mondlicht durch das Fenster, das zu hoch war, um hinaussehen zu können. Stellte ich mich auf die Zehenspitzen, erkannte ich Dächer und den Stacheldraht auf der Mauer. An der Wand war ein Brett befestigt, auf das ich meine Bücher gelegt hatte. Eine Toilettenschüssel aus Edelstahl, ein Waschbecken, die Pritsche, auf der ich lag, an deren Ende ein in den Boden geschraubter Metalltisch. Zum Essen oder Schreiben saß man auf der Bettkante.

Die Stahltüre hatte eine Klappe, durch die in unregelmäßigen Abständen ein Gesicht zu mir hereinschaute. Rührte ich mich nicht, wurde das Licht angeschaltet. Man wollte sich wohl vergewissern, dass ich noch lebte.

Ich versuchte, mir vorzustellen, was an diesem Tag passiert war und in den nächsten Tagen passieren würde. Hatten sie meine Mutter bereits gefunden? Lag Thea wie ich schlaflos auf einer Pritsche? Wo befand sich eigentlich das Gefängnis für Frauen? Riss ein riesiges Polizeiaufgebot die Einwohner Kleinspornachs aus ihrer Lethargie? Versprühten Spurensicherer Lösungen, leuchteten mit Lampen in Ecken und tupften Pulver auf Flächen, wie ich es aus Fernsehserien kannte? Gaben wildfremde Menschen vor Kameras über mich und mein Leben Auskunft?

Ein lautes Geräusch ließ mich aus dem Schlaf hochfahren. Die Tür stand offen, ein Wagen mit Frühstückstabletts versperrte den Durchgang. Ein Gefangener hielt mir eines davon hin. Ich stand auf und nahm es ihm ab. Er wandte sich wortlos ab, schob seinen Wagen weiter.

In der Türöffnung erschien ein Vollzugsbeamter. »Morgen. In einer viertel Stunde hole ich Sie ab zum Duschen. Nehmen Sie Duschgel, Zahnbürste, Handtuch und Kleidung mit. Keine Tasche.«

Die Tür fiel ins Schloss und wurde verriegelt.

Ich starrte auf ein Kännchen mit Kaffee, einen Teller mit zwei Scheiben Brot, einem Stück Butter, je einer Portion Marmelade und Honig, einige Räder grauer Wurst sowie vier Stück Würfelzucker. Ich nahm die Tasse aus unzerbrechlichem Material und goss den lauwarmen Kaffee ein. Milch gab es nicht, ein Messer fehlte ebenfalls. Eine Art Plastiklöffel war offenbar als Universalwerkzeug gedacht; ich benutzte ihn, um die Butter auf dem bröckelnden Brot zu verteilen. Nachdenklich kaute ich.

Tag zwei. Wie viele werde ich in dieser Zelle zubringen? Werden sie sich zu Wochen summieren? Oder zu Monaten? Jahren?

Ich unterbrach meine Gedanken, griff nach meiner Tasche, suchte Unterwäsche, Socken und ein Shirt heraus. Eine zweite Hose hatte ich vergessen. Ich würde darum bitten müssen. Ob Zecke mich besuchen durfte? Ob er es überhaupt wollte?

37. Kapitel

454 Tage nach ihrem Tod wurde meine Mutter gefunden und Thea wegen Erpressung, Betruges und Identitätserschleichung verhaftet. Das Haus, in dem ich aufgewachsen, in dem ich als Kind glücklich gewesen war, wurde von Tatortermittlern auf Spuren untersucht.

Ich war erneut in die Ettstraße gebracht worden. Dort wurde ich abwechselnd befragt und musste erzählen, was sich an diesem Sonntagabend im September zugetragen hatte. Erst chronologisch, dann in umgekehrter Reihenfolge und noch einmal in einzelne sachliche Zusammenhänge gestellt.

Wie war das mit dem Auto? Wann hatte ich die Idee mit dem Leihwagen? Woher hatte ich die Adresse? Wann war ich im Baumarkt? Wann spülte ich das Messer? Wie spät war es, als ich aus meiner Bewusstlosigkeit erwachte? War es dunkel, als ich auf dem Dachboden nach Vaters Jagdwaffen suchte?

Ich wurde mit Details und vermeintlichen Widersprüchen konfrontiert. Die Polizisten bedrängten mich, brüllten mich an, versuchten mich in die Enge zu treiben, bei Lügen zu ertappen.

Meine Anwälte schrien zurück, stritten mit Kriminalbeamten und dem anwesenden Staatsanwalt, wischten Indizien und daraus gezogene Schlüsse mit großspurigen Armbewegungen beiseite, lachten höhnisch über Interpretationen von Fakten.

Ich war erschöpft, todmüde. Ich wollte in meine Zelle, doch ich durfte nicht. Irgendwann beschloss man, den Mutmaßungen ein Ende zu bereiten und einen Ortstermin zu organisieren.

Ein Polizist wurde geschickt, um einen großen Leinensack zu besorgen. Er sollte, wenn ich das richtig verstanden hatte, mit Sand gefüllt und nach Kleinspornach gebracht werden. Wozu?

Während ich im Polizeipräsidium vernommen wurde, wurde nicht weit entfernt im rechtsmedizinischen Institut in der Nussbaumstraße meine Mutter obduziert.

Ich fragte mich, wie man aussah, wenn man so lange Zeit in einem Moor gelegen hatte. Ich hatte gelesen, dass Moorleichen konserviert wären, vorstellen aber konnte ich mir das nicht. Sah sie aus wie am Tag ihres Todes?

Ob man mir Fotos zeigen würde? Gänsehaut lief mir den Rücken hinauf und brachte meine Kopfhaut zum Kribbeln.

Als ich wieder auf meiner Pritsche lag und an die rissige Decke meiner Zelle starrte, fiel die Anspannung langsam von mir ab. Mein Nacken entkrampfte sich allmählich, auch die Kiefermuskulatur lockerte sich. Alles verlaufe nach Plan, hatte mir Petermann zugeflüstert, als er mich verabschiedete. Besser könne es gar nicht gehen. Wieso man mich dann nicht freiließe? Er hatte mir auf die Schulter geklopft, etwas von Geduld und Abwarten gemurmelt, während ich von einem Beamten in einen Polizeiwagen geschoben wurde.

Sie zeigen das in den Filmen also richtig, dachte ich. Jemand legt die Hand auf den Kopf dessen, der hinten einzusteigen hat, und drückt ihn hinunter. Warum machte man das? Ich nahm mir vor, beim nächsten Mal zu fragen.

Der dritte Tag. Erneut die Fahrt in die Innenstadt, vorbei an flanierenden Touristen, eiligen Geschäftsleuten, Müttern mit Kinderwägen, Joggern. Die Sonne schien, von Winter keine Spur.

Ich wurde in den bekannten Raum gebracht, wo bereits die beiden Kommissare und Steffen Petermann warteten. Mein Anwalt begrüßte mich mit festem Handschlag und der Frage, wie ich geschlafen hätte, die Polizisten nickten mir schweigend zu.

Ich ging zum Fenster, wollte in den Innenhof schauen, doch der Jüngere der beiden stellte sich mir in den Weg. »Hinsetzen.«

Ich zuckte zusammen. »Ich will doch nur ...«

»Hinsetzen!«, kam es energischer.

Petermann nickte mir zu und zog einen Stuhl zurück. »Die Herren haben Sorge, dass Sie aus dem Fenster springen könnten.«

»Aus dem ersten Stock? Durch die Gitter?«, fragte ich fassungslos.

Der Jurist lächelte. »Polizisten besitzen viel Phantasie. Sie könnten ja die Scheibe zerschlagen und sich mit einer Scherbe verletzen.«

Ich setzte mich. Die Beamten betrachteten mich ausdruckslos. Wir warteten.

»Was ist los?«, wandte ich mich nach einigen Minuten des Schweigens an Petermann. »Wo ist Dr. von Hamm? Was steht heute an?«

Er blickte von seinem Smartphone auf, nahm neben mir Platz. »Wir warten auf den Beschluss des Richters. Es soll doch einen Ortstermin geben, erinnern Sie sich?«

Ich nickte. »Es gibt Ungereimtheiten, hieß es. Man will rekonstruieren, was geschehen ist. Und wie.«

»Genau. Und damit eine derartige Veranstaltung an einem Tatort überhaupt stattfinden kann und korrekt und unanfechtbar abläuft, braucht man nicht nur ganz bestimmte Menschen, die alle zeitgleich anwesend sein müssen, sondern auch jede Menge ausgefülltes und gestempeltes Papier.«

Ich versuchte ein Lächeln. Wir warteten weiter.

Auf dem Weg hielten wir bei McDonald´s an, wo der Jüngere der Beamten die Bestellung seines Chefs aufnahm und widerwillig auch mir einen Burger und Cola brachte.

In Kleinspornach staunte ich über die vielen Fahrzeuge, die die Straße blockierten, im Hof und in der Einfahrt standen. Vor allem Münchner Autonummern waren zu sehen, aber auch der Mercedes mit Starnberger Kennzeichen von Dr. von Hamm parkte vor dem Haus.

Petermann war vor uns angekommen und lief nun zu unserem Auto herüber. »Presse«, knurrte er. »Das war ja klar. Ich habe für Sie eine Decke organisiert.« Er stutzte und schaute mich fragend an. »Oder wollen Sie fotografiert werden?«

Ich schüttelte entsetzt den Kopf.

Die ersten Fotografen entdeckten mich und sprinteten in unsere Richtung. Petermann warf die Decke über mich und führte mich langsam zur Haustüre. Dort hatten Polizeitechniker einen Sichtschutz aus Planen aufgebaut. Uniformierte scheuchten die Fotografen und Journalisten hinter die nun eilig errichtete Absperrung aus rot-weißem Plastikband.

Dr. von Hamm reichte mir die Hand und zog mich beiseite. »Es geht hier um Details zum Tathergang. Insbesondere möchte man klären, ob Sie überhaupt in der Lage waren, ihre ... ähem, doch eher schwerere Mutter aus der Küche in den Hof und von dort in ein Fahrzeug zu schaffen.«

Ich begriff nicht. »Natürlich war ich in der Lage, wie wäre sie denn sonst ins Moor gekommen?«

»Nun, es könnte sich schließlich auch um eine geplante Tat gehandelt haben, nicht wahr? Insbesondere, wenn man eine Mittäterschaft der Theresa Steinbichler in Betracht zieht. Die Fakten können durchaus dahingehend ausgelegt werden.«

»Was?«, rief ich entsetzt. »Ich habe gar nichts geplant, ich weiß ja nicht einmal, was überhaupt passiert ist!« Erregt schnappte ich nach Luft. »Und diese Frau, die mich erpresst und gequält hat, soll meine Komplizin sein? Ist das Ihre Idee?«

»Nicht meine. Die der Staatsanwaltschaft. Ein derartiger Fall ist offenbar noch nie vorgekommen, da will man doch etwas genauer hinsehen. Außerdem wissen wir ja nicht, was Frau Steinbichler ausgesagt hat, nicht wahr?«

Er wurde sich bewusst, dass Kameras auf uns gerichtet waren, straffte sich und schaute zum Haus hinüber, wo nach uns gewunken wurde.

»Seien Sie doch ehrlich, diese Geschichte könnte einen ziemlich außergewöhnlichen Krimi ergeben. Einen, bei dem sich die Leser fragen, was der Autor wohl einnimmt, bevor er zu schreiben beginnt.«

Er lachte laut, legte den Arm jovial um meine Schulter und schob mich zu der Gruppe, die auf uns wartete.

Die nächsten Stunden vergingen mit meinen Erklärungen und Demonstrationen. Als es zu dämmern begann, stellten die Techniker Strahler auf, die die Szenerie in kaltes Licht tauchten. Sieht es so aus, wenn ein Film gedreht wird?, fragte ich mich. Es war surreal.

Ich saß erschöpft mit einer Flasche Mineralwasser auf dem Sofa, bewacht von einem kräftigen Polizisten, der nur auf meinen Fluchtversuch zu warten schien. Mir jedoch fehlte nicht nur der Mut, sondern auch die Energie, zu fliehen. Ich wollte ins Bett. Schlafen, träumen, vergessen.

Der mit Sand gefüllte Sack lag mittlerweile wieder in einem Transporter der Spurensicherung. Ich hatte ihn von der Küche in den Flur und von dort ins Freie gezerrt, wie ich es bei meiner Mutter gemacht hatte. Damals war es einfacher gewesen. Damals waren allerdings auch Kräfte im Spiel, die nur das Adrenalin freisetzen kann.

Die Ermittler unterhielten sich flüsternd, nahmen Maße und Gewichte, notierten sie auf Papier, das in Klemmbrettern steckte, und kamen schließlich überein, keine Fragen mehr an mich zu haben.

Die Fahrt zum Moor wurde abgesagt. Man glaube mir meine Schilderung, bestätigte mir der Staatsanwalt. Sollte ich erleichtert reagieren? Mich freuen, weil ich glaubwürdiger geworden war?

Dr. von Hamm setzte sich neben mich. »Alles so weit bestens. Das einzig Ungeklärte ist nun noch die Zeitspanne zwischen ihrer letzten Erinnerung vor dem Ereignis und der ersten danach.«

Hatte er von einem Ereignis gesprochen? Ich hatte meine Mutter mit mehreren Messerstichen getötet, und mein Anwalt bezeichnete diese Tatsache als Ereignis?

Die Enge in meiner Brust verstärkte sich. Vor meinen Augen tanzten Flocken. Ich begriff nicht, was um mich herum und mit mir geschah. Ich wollte aufspringen, wollte meine Angst, meine Hilflosigkeit herausbrüllen, doch ich bekam keine Luft. Die Flocken wurden zu Sternen, dann zu Schwärze.

Als ich zu mir kam, lag ich auf dem Teppich. Mutters Erbstück. Mein Bewacher hielt meine Beine in die Höhe. Das Rauschen in meinen Ohren übertönte die Stimmen der Menschen, die hektisch durch das Wohnzimmer liefen. Jemand schob mir ein Kissen unter den Kopf.

Ich zog an meinen Beinen, die einzuschlafen drohten. Sie wurden abrupt losgelassen und knallten auf den Boden. »Muss das sein, Sie Idiot?«, hörte ich. Es klang zornig. »Entschuldigung, aber ...« Die Entgegnung verlor sich im allgemeinen Stimmengewirr.

Ich wollte mich aufrichten, wurde aber zurückgehalten. Ein bärtiges Gesicht mit freundlichen blauen Augen war über mir. »Bleiben Sie noch etwas liegen. Kann nicht schaden. Ist Ihnen kalt?«

Ich schüttelte den Kopf. »Nur die Füße. Und Hände.«

»Das ist normal. Sie hatten einen Kreislaufkollaps. Nichts Schlimmes, aber wir haben vorsichtshalber den Rettungsdienst gerufen.«

Der Mann griff nach meinen Händen, wärmte sie in seinen und verlangte über die Schulter nach einer Decke. »Und jetzt raus hier, Leute! Unser junger Freund läuft uns nicht weg, stimmt´s?« Er lächelte mich freundlich an.

Der Notarzt kam schneller als erwartet. Er musste in der Gegend gewesen sein. Er maß meinen Puls und Blutdruck, fragte, wann ich zuletzt gegessen und getrunken hatte. Er rief nach einer Flasche Wasser und etwas Essbarem und gab mir eine Spritze. Dann ordnete er an, mich für diesen Tag in Ruhe zu lassen und mich zurück in die Haftanstalt zu bringen.

»Schluss für heute. Sonst nehme ich ihn mit.«

»Wir sind ohnehin fertig«, knurrte der Ältere der Kripo-Beamten, die mich hergebracht hatten, und nickte seinem Kollegen zu. »Wir rücken ab.«

38. Kapitel

Sieben Tage waren vergangen.

Ich war allein. Allein in meiner Zelle, allein beim Hofgang, allein in der Dusche. Unterbrochen wurde meine Einsamkeit durch Petermanns tröstende Worte, der mich täglich zur Geduld ermahnte. Täglich außer Samstag und Sonntag.

Man habe einen Haftprüfungstermin beantragt und daraufhin die Akten zur Einsicht erhalten. Das sei doppelt positiv, hatte mir Petermann erklärt, denn damit erfahre man, in welche Richtung die Staatsanwaltschaft steuere und die Kripo ermittle. »Wir wissen nun, worauf wir reagieren müssen und was wir besser nicht ansprechen, verstehen Sie?« Der Termin beim Ermittlungsrichter müsse laut Gesetz innerhalb von zwei Wochen nach Beantragung stattfinden, hatte der Jurist mit zunehmender Begeisterung erläutert.

Ich hatte nur müde genickt. Die rechtlichen Feinheiten waren mir egal. Ich wollte mein Leben zurück, zumindest aber diese Mauern hinter mir lassen. Sie schienen von Tag zu Tag näher zu rücken, mir von Tag zu Tag weniger Raum zu gewähren. Ich bekam mittlerweile Medikamente gegen die Panikattacken, die mich nachts nicht schlafen und tags ruhelos auf und ab gehen ließen.

Ich hatte jedes Zeitgefühl verloren, als ich eines Morgens abgeholt wurde, um dem Ermittlungsrichter vorgeführt zu werden. Dieses Mal trug ich Handschellen. Links und rechts marschierte je ein Vollzugsbeamter mit hartem Schritt neben mir den Gang des Landgerichts entlang, vorbei an Gerichtssaaltüren, vorbei an Wartenden, die mich neugierig anstarrten.

Vor einer angelehnten Tür blieben wir stehen. Von drinnen klangen Stimmen; ich erkannte Dr. von Hamms Bariton. Wir traten ein, setzten uns dem mir höflich zunickenden Staatsanwalt gegenüber auf eine Bank. Dr. von Hamm und Petermann hatten dicke Aktenstapel vor sich liegen, daneben einen Laptop. Der Richter erschien, wir erhoben uns, nahmen erneut Platz. Die Verhandlung begann.

Mit einem Prozess, wie ich ihn aus dem Fernsehen kannte, hatte dieser Termin wenig zu tun. Der Richter klärte die Personalien und wies mich auf mein Recht hin, die Aussage zu verweigern. Ließe ich mich jedoch zur Sache ein, sollte ich die Wahrheit sagen. Dann wurde diskutiert, gestritten und gefeilscht.

Der Richter, ein etwa sechzigjähriger Mann mit Raubtiergesicht und stechenden, fast gelben Augen, saß bequem zurückgelehnt hinter seinem Tisch und hörte interessiert zu. Ab und zu stellte er eine kurze Zwischenfrage, überließ aber darüber hinaus meinen Anwälten und den Vertretern der Staatsanwaltschaft das Terrain. Die Protokollantin hackte, ohne jemals aufzusehen, ununterbrochen auf ihre Tastatur ein.

Ich beobachtete die Menschen mit ihren offenen Mündern, gestikulierenden Händen, fliegenden Robenärmeln. Die beiden Polizeibeamten, die die Ermittlungen durchführten, saßen in der ersten Zuschauerreihe, wippten mit den Fußspitzen und betrachteten die Bäume im Garten des Gerichts.

Hier ging es um mich, doch ich hätte nicht unbeteiligter sein können. Es schien mir, als ginge mich das, was hier verhandelt wurde, nichts an. Es betraf mich nicht, berührte mich nicht, interessierte mich nicht. Ich hatte längst die Verantwortung über mein Leben abgegeben. Die Frage und letztlich auch die Entscheidung, ob ich schuldig oder unschuldig war, stellte sich mir nicht.

Ich war schuldig.

Zwei Stunden später war ich frei.

Ich bekam auferlegt, mich täglich auf einer Polizeiwache zu melden, konnte aber gehen, wohin ich wollte. Der Richter klärte mich darüber auf, dass ich umgehend wieder in Untersuchungshaft genommen würde, sollte ich meine Auflagen nicht erfüllen.

»Auf der sicheren Seite sind Sie, wenn Sie bis Mittag auf der Wache erscheinen. Wird eine Streife losgeschickt, hängt es von den Polizisten ab, ob sie Sie mitnehmen. Fordern Sie Ihr Glück nicht heraus«, ermahnte er mich, bevor er mir eine Urkunde aushändigte.

Als Wohnadresse gab ich Zeckes Wohnung an; das Haus in Kleinspornach durfte ich nicht betreten. Es galt als Tatort und war versiegelt.

Dr. von Hamm erklärte mir, dass der Haftbefehl gegen mich nicht aufgehoben, sondern seine Vollstreckung lediglich ausgesetzt wurde. Der Unterschied war mir nicht klar, ich verzichtete jedoch darauf, nachzufragen.

Steffen Petermann fuhr mich in die Justizvollzugsanstalt, wo ich meine Tasche holte, und dann zu Zecke. Er versuchte mehrfach, ein Gespräch über ein Fußballspiel, das zum

»Skandalspiel« geworden war, mit mir zu beginnen, doch ich war zu erschöpft, um seinen Ausführungen folgen zu können. Irgendwann schwiegen wir.

Zecke war zu Hause, öffnete die Tür, umarmte mich, zog mich in den Flur. »Da bist du ja wieder. Mensch, hast du mir gefehlt!« Er drückte mich auf das durchgesessene Sofa im Wohnzimmer, holte zwei Flaschen kaltes Bier aus dem Kühlschrank und ließ sich auf dem Fensterbrett nieder. »Magst du erzählen?«

Ich rutschte von der Couch auf den Boden, legte den Kopf auf die Sitzfläche, setzte die Flasche an und trank. »Ich will nur vergessen.«

»Alkohol ist eine Lösung, vertrau mir.« Zecke verzog das Gesicht zu seinem schiefen Grinsen und zwinkerte mir zu. »Oder korrekter: ein Destillat. So viel weiß ich noch aus dem Chemieunterricht.«

Ich prostete ihm zu. »Es tut gut, wieder hier zu sein.«

39. Kapitel

Polizisten und Wissenschaftler hätten den Tathergang aufwendig zu rekonstruieren versucht. Und seien immer wieder gescheitert. Sämtliche meiner Schritte wären nachvollzogen, jede Minute geklärt worden. Ein Detail aber füge sich nicht in das inzwischen fast fertige Puzzle. Und das, erklärte Dr. von Hamm, verändere alles.

»Die Frage, die geblieben ist, lautet, wer Ihre Mutter getötet hat«, entlud Dr. von Hamm die Spannung im Raum.

Ich war ins Anwaltsbüro gerufen worden, weil man mich über die neuesten Entwicklungen in Kenntnis setzen wollte. Nun schaute ich irritiert von einem zum anderen der Anwesenden und kehrte wieder zum triumphierenden Gesicht des Seniorpartners der Kanzlei zurück.

»Ich verstehe nicht ...«, begann ich.

»Petermann wird es Ihnen erklären«, unterbrach mich Dr. von Hamm. »Mich müssen Sie leider entschuldigen, ein Mandant verlangt nach mir.«

Er stand auf, ging um den Tisch und hielt mir die Hand hin. »Viel Erfolg.« Ein Nicken zu Petermann, dann war er verschwunden.

Meine Kopfhaut kribbelte. »Was bedeutet das alles?«, fragte ich. »Was heißt, wer meine Mutter getötet hat? Ich, wer denn sonst?« Ich starrte Petermann an. »Oder ist das ein Trick? Ein juristischer Winkelzug?«

Der Angesprochene schüttelte den Kopf. »Nein. Auch wenn mein Chef das nicht gern hören würde, haben wir an dieser Entwicklung keinen Anteil.«

Er warf einen Blick durch die Milchglasscheibe der Tür nach draußen, wo Schatten zu sehen waren. »Die Tatortermittler und Forensiker verstehen etwas von ihrem Beruf, wenn man sie machen lässt. Leider bekommen sie nicht immer so viel Freiheit, bei einem an sich so klaren Fall auch nach so langer Zeit noch nach Spuren zu suchen.«

Petermann breitete die Arme aus, strahlte mich an. »Auf den Punkt gebracht: Es kann sich so, wie Sie den Hergang geschildert haben, nicht abgespielt haben.«

Ich starrte ihn an. »Wie denn sonst? Was habe ich Falsches gesagt?«

»Falsches? Nichts. Sie wussten es nicht besser.« Petermann stand auf, ging zu einer weißen Tafel und griff nach einem Filzstift. Dann begann er, den Grundriss des Hauses zu zeichnen, fügte Möbelstücke hinzu und malte zuletzt einen Kreis mitten in die Küche. »Passt das so in etwa?«, vergewisserte er sich.

»Hm. Eher nicht«, zweifelte ich. »Das Wohnzimmer ist größer, das Sofa kleiner, in der Küche stehen ein Tisch und zwei Stühle. Und der Flur ist nicht so lang.«

Petermann winkte ab. »Es geht nicht um Maßstäbe, sondern um einen Blutfleck.« Er drehte sich um. »Um Ihren Blutfleck.«

Ich starrte ihn an.

»Sie haben sich den Kopf gestoßen, erinnern Sie sich?«

»Natürlich. Es dauerte ewig, bis es verheilt war«, bestätigte ich.

»Genau. Eine ernsthafte Wunde, die der Gefängnisarzt übrigens dokumentiert hat. Die Narbe ist deutlich sichtbar und ...« Er ging zum Tisch und blätterte in einer Akte. »Ach, hier. Acht Zentimeter ist sie lang.« Er schaute mich an, verzog den Mund. »Das war ein heftiger Rums auf den Schädel.«

Ich dachte ungern daran. »Mir war tagelang übel, ich hatte Kopfschmerzen wie noch nie.«

»Die Wunde befindet sich am Hinterkopf eher oben als unten. Aber unten müsste sie sein, wenn Sie sich an der Arbeitsplatte in der Küche angeschlagen hätten. Etwa, weil Sie ausgerutscht wären im Kampf mit Ihrer Mutter.« Petermann schwieg, schien auf eine Antwort zu warten. Als er keine erhielt, sprach er weiter. Es gab keine andere Stelle, an der Sie sich hätten verletzen können.«

Langsam wurde ich ungeduldig. »Was heißt das alles?«

»Die Techniker haben Blut gefunden, jede Menge, wie zu erwarten war bei dieser Verletzung.« Er machte eine effektvolle Pause. »Im Wohnzimmer.« Pause. »Auf dem Sofa.«

Ich starrte ihn an.

»Wahrscheinlich haben Sie es einfach nicht bemerkt, weil das Sofa einen dunkelbraunen Bezug hat. Außerdem hatten Sie andere Sorgen als einen Fleck auf der Couch. Und später ging jemand mit kräftigem Putzmittel darüber.«

Der Jurist setzte sich wieder. »Sie werden es wohl nicht gewesen sein. Wer also war es? Wer hat geputzt?«

»Thea«, flüsterte ich.

»Genau. Aber wie hat sie diesen Fleck gesehen? Da hinten in der Wohnzimmerecke ist es ziemlich dunkel, auch tagsüber. Sie muss gewusst haben, dass er da ist. Woher?«

Ich zuckte die Schultern.

»Womöglich ist sie ein sehr gründlicher Mensch, der den ... nun ja, nennen wir ihn abgewohnten Bezug eines durchaus als alt zu bezeichnenden Möbelstücks mit einer Lampe auf Flecken untersucht hat.«

Petermann lehnte sich in seinem Sessel zurück und grinste wie ein kleiner Junge. »Oder sie hat diesen Fleck verursacht.«

Ich sprang auf, lief zum Fenster, von dort zur Tür und wieder zurück. »Ich verstehe das nicht«, rief ich. »Thea soll mir also eins über den Schädel gegeben haben? Aber wann? Und wie? Womit? Und wo war meine Mutter?«

Meine Erregung stieg. »Die Haustüre ist immer verschlossen, alles ist verrammelt, da kann niemand einfach so rein!« Ich raufte mir die Haare, spürte die empfindliche Narbe. »Ich hätte doch bemerkt, wenn jemand hinter mir steht und ausholt ...« Ich stutzte. »Ist es überhaupt mein Blut?«

Petermann schaute meinem Ausbruch gelassen zu. »Es ist Ihr Blut. Ohne jeden Zweifel.«

»Und jetzt?«

»Frau Steinbichler wird vernommen.«

Ich setzte mich. »Sie soll, wie auch immer, in unser Haus eingebrochen sein, meine Mutter erstochen, mir eines über die Rübe gegeben, mich dann erpresst und sich ein Zuhause erschlichen haben?«

Ich schaute auf, nahm erstmals wahr, dass noch weitere Personen im Zimmer waren. »Sie muss mich vom Sofa in die Küche geschleppt haben. Ist das möglich?«

»Problemlos.«

»Das glaube ich alles nicht. Das klingt total abgefahren.«

Petermann lachte. »Nicht abgefahrener als die Tatsache, dass diese Frau einfach den Platz Ihrer Mutter eingenommen, regelmäßig deren Konto abgeräumt und Sie wie eine Art Sohn behandelt hat.«

Er beugte sich zu mir. »Überlegen Sie doch mal. Woher hätte sie wissen sollen von Ihrer Tat? Sie fand in einem verschlossenen Haus statt. Nachts. Außerdem wusste Sie jede Menge Details, viel mehr, als ein zufälliger Zeuge wissen kann. Das haben Sie selbst betont.«

Ich nickte.

»Ein zufälliger Zeuge würde niemals am Tag nach einem Ereignis mit einem derart ausgeklügelten Plan vor der Tür stehen. Er würde Geld verlangen, niemals aber den Platz eines Menschen einnehmen. Sie wissen doch selbst über die Lebens- und Wohnsituation der Frau Steinbichler Bescheid. Sie waren dort! Es passt alles. Sie suchte ein Opfer und sie fand - Sie!«

»Sie muss wahnsinnig sein«, murmelte ich.

Ich dachte zurück an ihre Ausbrüche, an den Ausdruck in ihren Augen, wenn wir stritten. Ich erinnerte mich an die Episode im Wald, an die Angst, die sie mir immer wieder gemacht hatte. Und ich sah ihren Blick vor mir, als sie Jessica kennenlernte. Diese Frau war verrückt!

»Ganz normal klingt das alles in der Tat nicht. Aber das festzustellen ist Sache der psychiatrischen Forensiker. Für uns zählt im Moment nur, dass die Fakten nicht mehr dafür sprechen, dass Sie Ihre Mutter getötet haben.«

»Aber ich habe sie im Moor ...« Ich schluckte.

»Wenn Sie eine Leiche beseitigen in der festen Überzeugung, diese Person umgebracht zu haben, ist das kein Delikt am Menschen.« Petermann legte die Fingerspitzen aneinander. Er dozierte jetzt. »Helfen Sie damit allerdings jemandem, decken also ein sogenanntes Kapitalverbrechen, gelten Sie als Mittäter, gegebenenfalls sukzessiver Mittäter, möglicherweise sogar als mittelbarer Täter. Das Strafrecht ist leider ziemlich komplex. Wie auch immer. Für das, was Sie getan haben, kommen nur untergeordnete Straftatbestände infrage. Wenn die ein Staatsanwalt verfolgen will, insbesondere in Ihrem nun wirklich außergewöhnlichen Fall, dann soll er nur. Er wird sich lächerlich machen. Dem werfen wir vom Schock bis über die Kopfverletzung alles vor die Füße, was die Medizin hergibt.«

»Das bedeutet ...« Ich schnappte nach Luft.

»Genau. Sie sind kein Mörder.«

Mein Haftbefehl wurde aufgehoben. Das, erklärte mir Petermann, bedeute, dass ich vom Vorwurf des Mordes beziehungsweise des Totschlags entlastet sei. Vorläufig. Man ermittle zwar jetzt in der Hauptsache gegen Thea Steinbichler, behalte mich jedoch auf dem Radar.

Ich ahnte, warum. Man mochte fraglos kaum glauben, dass ein Mensch so dumm sein konnte, neben einer Leiche aufzuwachen und sich, statt nachzudenken, augenblicklich an deren Entsorgung machte. Und dann auch eine Wildfremde ins Haus zu lassen, ohne den Versuch zu unternehmen, sie loszuwerden, notfalls mit Gewalt.

Meine und Zeckes Bemühungen, Thea zu vertreiben, wurden erkennbar als wenig ernsthaft, mehr noch, als höchst stümperhaft abgetan. Verständlich. Im Rückblick schoss mir das Blut in die Wangen, wenn ich mir unsere Naivität bewusst machte.

Vernehmungen stellten weiterhin meinen Alltag dar, mit dem Unterschied, dass ich nun selbst zum Polizeipräsidium fahren musste. Ich genoss es, nach den aufreibenden Terminen durch die Fußgängerzone zu schlendern, in Cafés zu sitzen, durch Kaufhäuser zu bummeln. Ich stieg auf den Turm des Alten Peter, besuchte die Frauenkirche und schaute mir das Glockenspiel am Rathaus an.

Ich begann zu leben.

40. Kapitel

Ein weiterer Außentermin wurde anberaumt. Diesmal fuhren wir dorthin, wo Jessica ums Leben gekommen war.

Ich war nur als Zeuge vorgesehen, meine innere Anspannung aber war nicht geringer als an dem Tag, an dem ich als Mordverdächtiger hatte demonstrieren sollen, wie ich meine Mutter aus der Küche in den eigens dafür geliehenen Transporter gewuchtet hatte.

Heute ging es um Jessica. Die große, die erste Liebe meines Lebens. Der Kloß in meinem Hals wurde dicker, die Tränen, die ich krampfhaft zurückzuhalten versuchte, brannten stärker, je näher wir dem Ort kamen, an dem sie gestorben war.

Fünf Köpfe beugten sich über eine ausgebreitete Landkarte, zogen Linien mit Zeigefingern, deuteten auf einen Waldweg, überprüften das GPS-Gerät, das ein uniformierter Polizeibeamter schwenkte. Ich erkannte den Staatsanwalt, den Älteren der beiden Kommissare und einen der Tatorttechniker. Der Polizist, der mich hierher gebracht hatte, gesellte sich zu seinen Kollegen, um mit ihnen auf Anweisungen zu warten.

Thea stand, von zwei Beamten flankiert, in Handschellen neben einem Mann, der auf sie einredete. Er hielt eine Aktentasche so in der Hand, dass sie als Schreibunterlage diente. Während er sprach, zeichnete er mit wilden Strichen auf ein Blatt Papier.

Thea beachtete ihn nicht. Sie schaute mich an, bewegte sich auf mich zu, wurde von einem der Polizisten am Arm gepackt und zurückgerissen. Sie stolperte und fiel auf die Knie. Ihr Anwalt starrte entsetzt auf sie hinunter. Die beiden Uniformierten zogen Thea wieder auf die Beine. Diese hatte weder einen Laut von sich gegeben noch anders reagiert. Ihre Augen waren unentwegt auf mich gerichtet.

In meinem Nacken richteten sich die Härchen auf.

Der Staatsanwalt, durch den Aufruhr alarmiert, hatte mich entdeckt und winkte mich heran. »Grüß Gott, Herr Klingenberg. Schön, dass Sie es einrichten konnten.«

Ich war sprachlos. Einrichten?

»Sehen Sie sich das doch bitte mal an. Welche Route denken Sie, hat Frau Steinbichler genommen?«

Ich stellte mich neben ihn und betrachtete die Karte. Dann deutete ich auf einen Weg, der etwa einen Kilometer vor dem Bahnhof endete.

»Hm. Und davor? Die beiden Frauen sind doch nicht querfeldein gelaufen, oder?«

»Entlang der Gleise führt ein gut begehbarer Trampelpfad. Er wird oft genutzt«, entgegnete ich. Ich spürte Theas Blick in meinem Rücken.

Einige der wartenden Polizisten wurden in die angegebene Richtung geschickt, sollten den Weg abschreiten und die benötigte Zeit stoppen.

Während sie unterwegs waren, gingen wir hinüber zum Hof. Als ich das letzte Mal hier stand, war lediglich der Brunnen gesichert. Nun hatte man eine weiträumige Absperrung aufgebaut. Ein Teil des mannshohen Gitters war geöffnet, so dass wir das Gelände betreten konnten. Die Abdeckung auf der Zisterne hatte man entfernt; ein Polizist mit großer Stabtaschenlampe wartete daneben. Er sprach mit einem Mann, der sich an einer auf ein Stativ montierten Kamera zu schaffen machte. Ich kannte ihn von meinem eigenen Ortstermin, wo er gefilmt hatte.

Thea wurde hergeführt.

Als wir um das Loch versammelt waren, in das Jessica gestürzt war, wo sie tagelang erfolglos versucht hatte, sich zu befreien, und schließlich entkräftet zusammengesunken war, konnte ich die Tränen nicht mehr zurückhalten.

Thea stand abseits, starrte mich mit ihren grünen Augen an und schwieg. Ich glaubte, ein leichtes Lächeln über ihr Gesicht huschen zu sehen.

Der Staatsanwalt bat einen der Forensiker, den möglichen Tathergang zu beschreiben. Das Vorgetragene deckte sich mit dem, was ich mir überlegt hatte. Als ich jetzt hörte, wie grausam und berechnend Thea vorgegangen sein musste, wurde mir klar, in welcher Gefahr ich selbst geschwebt hatte. Und das alles, um ein Zuhause zu haben? Brauchte sie mich als Mittel zum Zweck oder lag ihr etwas an mir? Hatte diese Frau Gefühle?

Doch, sie waren da gewesen, ich hatte sie erlebt und gespürt. Aber ich kannte auch die Thea, die mir Angst machte, mich kalt und subtil bedrohte.

Diese Frau hatte Jessica ermordet. Hatte sie in einen Schacht gestoßen. War fortgegangen, die panischen Hilferufe ignorierend. Hatte einen Menschen verhungern und verdursten lassen.

Ich trat einen Schritt beiseite und übergab mich auf die Schuhe des Staatsanwalts.

41. Kapitel

Ein Jahr später.

Auf die Schneeschaufel gestützt, schaue ich über die Felder, die am Horizont übergangslos in Himmel münden. Weitere Schneefälle sind angekündigt.

In den Städten ist der Verkehr so gut wie zum Erliegen gekommen; auf dem Land bahnen Traktoren weniger geländegängigen Fahrzeugen den Weg oder ziehen sie aus unsichtbaren Gräben und Wehen.

Züge fahren selten oder gar nicht mehr, Schulen und Kindergärten sind bereits seit Tagen geschlossen. Auch die Universität, an der ich als wissenschaftlicher Mitarbeiter und Doktorand arbeite, hält den Betrieb nur notdürftig aufrecht.

Vor einem Jahr hatte der Schnee lange Zeit auf sich warten lassen; erst Ende Januar wurde es winterlich. Am Fenster stehend hatte ich beobachtet, wie die Landschaft von einer weißen Decke verhüllt wurde.

Ich spüre noch die Wärme der Ruhe, die sich in mir ausgebreitet hatte. Es ist vorbei, hatte ich gedacht. Endlich vorbei.

Ich hatte mich geirrt.

42. Kapitel

Der Verlag entließ mich am 23. Dezember, an dem Tag, an dem meine Mutter auf dem Friedhof in Kleinspornach beerdigt wurde. Man wisse zwar, dass ich unschuldig sei, irgendwie zumindest, doch die Geschäftsleitung ... Das müsse ich verstehen, erklärte mir mein Vorgesetzter, hilflos die Schultern zuckend.

Ich verließ ohne ein Wort das Gebäude, fuhr zur Uni und informierte Professor Heintzmann, den Betreuer meiner Abschlussarbeit. Er zeigte sich wenig überrascht von meiner Kündigung. »Ich lese Zeitung und sehe fern«, sagte er, gab darüber hinaus aber keinen Kommentar ab. Er bot mir an, ich könne meine Arbeit leicht verändert weiterführen.

»Diese Praxisnähe, von der meine Kollegen so begeistert sind, gefällt mir ohnehin nicht. Dies ist eine Universität, der Forschung und Lehre verpflicht, und keine Akademie«, erklärte er barsch.

Ich war einverstanden. Welche andere Wahl hatte ich?

Nachdem ich alle Formalitäten erledigt hatte, zu denen gehörte, meine Mutter als verstorben zu melden und mein Erbe anzutreten, kehrte in mein Leben eine Art Normalität zurück.

Ich saß in der Uni-Bibliothek oder im Vorlesungssaal, ging Professor Heintzmann zur Hand, der mich zunehmend als seinen Assistenten einsetzte, arbeitete wieder in der Buchhandlung in der Schellingstraße und wohnte wochentags bei Zecke.

Freitags fuhr ich nach Hause.

Ideen, wie ich das Haus, das nun mir gehörte, von außen freundlicher und innen wohnlicher gestalten könnte, entwickelte ich bereits, als Thea noch dort gewohnt hatte.

Nun würde ich sie verwirklichen.

Als Erstes räumten Zecke und ich alle Möbel ins Freie und warfen sie auf einen großen Haufen. Die Küchenzeile und die Geräte blieben, doch alles, was sich in den Schränken und Kästen befand, warf ich in einen Karton und stellte ihn zu den Möbeln.

Als im Haus die Leere hallte, stand ich in der Badezimmertüre, schaute in den tristen Raum.

»Vorschlaghammer?«, fragte Zecke.

Ich nickte. »Müssten zwei im Schuppen sein. Schau du nach, ich stelle den Wasserhahn im Keller ab.«

Zecke kam mit verschiedenen Hämmern, einigen Meißeln sowie drei Eimern zurück. Und mit der Plastikplane, in die ich meine Mutter eingewickelt hatte, um sie ins Moor bringen zu können. Ich schluckte trocken, sagte aber nichts. Dann begannen wir damit, die Fliesen von der Wand zu schlagen.

Es dauerte länger als erwartet, in allen Räumen die Tapeten zu entfernen, Löcher zu vergipsen und Risse zu verputzen. Die Fensterstöcke und Rahmen wollte ich mir eigentlich erst im Sommer vornehmen, doch Zecke überzeugte mich, dass »wenn schon, denn schon« gelte.

So hatte er bereits Raufaser an die Wände und Decken geklebt und sie mit weißer Farbe überstrichen, während ich noch, über und über mit feinem Staub bedeckt, die Fenster mit Schmirgelpapier von ihren Farbschichten befreite.

Wir schufteten meist schweigend, aßen mittags Brote und tranken Kaffee, grillten abends Steaks im Freien und krochen gegen Mitternacht todmüde in unsere Schlafsäcke, die wir auf Luftmatratzen ausgebreitet hatten.

Wir mieteten einen Transporter, fuhren zu IKEA und liefen durch die Ausstellungshallen. Große bunte Sitzkissen sollten das sperrige Sofa ersetzen, mehrere kleine Tische Flexibilität schaffen. Ein runder Glastisch mit sechs Freischwingern aus hellem Leder landete ebenso auf der Ladefläche wie bunte Vorhänge und Teppiche, ein Schreibtisch, Bücherregale für mein Büro sowie ein großes Bett.

Zecke weigerte sich, einen Kleiderschrank zu kaufen. »Spießiger geht´s ja wohl nicht mehr!«, meinte er entsetzt. Wir erstanden stattdessen Regale und Kleiderständer und nahmen viele Kleinigkeiten mit, die das Haus wohnlich gestalten sollten. An der Kasse steckte ich meine EC-Karte in den Schlitz und bestätigte ungerührt eine vierstellige Summe.

Nicht zu viel für mein neues Zuhause, fand ich.

Im Sommer war das Haus fertig und mein Studium beendet. Mit beidem wusste ich zunächst nichts anzufangen. Wollte ich wirklich in Kleinspornach leben? Was wollte ich beruflich tun? Ich hatte nicht die Energie aufgebracht, mich zu bewerben.

Das Angebot von Professor Heintzmann, am Lehrstuhl zu bleiben und zu promovieren, kam mir deshalb äußerst gelegen. Eine halbe Stelle als wissenschaftlicher Mitarbeiter würde etwas Geld einbringen und mir genug Zeit lassen, mich um meine Dissertation zu kümmern - und natürlich auch um mein Leben.

Mein Leben. Allmählich fand ich mich zurecht. Zecke war mir eine große Hilfe, nicht nur als Handwerker, sondern vor allem als Freund, mit dem ich nicht reden musste, damit er mich verstand. Zum Reden hatte ich eine Therapeutin.

Einmal wöchentlich fuhr ich zu ihr nach Dachau in die Praxis, besprach Vergangenes und Künftiges und ordnete meine Gedanken und Gefühle.

»Was wir hier tun können, ist ein erster Schritt hin zu einem Abschluss, nicht mehr«, hatte sie mir erklärt. Ein Vierteljahrhundert Leben könne man nicht ausradieren, selbst wenn man wollte. »Erlebtes begleitet und beeinflusst einen Menschen bis zu seinem Tod. Und das ist gut so. Stellen Sie sich vor, Sie würden alle Erfahrungen einfach löschen können. Wäre das erstrebenswerter, als aus ihnen zu lernen?«

Nein, vergessen wollte ich nicht. Aber verstehen musste ich, was geschehen war, früher schon, als Vater noch gelebt hatte. Was für ein Mensch war meine Mutter gewesen? Warum hatte sie mich behandelt wie ein Möbelstück?

Jede Therapiestunde und jeden Tag, an dem ich über die »Hausaufgabe« grübelte, die mir die Psychologin nach den Sitzungen mitgab, begriff ich etwas mehr. Stück für Stück baute sich ein Bild meiner Mutter vor mir auf, das ihre Sorgen, Ängste und Probleme umfasste. Und damit verstand ich auch mich immer besser.

43. Kapitel

Der Prozess gegen Thea riss mich aus dem Frieden, der sich in mir breitgemacht hatte. Ich hatte den Termin verdrängt, daher erschien ich völlig unvorbereitet zum ersten Verhandlungstag.

Bereits auf der Straße vor dem Landgericht waren Kamerateams aller Fernsehsender und Fotografen zu sehen. Der Gang über den Flur zum Gerichtssaal wurde zum Spießrutenlauf. Mikrofone wurden mir ins Gesicht gestoßen, Stimmen brüllten, Kameras klickten. Ich geriet in Panik, begann zu rennen. Einige Uniformierte drängten die Menge zurück und sorgten für Ruhe, indem sie mit Hausverboten drohten.

Vor dem Saal stand ein Polizist, der meine Vorladung sehen wollte und mich erst nach genauem Studium des zerknüllten Zettels, den ich ihm hinhielt, durch die Tür schlüpfen ließ.

Drinnen war von dem Lärm nichts zu hören. Der Raum strahlte eine sakrale Stille aus. Einige Personen unterhielten sich flüsternd.

Thea, die Arme mit silbernen Handschellen um die Handgelenke auf dem Tisch, die Hände wie zum Gebet verschränkt, nahm mich als Erste wahr. Ihr Blick war derselbe wie der, mit dem sich mich angesehen hatte, als wir vor dem Brunnen standen, in dem Jessica gestorben war. Unergründlich. Voller Tiefe und doch ausdruckslos.

Vor diesem Blick hatte ich Angst.

Ich wich zurück und prallte gegen einen Körper. Hinter mir hatten die Kriminalbeamten den Raum betreten, die erst gegen mich und dann gegen Thea ermittelt hatten. Der Ältere nickte mir kurz zu, der Jüngere lächelte.

Ich setzte mich auf die Bank in der ersten Reihe. Sie war mit »Zeugen« beschriftet. Dahinter waren einige Plätze für die Journalisten reserviert. Der Zuschauerbereich war noch leer, doch auf dem Gang hatten sich bereits ein paar Dutzend Menschen vor der Tür gedrängt, durch die sie später in den Saal gelassen werden würden.

Die Verhandlung begann mit einer Ansprache des Richters, eines weißhaarigen Mannes mit kurzgeschorenem Bart und großer, kräftiger Figur, der sich seiner respekteinflößenden Ausstrahlung bewusst war. Er werde keinerlei Störungen durch Zwischenrufe dulden, erklärte er mit Nachdruck. Einer Ermahnung folge für Zuschauer die sofortige Verweisung aus dem Saal, für Verfahrensbeteiligte der Ausschluss oder eine förmliche Rüge wegen Missachtung des Gerichts. Dann erteilte er dem Oberstaatsanwalt das Wort, der mit der Verlesung der Anklage begann.

Theas Blick war unverwandt auf mich gerichtet. Sie schien nicht zu blinzeln, nicht müde zu werden. Ich betrachtete das Kreuz hinter dem Kopf des Richters, schaute der Gerichtsschreiberin zu, konzentrierte mich auf die Worte des Staatsanwalts und ließ meine Gedanken schweifen.

Nichts half. Ich spürte Theas Augen auf mir, in mir.

Ich wurde zunehmend unruhig, knetete meine Hände, wippte mit den Füßen, nagte an meiner Unterlippe. Als ich gerade aufspringen und aus der Tür stürmen wollte, ordnete der Richter eine Pause an.

Ich flüchtete auf den Gang, wo die Fotografen warteten. Mehr rennend als gehend rettete ich mich auf die Toilette, schloss mich ein und ließ mich an der Tür hinuntergleiten. Ich saß auf dem Boden, die deckellose Kloschüssel direkt vor dem Gesicht. Egal. Hauptsache, ich war entkommen.

Der Prozess dauerte eine Woche. Die meiste Zeit nahmen die Zeugenaussagen in Anspruch. Tatortermittler, Kriminalbeamte und der Gerichtsmediziner wurden immer wieder in den Saal gerufen, befragt und wieder in den Warteraum geschickt. Dieser war ausschließlich durch einen Seiteneingang direkt vom Gerichtssaal aus zu erreichen, um vor allem Journalisten daran zu hindern, mit den Zeugen Kontakt aufzunehmen.

Den Psychiater, der Thea begutachtet hatte, lehnte Theas Verteidiger wortgewaltig als inkompetent ab. Der Richter wies den Antrag mit einer knappen Handbewegung ab und wandte sich, sich über den Tisch beugend, an den Anwalt.

»Keine taktischen Spielchen! Wir sind hier nicht in einer amerikanischen Fernsehserie!« Er wandte sich an den Staatsanwalt. »Das gilt für beide Parteien. Und ich gedenke nicht, diesen Hinweis zu wiederholen. Ich hoffe, ich habe mich klar und unmissverständlich ausgedrückt.«

Eine zügige Verfahrensabwicklung, das machte er von Beginn an deutlich, war ihm wichtig. So duldete er auch nicht, dass Theas Anwalt versuchte, mich wieder als Täter ins Visier zu rücken.

»Herr Klingenberg ist vollumfänglich von dem Verdacht entlastet, seine Mutter getötet zu haben«, dröhnte die Stimme des Richters durch den Saal. »Und Sie werden sich auf Ihre Mandantin konzentrieren und auf die Fakten und keine Spielchen treiben, ist das klar?«

Nach dem ersten Tag meiner Zeugenaussage war mein neuer Anzug nassgeschwitzt. Was ich weit in die Vergangenheit geschoben hatte, war plötzlich wieder präsent. Niemand hatte mich darauf vorbereitet, wie ich mich fühlen, welchem Druck ich ausgesetzt sein würde.

Ich glaubte, Theas Blick in meinen Rücken eindringen zu spüren, glühend wie ein Laserstrahl. Ihr Anwalt bombardierte mich mit Thesen, unterbrach meine hilflosen Entgegnungen oder lachte höhnisch. Ich verhaspelte mich, begann zu stottern oder vergaß die meist in lange Sätze verpackten Fragen.

Die anderen Zeugen ließen sich nicht aus der Ruhe bringen. Die Ermittler, die tagelang in weißen Overalls mit Kapuzen und Handschuhen nach Hinweisen gesucht hatten, legten routiniert ihre Ergebnisse vor und antworteten konzentriert auf Fragen.

Die Leiter der beiden Einsätze - einer war für den Tatort in Kleinspornach zuständig gewesen, der andere hatte das Team geführt, das Jessicas Tod untersucht hatte - schilderten zunächst ausführlich die verschiedenen technischen

Vorgehensweisen bei der Spurensicherung. Dann identifizierten und beschrieben sie die Beweise und interpretierten Indizien. Sie, die im Zeugenstand Erfahrenen, gingen mit den Provokationen des Anwalts gelassen um.

Zwei Themenschwerpunkte kristallisierten sich heraus. Der eine betraf die Frage nach dem Warum und würde nur von Thea beantwortet werden können. Der Psychiater gab sich alle Mühe, für Laien nachvollziehbar zu erläutern, was in den Köpfen von Menschen vorgeht, die an komplexen psychischen Störungen leiden, doch im Saal herrschte eher ratlose Fassungslosigkeit statt Verständnis.

Die technischen Forensiker wiederum sollten unwiderlegbare Beweise dafür erbringen, dass Thea meine Mutter getötet hatte. Dazu galt es, die für die Rekapitulation des Tathergangs entscheidende Frage zu beantworten: Auf welchem Weg und wann war Thea in unser Haus gekommen?

Da Thea sich nicht äußerte, mussten die Ermittler zuerst ihre Fantasie spielen lassen und dann die Möglichkeiten abwägen, verwerfen oder näher untersuchen.

Man nahm meine Angaben als Basis, wonach meine Mutter Fenster und Türen ab Einbruch der Dunkelheit verriegelte. Zu diesem Zeitpunkt musste Thea also bereits im Haus gewesen sein. Versteckt haben konnte sie sich nur im Kleiderschrank im Schlafzimmer. Unter dem Bett hätte lediglich eine sehr schlanke Person Platz gefunden; Thea aber war eher stämmig. Neben dem Bett liegend, wäre für einen Eindringling das Risiko, entdeckt zu werden, zu groß gewesen. Andere Schlupfwinkel gab es nicht, also stand fest, dass Thea wahrscheinlich mindestens eine Stunde zwischen Vaters alten Anzügen gestanden oder gekauert hatte.

Als meine Mutter das Wohnzimmer verlassen hatte, um sich in der Küche Tee zuzubereiten, musste Thea aus der Schlafzimmertüre geschlüpft und in die gegenüberliegende Küche gegangen sein, wo sie meine Mutter erstach.

Ich hatte keinen Laut gehört, meine Mutter war demnach vermutlich sofort tot gewesen. Zudem war die Wohnzimmertüre möglicherweise angelehnt oder gar geschlossen gewesen, so dass Geräusche aus der Küche nicht als Alarmsignale bei mir angekommen waren.

Wie auch immer: Thea musste das Messer bereits in Besitz genommen haben, denn der Messerblock, aus dem es stammte, hatte am Fenster auf der Arbeitsplatte gestanden. Sie wäre an meiner korpulenten Mutter nicht vorbeigekommen.

Von der Küche war Thea vermutlich durch den Flur ins Wohnzimmer geschlichen, wo sie mir, der ahnungslos auf dem Sofa lag, einen »Kuhfuß« auf den Kopf schlug. Dieses gebogene Stahlwerkzeug diente dazu, Nägel aus Holz zu hebeln, und wurde von Landwirten beim Zaunbau oder von Zimmerleuten eingesetzt. Das schwere Eisen hatte im Schuppen gelegen. Thea hatte sich also eingehend umgesehen und ihre Tat gezielt geplant.

Nachdem sie mich bewusstlos geschlagen hatte, musste sie mich in die Küche gezerrt und neben die Leiche meiner Mutter gelegt haben. Dort war ich irgendwann zu mir gekommen und hatte in die leblosen Augen meiner Mutter geblickt.

In diesem Moment hatte mein Albtraum begonnen.

Nach den Verhandlungstagen fuhr ich zu Zecke, zog mich um, schnürte meine Laufschuhe und rannte durch den Englischen Garten. Abends kochten wir gemeinsam, redeten über Zeckes neue Arbeit in einer Betreuungsstätte für drogensüchtige Jugendliche und tranken Bier. Nachts lag ich wach oder träumte von meiner Mutter, von Jessica und von Thea.

Das Urteil, das gefällt wurde, ohne dass die Angeklagte ein Wort gesagt hatte, stellte für keinen der Anwesenden eine Überraschung dar.

Thea konnte der Mord an meiner Mutter zweifelsfrei anhand von Indizien nachgewiesen werden, »heimtückisch« und aus niedrigen Beweggründen«, wie der Richter ausführte. Darin bestand der Unterschied zwischen Totschlag und Mord, wie ich bereits nach dem ersten Verhandlungstage recherchiert hatte.

Als ich damals abends in der juristischen Abteilung der Universitäts-Bibliothek im Strafgesetzbuch geblättert hatte, war mir klar geworden, dass in fast jedem Krimi mit falschen Begriffen jongliert wird. Mehr noch, die Drehbuchschreiber vermitteln den Zuschauern ein Rechtsverständnis, das mit der Realität nicht viel zu tun hat.

Während im »Tatort« grundsätzlich von Mord die Rede ist, entscheidet tatsächlich der Staatsanwalt nach Würdigung aller Umstände darüber, ob ein Täter als Mörder oder wegen Totschlags angeklagt wird. Erst das Gericht bewertet und gewichtet die einzelnen Tatbestandsmerkmale, zu denen

Vorsatz, Habgier, Lust am Töten, Heimtücke oder auch Grausamkeit gehören. Lautet der Schuldspruch auf Totschlag, bedeutet das eine Haftstrafe von mindestens fünf Jahren. Bei Mord wird ein lebenslanger Gefängnisaufenthalt daraus. Stellt der Richter eine »besondere Schwere der Tat« fest, wird damit eine vorzeitige Entlassung augeschlossen. Wird zudem Sicherungsverwahrung angeordnet, ist dem Mörder ein Leben in Freiheit für immer verwehrt.

Mit diesem Wissen war ich bereits Tage vor dem Richterspruch sicher, dass Thea wegen Mordes verurteilt werden würde. Ob in einem oder in zwei Fällen, war für mich, den juristischen Laien, nicht abzuschätzen. Jedoch konnte ich den Gesprächen zwischen den Ermittlern entnehmen, dass das Verbrechen an Jessica möglicherweise aus Mangel an Beweisen ungesühnt bleiben würde.

Ich versuchte, nicht daran zu denken.

Die Frage, die sich jeder von uns stellte, war die nach der Schuldfähigkeit. War Thea Herrin ihrer selbst? Hatte sie die Kontrolle über sich? Verstand sie, was sie getan hatte? Dass sie krank war, wussten wir. Doch wie krank?

Aufgrund der Aussage des Gutachters, der Thea eine schwere schizophrene Psychose attestierte, und der Berichte ihrer Ärzte wurde sie für schuldunfähig erklärt. Das Gericht verurteilte sie zu unbefristetem Maßregelvollzug und ordnete die Einweisung in eine »geeignete psychiatrische Einrichtung« an.

Während der Richter die Urteilsbegründung vorlas, starrte Thea vor sich auf den Tisch. Ich beobachtete, wie ihre Augen der Maserung des Holzes folgten. Sie schien unbeteiligt, doch ich sah, wie ihr Kiefer mahlte und die Adern an ihrem Hals hervortraten.

Ich war nervös, fast verstört, und erleichtert zugleich. Sie würde therapiert und nicht nur weggesperrt werden. War sie wirklich schwer krank - und davon war ich mittlerweile überzeugt -, konnte ich ihr verzeihen und ihr wünschen, dass es ihr irgendwann besser gehen möge. Und ich war endlich in der Lage, ein schreckliches Kapitel meines Lebens abzuschließen, eines, das aus mir einen anderen Menschen gemacht hatte. Oder war ich einfach nur erwachsen geworden?

44. Kapitel

Zecke und ich fuhren kurz nach Ende des Prozesses zum Flughafen, studierten die Last-Minute-Angebote und stiegen in den nächsten Flieger Richtung Gran Canaria. Dort verbrachten wir eine Woche am Strand und in Bars.

Das Hotel, in dem wir uns ein Zimmer teilten, wurde mit dem Begriff »Absteige« eher geadelt als abgewertet, daher blieben wir ihm nach Möglichkeit fern. Oft schliefen wir in den Dünen und dösten tagsüber im Schatten.

Wir mieden den Kontakt zu anderen Billigtouristen, zogen uns lieber zurück, sobald die Partys richtig begannen. Wir lagen im Sand, unterhielten uns, hingen unseren Gedanken nach oder lasen. Wir aßen *enyesques* - die kanarische Version von Tapas -, kleine, runzelige Kartoffeln namens *papas arrugadas* oder Fischsuppe in billigen, einheimischen Lokalen, die wir in dunklen Seitenstraßen fanden.

Ich kam zur Ruhe.

Wieder zu Hause, stürzte ich mich in die Arbeit. Ich schrieb ein Exposé über die These, die ich in meiner Dissertation aufstellen und bestätigen oder widerlegen wollte, und legte sie Professor Heintzmann vor.

Dann bereitete ich ein Skript für die Vorlesung vor, die ich vor Studenten im ersten Semester halten sollte. Eigentlich ging es um nicht mehr und nicht weniger als die Beantwortung der Frage, wie man studierte. Meine Zuhörer kamen von der Schule und mussten darauf vorbereitet werden, dass sich ihr künftiges Lernen gravierend von dem unterscheiden würde, was sie kannten.

Die Aufgaben, die ich übertragen bekam, machten mir Spaß. Ich war frei genug, mich um meine Dissertation zu kümmern, war aber fest in den akademischen Betrieb eingebunden und erhielt damit die Stabilität, die ich brauchte.

Mein Haus war zur gemütlichen Oase geworden. Ich lud Kollegen und Kommilitonen ein, Zecke kam oft für ein paar Tage zu Besuch, brachte ein paar seiner Schützlinge oder zwei, drei Kumpels mit.

Ich genoss die Einsamkeit ebenso wie die fröhliche Geselligkeit, welche das einst so stille, dunkle Haus jetzt immer öfter erfüllte.

Wir mauerten eine Feuerstelle, besorgten einen stabilen Dreifuß mit Kette und Topf. Darin kochten wir Bohneneintopf oder Gulasch, an dem wir mehrere Tage aßen. Ins Feuer warfen wir Kartoffeln und in Alufolie gewickelte Steaks. Meist spielte einer der Jugendlichen Gitarre, ein anderer blies auf seiner Mundharmonika.

Und eines Tages brachte Zecke Susan mit.

Als ich sie zum ersten Mal sah, verfiel mein Körper in wilden Aufruhr, während mein Gehirn seine Tätigkeit einstellte. Sogar ich, der diesbezüglich als blutiger Laie zu gelten hatte, begriff: Ich war verliebt. Hals über Kopf, auf den ersten Blick, vom Blitz getroffen oder wie immer man es bezeichnete. Das Ergebnis war, dass ich stammelnd, keuchend, schwitzend mit weichen Knien vor einer zierlichen Frau stand, die mir bis zur Schulter reichte. Sie schaute aus braunen, fast schwarzen Augen zu mir herauf, musterte mich nachdenklich und wandte sich dann an Zecke. »Ein Logopäde könnte helfen.«

Zecke lachte laut auf und zog sie mit sich fort. Über die Schulter grinste er mich an und sagte zu Susan, ich sei bereits von allen Therapeuten als hoffnungsloser Fall aufgegeben worden.

»Sobald er eine Frau sieht«, hörte ich ihn erklären, »schwillt sein Gehirn an und paff! fliegen ihm alle Sicherungen raus.«

Susan prustete, warf mir einen Blick zu und antwortete dann gespielt ernsthaft, dass das nun wirklich ein Problem sei, für das es kaum Genesungsaussichten gebe. »Armer Kerl. Wir müssen sehr nett zu ihm sein!«

»Das Gehirn. Ausgerechnet das Gehirn!«, kicherte Zecke.

Später saßen wir auf Bastmatten am Feuer, schauten in die Glut und nippten an Bierflaschen. Wir hatten gegrillt, gegessen, gealbert und geredet. Nun waren wir still. Im Gras zirpten Grillen, hin und wieder war eine Mücke zu hören, die sich jedoch von der Hitze des Feuers vertreiben ließ. Ich spürte Susan neben mir sitzen, ihre Wärme, ihren Atem. Sie schien zu frösteln. Wie selbstverständlich legte ich meinen Arm um ihre Schultern, zog sie vorsichtig an mich.

Sie ließ sich ziehen.

Susan arbeitete als Zahnärztin in der Zahnklinik in der Goethestraße in München. Zecke hatte sie vor einigen Jahren kennengelernt, als er spät nachts mit dick geschwollenem Kiefer in die Notaufnahme gestolpert war, wo sie ihr Arztpraktikum absolviert hatte.

»Wer mehr Angst hatte, sie oder ich, weiß ich nicht. Vermutlich hatten wir beide die Hosen voll. Klar, ein erfahrener Kollege stand daneben und kontrollierte, dass sie mir auch den richtigen Zahn aufbohrte. Wirklich getröstet hat mich das aber nicht. Susans Hände zitterten wie die einer Parkinsonpatientin. Am nächsten Tag musste ich wieder antreten, weil der Zahn ja offen geblieben war, damit der Eiter abfließen konnte. Da war sie ruhiger, was ich allerdings nicht so recht verstand, weil sie ja die Nacht davor in Zähnen rumgebohrt hatte und todmüde gewesen sein musste. Egal, ich lud sie für den Abend zum Essen ein. Beim Espresso schlief sie ein, den Kopf auf dem Tisch zwischen Serviette und Zahnstochern.«

Zecke schüttelte sich vor Lachen, als er diese Geschichte erzählte. »Logisch hab ich mich sofort in sie verliebt, doch sie hatte null Interesse an mir. Ich sei ein toller Kumpel, aber zu crazy für eine Beziehungskiste. Tja, so wurden wir Freunde.«

Er schwieg. Dann schaute er mir in die Augen. »Wenn du ihr weh tust, hast du ein ernsthaftes Problem mit mir.«

Ich nickte.

Wir sahen uns, so oft es uns möglich war. Ich holte Susan in der Mittagspause ab, ging mit ihr zur Theresienwiese, wo wir auf einer Bank saßen und Salat mit Plastikgabeln aus

Plastikbechern aßen. Sie besuchte mich in dem Kabuff, das ich mein Büro nannte, und trank den grauenvollen Filterkaffee, den ich an meinem Schreibtisch aufgoss. Wir knutschten im Kino in der letzten Reihe, kuschelten uns in Susans Wohnung auf ihr mehrere Quadratmeter großes Sofa, schliefen miteinander in meinem neuen Bett.

Wir taten, was Verliebte tun, erforschten uns, redeten viel, erklärten uns unsere Welten, hörten einander zu, waren glücklich. Wir führten eine ganz normale Partnerschaft. Meine erste.

45. Kapitel

Irgendwann im Herbst, über den abgeernteten Feldern hing der beißende Rauch von brennendem Stroh, kam ein Brief von Thea. Sie erzählte vom Klinikalltag, berichtete von ihrer Therapie, ließ sich über Ärzte und Mitpatienten aus. Und sie bat mich darum, sie zu besuchen.

Ich ließ die eng beschriebenen Seiten sinken.

Thea. Ich hatte sie fast vergessen.

»Verdammt, diese Frau macht mir Angst!«, gestand ich Zecke, den ich sofort angerufen hatte.

Er seufzte. »Bleib ruhig, Chris! Sie kann dir nichts tun, dir nicht und Susan auch nicht. Ihr seid absolut sicher. Ich kenne die geschlossene Abteilung der Klinik, da kommt niemand rein und niemand raus, glaub mir. Ich war nur ein einziges Mal drin, als ich einen Kollegen vertreten musste. Dieser Gebäudetrakt ist besser überwacht als der Keller der Bundesbank. Also nimm den Brief als das, was er ist: ein Versuch der Kontaktaufnahme. Diese Frau ist einsam. Und sie hat nur dich. Aus ihrer Perspektive bist du eine ihr nahestehende Person, ein Verwandter.«

Ich war mit dem Brief in der einen, dem Telefon in der anderen Hand ziellos durchs Wohnzimmer gerannt. Nun ließ ich mich in Mutters alten Sessel fallen.

»Du hast recht. Ich bin hysterisch. Aber ehrlich ... Ich bin zu Tode erschrocken!«

Zecke gab einen zustimmenden Laut von sich. »Wäre ich auch. Das ist normal. Und jetzt schmeiß den Wisch weg.«

Er überlegte kurz. »Warte mal. Ich würde ihr verbieten lassen, Dir zu schreiben. Die Klinik kann ihr ohne Grund Kontakte nicht verweigern. Ihre Briefe werden nur inhaltlich kontrolliert, ob sie damit eine Straftat begeht. Jemanden bedroht oder so. Das hat sie nicht getan, ihre Worte klingen ja sehr harmlos. Wie sie auf dich wirken, ist natürlich ein anderes Thema. Wende dich einfach an den zuständigen Arzt, der wird sicher etwas unternehmen. Und wenn nicht, gibt es ja auch noch juristische Mittel.«

Ich nickte. Ja, das würde ich tun. Ich würde mich dagegen wehren, von Thea weiterhin belästigt zu werden. »Benutzt« hatte meine Therapeutin es bezeichnet. Thea benutzte mich. Sie mochte mich nicht, sie brauchte mich.

»Bist du noch da?«, fragte Zecke.

Ich schrak aus meinen Gedanken auf. »Äh ... Ja. Ich war nur ... Ich kümmere mich darum. Das geht sicher telefonisch, oder?«

»Probier´s!«

»Mach ich. Danke für den Tipp.«

»Kein Problem.« Zecke zögerte kurz. »Hey, alles okay mit dir? Kommst du klar?«

»Ja. Jetzt schon. Danke fürs Zuhören.«

Zecke lachte. »Bedank dich nochmal, dann füllst du mein Bedürfnisbecken nach Höflichkeit und Anerkennung bis zum Anschlag auf. Meine Kids kennen keine Wörter wie ‚bitte‘ und ‚danke‘. Bei denen muss ich froh sein, wenn ich kein ‚verpiss dich, Alda‘ zu hören kriege.«

Wir legten auf. Ich blieb noch eine Weile sitzen, las den Brief aufs Neue und erkannte, dass sich kein Satz darin befand, der als Drohung ausgelegt werden könnte. Es waren nette, freundliche Worte, die Sehnsucht nach einem vertrauten Menschen ausstrahlten, einem geliebten womöglich.

Selbstverständlich sei es möglich, seiner Patientin zu untersagen, mit mir Kontakt aufzunehmen, erklärte mir Dr. Weingart, Theas behandelnder Psychiater. Eine einstweilige Verfügung oder andere »Keulen« benötige er nicht, um meinem Wunsch zu entsprechen, außer, seine Patientin würde gegen das Verbot protestieren. Davon gehe er allerdings nicht aus. Ich könne mich darauf verlassen, dass ich nicht mehr behelligt würde. Darüber hinaus solle ich mir keine Sorgen machen und gegebenenfalls mit meiner Therapeutin über meine Ängste sprechen.

Ich war erleichtert.

Unsicher, ob ich Susan von dem Brief erzählen sollte, rief ich abends Zecke an. Wir wogen die Argumente dafür und dagegen ab und einigten uns schließlich darauf, sie nicht zu beunruhigen. Was sollte es denn auch bringen? Ich hatte getan, was ich konnte, um weitere Versuche Theas zu unterbinden, mit mir Kontakt aufzunehmen, damit war die Angelegenheit erledigt.

Zecke versprach, einen ehemaligen Kollegen aus der Klinik anzurufen und ihn zu bitten, sich zu erkundigen, ob in Theas Akte ein entsprechender Eintrag erfolgt sei. »Nicht, dass wieder mal was untergeht. Kann ja mal vorkommen.«

»Na hoffentlich kann es nicht mal vorkommen, dass einfach jemand zur Tür rausspaziert«, entgegnete ich.

»Quatsch!«

Der Zwischenfall wurde rasch durch eine Nachricht verdrängt, die einschlug wie die sprichwörtliche Bombe: Susan war schwanger.

Wir hatten gekocht und lagen nun satt und zufrieden auf ihrem Sofa, als sie mir ein Bild unter die Nase hielt. Ich warf einen Blick darauf, schaute dann genauer hin. Kein Zweifel, dies war das Ultraschallbild eines Embryos. Zu erkennen war nicht wirklich etwas, doch Susans Gesicht sprach Bände.

Wie reagiert man auf die Eröffnung, Vater zu werden? Wie verhält man sich als werdender Erziehungsberechtigter?

Ich rastete völlig aus vor Freude. Tobte durch die Wohnung, sprang auf dem Sofa herum, riss ein Fenster auf und brüllte: »Ich werde Vater!« in die Nacht. Ich wusste nicht, wohin mit meinen Emotionen, mit der Energie, die mich schier zum Platzen brachte.

Susan saß auf dem Sofa und schaute mir zu. Hin und wieder schüttelte sie den Kopf, lachte und tippte sich mit dem Zeigefinger an die Stirn. »So einen durchgeknallten Vater kann ich meinem Kind nicht zumuten. Ich glaube, es ist besser, ich suche ihm einen anderen.«

Ich warf mich neben ihr auf den Boden, umfasste ihre Beine und flehte sie um Gnade an. »Sobald mein Kind den ersten Schrei getan hat, werde ich der seriöseste, verantwortungsvollste und liebevollste Vater der Welt sein«, schwor ich.

»Ich weiß«, flüsterte Susan, nahm meinen Kopf in beide Hände und küsste mich auf den Scheitel. »Ich weiß.«

Die nächsten Wochen fühlten sich für mich an, als schaute ich einen Film, der etwas zu schnell abgespielt wird. Ich hatte noch nicht begriffen, wie einschneidend die Veränderung sein würde, die meinem Leben erneut eine andere Richtung geben würde.

Mir gefiel diese Richtung, doch sie überforderte mich auch. Ich war glücklich und doch unsicher. Das würde sich geben, meinte Zecke. Er hatte kaum überrascht gewirkt, als ich ihm die Neuigkeit in unserer Stammkneipe bei einem Bier erzählte.

Susan und ich gingen gemeinsam zu den Untersuchungen, staunten darüber, wie rasch sich das Leben in Susans Bauch entwickelte, suchten nach dem perfekten Kinderwagen, fanden eine Krippe und begeisterten uns für Babykleidung. Ich hielt Schuhe in der Hand, deren Winzigkeit mir die Tränen in die Augen trieb.

Susan war weniger verstört als ich. Sie plante und organisierte die Zeit nach der Geburt. »Ich will so schnell wie möglich wieder arbeiten!«, erklärte sie. »Ich bin keine Hausfrau und Mutter, die jahrelang zu Hause bleibt. Ich liebe meinen Job!«

Mit ihrem Chef war bereits an dem Tag, als sie ihn informierte, alles geklärt. »In der Zahnklinik ist ein Kind kein Problem. Da ist jede Form von Teilzeit machbar. Die freuen sich, wenn jemand nachts und an den Wochenenden Dienste übernimmt. Und du wirst als Papa ohnehin voll mit eingespannt.« Sie boxte mich an die Schulter. »Buch schon mal einen Babypflegekurs an der VHS!«

Susan und ich waren uns einig, dass wir zunächst zu dritt in ihrer Dreizimmer-Wohnung Platz finden würden.

»Außerdem«, argumentierte ich, »haben wir das Haus in Kleinspornach. Wir können rausfahren, wann immer wir wollen. Ein Kind kann nicht besser aufwachsen als auf dem Land. Und wenn du uns mal loswerden möchtest, kommen wir auch ohne dich klar«, versuchte ich, meine strapazierten Nerven zu beruhigen.

»Du willst ein Baby stillen? Darauf bin ich schon sehr gespannt!«, lachte Susan.

Verlegen grinste ich. »Na ja, später dann. Ich meine ... Wie lange stillt man denn?«

Susan knuffte mich in den Bauch. »Es dürfte ausreichend sein, wenn du Wickeln und Baden beherrschst. Und Spazierengehen. Und eine gewisse Lärmresistenz solltest du möglichst bereits im Vorfeld entwickeln. Damit wird mir mehr geholfen sein.«

Ich nickte eifrig. »Alles, was du willst!«

46. Kapitel

Susans Bauch wölbte sich. Ich war begeistert von dem Leben, das sich darin entwickelte. Jedes Ultraschallbild scannte ich ein und archivierte es sorgfältig, um es immer wieder ansehen zu können. Ich kaufte ein Stethoskop und hörte unserem Baby beim Wachsen zu.

Täglich suchte ich im Internet nach Dingen, die man als werdende Eltern wissen musste und brauchen würde. Ich diskutierte mit Zecke die Farbe der Tapete, die das Kinderzimmer schmücken sollte - Susan hatte genervt abgewunken -, plante bereits eine Modelleisenbahn und begann unbeholfen mit dem Schnitzen von Mobiles, die ich über dem Babybett anbringen wollte.

Susan war nervös und lärmempfindlich geworden. Wir verbrachten viel Zeit in meinem Haus, wo die Stille nur durch Vogelgezwitscher und hin und wieder durch Traktorgeräusche unterbrochen wurde, und Susan lange Spaziergänge durch die Wälder machen konnte.

Ich ließ sie in Ruhe und fuhr in die Stadt, um einzukaufen und an Susans Auto Winterreifen aufziehen zu lassen.

»Auf dem Land brauchst du Grip! Wenn es mal schneit, kommst du mit deinen bestenfalls großstadttauglichen Allwetterreifen nicht weit«, hatte ich sie belehrt.

Sie hatte nur genickt, mir den Autoschlüssel überlassen und sich mit mehreren Wolldecken, einer Tasse Tee und einem Buch auf einem der Sitzsäcke zusammengerollt.

Ich wartete, in einer alten Zeitschrift blätternd, beim Reifendienst darauf, dass der Werkstattmeister von der Probefahrt zurückkehrte, als mein Handy klingelte.

»Chris?«, hörte ich eine schwache Stimme. »Chris, komm zurück. Schnell! Bitte!«

»Susan? Bist du das?« Schlagartig schienen meine Beine ihre Stabilität zu verlieren. In meinem Kopf summte es. Ich drückte das Telefon fester an mein Ohr.

»Susan? Was ist los? Ist was mit dem Baby? Was ist passiert?«

»Komm ... Bitte.« Die Verbindung brach ab.

Ich stürzte ins Freie, wo der Mechaniker damit beschäftigt war, mit einem Drehmomentschlüssel die Radmuttern an Susans Wagen zu kontrollieren. Ich schob ihn weg, warf mich auf den Fahrersitz und raste los. Im Rückspiegel wurde der mir entsetzt nachblickende Mann im blauen Overall rasch kleiner. Schleudernd bog ich auf die Landstraße nach Kleinspornach ein und gab Vollgas.

Was war los? Verlor sie das Kind? War sie gestürzt? Hatte sie sich verletzt? In meinem Kopf rotierten Gedanken. Als ich fast von der Straße abkam, nahm ich den Fuß vom Gas. Es machte keinen Sinn, wenn ich an einem Baum landete, statt zu Hause.

Allmählich wurde ich ruhiger. Susan war Ärztin. Wenn etwas mit dem Kind wäre, hätte sie einen Notarzt gerufen. Der wäre nicht nur ebenso schnell bei ihr wie ich, er könnte zudem Hilfe leisten. Ich war dazu nicht in der Lage. Was also war es, das ihre Stimme so klingen ließ? Ich fuhr noch langsamer. Sie klang ... ängstlich. Panisch. Susan hatte Angst. Wovor? Sie war nicht leicht aus der Ruhe zu bringen, also musste etwas passiert sein, womit sie nicht umgehen konnte.

Ein Gedanke schoss mir durch den Kopf. Ich verwarf ihn wieder. Er blieb. Ich versuchte, ihn wegzuschieben. Es konnte nicht sein! Es war unmöglich!

Oder?

»Du musst die Gefahr wittern«, hatte mir Zecke aus seinem Punkerleben erzählt. Punks lebten in ständigem Risiko, zusammengeschlagen zu werden, nicht nur von Neonazis, sondern auch von vermeintlich braven Schülern, sobald sie, betrunken und in Gruppen auftretend, auf ein Abenteuer aus waren. Dann kam einer dieser auffälligen, aber harmlosen Typen gerade recht. Dieser Gefahr, das hatte Zecke rasch gelernt, konnte man sich nicht stellen, man musste ihr ausweichen.

Man musste wittern lernen. Und das verdammt schnell.

Ich näherte mich dem Ortsschild von Kleinspornach. Meine Sinne waren geschärft wie damals, als ich mit meinem Vater im Wald auf dem Hochstand saß und auf die Wildsau wartete, die bereits mehrere Spaziergänger angegriffen hatte.

Ich parkte den Wagen in einer Seitenstraße und stieg aus. Dann wandte ich mich Richtung Wald, schlug damit einen Bogen, überquerte das Nachbargrundstück, überstieg einen wackeligen Zaun und näherte mich meinem Haus auf dessen fensterloser Rückseite.

Leise schlich ich an der Hauswand entlang, spähte um die Ecke. Ich lauschte. Waren da Stimmen?

An der Flanke des Gebäudes lag Kies. Wahrscheinlich würden die Fenster angesichts der winterlichen Temperaturen geschlossen sein, doch ich wollte kein Risiko eingehen. Daher wechselte ich die Richtung und kroch durch ein Beet, zwischen Sträuchern hindurch und befand mich schließlich unter dem Wohnzimmerfenster, an dem der Esstisch stand.

Da waren Stimmen!

Leise erhob ich mich und versuchte, einen Blick ins Innere zu werfen. Wegen der Vorhänge war nichts zu erkennen. Außerdem spiegelte die Scheibe. Ich duckte mich wieder und lauschte erneut.

Unverständliches Gemurmel. Zwei Personen. Die eine sprach jetzt lauter, einzelne Wörter drangen durch das Fenster, wurden verständlich ...

Thea!

Ich ließ mich auf die Knie sinken. Mein Kopf dröhnte. Panik stieg in meiner Brust auf. Ich hatte es geahnt, immer schon. Diese Frau sperrte man nicht einfach ein und vergaß sie!

Ich zwang mich zum Denken. Was hatte sie vor? War sie hier, um uns zu töten? Offenbar hatte sie Susan befohlen, mich anzurufen und hierher zu beordern. Warum? Susan lebte und schien unverletzt. Also war ich das Ziel. Thea wollte mich. Aber wozu? Rache?

Plötzlich war ich absolut ruhig. Ich erhob mich und schlich zurück hinter das Haus. Von dort tastete ich mich Schritt für Schritt, jedes Geräusch vermeidend, über die Steine zur Kellertreppe. Ich stieg vorsichtig hinunter, griff nach dem Schlüssel, der auf dem Türrahmen lag, und schloss auf. Millimeter für Millimeter öffnete ich die Tür. Sie begann zu knarren. Erschrocken hielt ich inne. Ich erinnerte mich daran, dass ich die Angeln ölen wollte, um sie leichtgängiger zu machen. Vergessen.

Ich drehte um und ging die Treppe leise wieder nach oben, wandte mich zum Schuppen und suchte dort nach Fett oder Öl. Ich fand eine Flasche mit Kettenschmiere, die ich für Theas Fahrrad verwendet hatte, und nahm sie mit zurück zur Kellertür.

Es funktionierte. Behutsam schob ich die Tür so weit auf, dass ich hindurchschlüpfen konnte. Ich drehte den alten Lichtschalter und konnte in dem schwachen, flackernden Licht die Umrisse von Regalen und Schränken erkennen.

Dort stand er, Vaters Waffenschrank. Ich hatte ihn vom Dachboden heruntergeschleppt, um oben Platz zu schaffen. Hier im Keller lagerten Gegenstände, die ich nicht wegwerfen, doch auch nicht im Haus haben wollte. Waffen zum Beispiel.

Ich holte den Schlüssel aus seinem Versteck und stand dann vor Vaters Gewehren. Ich hasste Schusswaffen, kannte mich aber als Sohn eines Jägers damit aus. Das bedeutete, ich war kein guter Schütze, beherrschte aber die Technik.

Eine Flinte, so überlegte ich, würde mir zwar das Zielen ersparen, die große Streuung des Schrots allerdings könnte auch Susan in Gefahr bringen. Ich wusste nicht, wie weit sich die beiden Frauen voneinander entfernt aufhielten. Saßen sie am Tisch? Vielleicht bedrohte Thea Susan mit einem Messer? Das Risiko, die beiden erst trennen zu müssen, wollte ich nicht eingehen. Ich wollte nicht reden, sondern handeln. Und das schnell.

Ich nahm einen Drilling aus dem Schrank und suchte in einer mit einem Vorhängeschloss gesicherten Kiste nach passender Munition. Dann lud ich das Gewehr und ging nach draußen. Vom Keller aus konnte man nicht ins Haus gelangen, so musste ich mich zur Haustür schleichen.

Als ich aufschloss, hörte ich Theas erregte Stimme.

»Du musst verstehen, dass ich ihn dir nicht überlassen kann. Er ist mein Sohn, ich habe ihn erwählt. Nichts und niemand darf meinem Glück als Mutter entgegenstehen!«

Geräusche. Ich wartete. Lauschte.

»Ich werde ihn mitnehmen. Er ist alles, was ich habe. Wir werden weggehen, dorthin, wo uns niemand trennen kann.«

Susan sagte etwas. Thea lachte laut auf.

»Was interessiert mich dein ungeborenes Kind? Ich hatte selbst ungeborene Kinder! Sie sind nicht mehr als Blinddärme, die man entfernt!«

Ich drückte die Türe behutsam zu und schlich über den Flur.

»Ich habe zu viel Zeit vergehen lassen, viel zu viel. Jetzt bin ich alt. Aber es ist noch Gelegenheit zur Korrektur. Ich werde alles korrigieren, mein ganzes Leben!«

Ich war an der Wohnzimmertür angekommen, schaute vorsichtig um die Ecke. Susan saß am Esstisch, Thea ging umher. In der Hand hielt sie ein großes Messer. Das Messer, mit dem sie meine Mutter getötet hatte. Ich legte das Gewehr an und trat einen Schritt vor.

»Lass das Messer fallen!«

Thea erschrak nicht. Sie blieb stehen, drehte sich langsam um und schaute mich an.

Ich schaute in zwei unnatürlich glänzende Augen, die mich fixierten wie ein Raubtier seine Beute. Mag sein, dass ich sah, was ich sehen wollte, doch vor mit stand eine Irre.

Diese Frau ist krank, Chris! Sie kann nichts dafür, versuchte ich, mich zu beruhigen. Doch ich wollte nicht verstehen, ich wollte nicht vernünftig sein, ich wollte diese Frau ein für alle Mal loswerden!

Mein Finger krümmte sich stärker um den rechten der beiden Abzüge des Drillings.

»Lass das Messer fallen!«, wiederholte ich.

Thea trat einen Schritt auf mich zu.

»Christian. Da bist du ja! Alles wird gut, Junge. Jetzt wird alles gut.«

Ich wich zurück, senkte den Lauf des Gewehrs. Einen Zentimeter nur, vielleicht nur Millimeter. Doch sie spürte meine Unsicherheit.

Und kam näher.

Susan keuchte. Ich warf einen Blick zu ihr. Sie saß kreidebleich mit weit aufgerissenen Augen aufrecht auf dem Stuhl und starrte auf die Szenerie.

Eine Bewegung vor mir. Thea stand nur noch zwei Schritte weg. Ich zuckte zusammen, hob die Waffe, richtete sie auf Theas Brust.

Ihre Augen irritierten mich. Sollte sie nicht therapiert sein? Medikamente bekommen? Mir schien, als sei sie weiter denn je von Normalität entfernt. Oder nahm ich erst jetzt wirklich wahr, wie verrückt diese Frau war?

Sie hob das Messer. »Lass uns reden.«

»Ich will nicht reden! Wie kommst du überhaupt hierher? Wie bist du aus der Klinik rausgekommen?«. Ich wich weiter zurück.

»Mich hält man nicht fest«, summte Thea, meine Augen fixierend. Das Gewehr in meinen Händen schien sie nicht wahrzunehmen.

»Verschwinde endlich aus meinem Leben!«, brüllte ich. »Du hast genug Unheil angerichtet!«

»Ich habe dich befreit ...«

»Du hast mir alles genommen! Du hast Jessica elend verrecken lassen! Du hast mich glauben lassen, dass ich ein Mörder bin! Du bist total durchgeknallt, verrückt, irre!«

Thea zuckte zusammen, erstarrte. Ihre Augen verdunkelten sich, als zöge jemand einen Vorhang zu. Sie hob das Messer, öffnete den Mund. Ein gequälter Laut kam heraus, als sie sich auf mich stürzte.

Ich fiel rückwärts zu Boden, Thea auf mir. In meinen Ohren dröhnte ein Schuss. Dann herrschte Stille.

Totenstille.

47. Frei

Mit einem letzten Blick in den Himmel stelle ich die Schneeschaufel neben die Treppe. Ich werde sie heute noch mehrmals brauchen.

Ich trete mir den Schnee von den Stiefeln, ziehe sie aus und gehe auf Strümpfen ins Haus. Meine nasse Jacke hänge ich in den Flur, die Handschuhe werfe ich auf den Boden.

Susan steht in der Küche und bereitet das Frühstück. Ich stelle mich hinter sie, umfasse ihre Taille, schmiege mich an sie. Sie legt den Kopf an meine Schulter.

Wir stehen minutenlang da, genießen die Wärme und Nähe des anderen.

Der Albtraum ist endlich vorbei.